www.tredition.de

AF197262

Uwe Trostmann

Fischhaut

Roman

www.tredition.de

© 2020 Uwe Trostmann

Verlag & Druck: tredition GmbH, Halenreie 40-44, 22359 Hamburg

ISBN
Paperback: 978-3-7497-9129-3
Hardcover: 978-3-7497-9130-9
e-Book: 978-3-7497-9131-6

Uwe Trostmann

Fischhaut

Roman

Jeder Roman ist ein Werk der Fiktion. Das gilt auch für „Fischhaut". Es besteht kein Zusammenhang mit lebenden oder historischen Personen.

Der Autor beschreibt das Leben eines Menschen, der versucht, sich aus Abhängigkeiten und kritischen Situationen herauszuhalten.

Mein Dank gilt meiner Lektorin Frau Friederike Schmitz, die sich mit einem ausgeprägten Sprachsinn und großem Engagement dem Text eine Form gegeben hatte.

Mein Dank gilt ebenso meinem Freund Norbert, der mit seinen kritischen und konstruktiven Anmerkungen dieser Geschichte einen guten Rahmen gab.

Erstes Buch

Jagdzeit

Heinrich Wilkowsky rannte durch die dunklen Straßen von Königsberg. Die braunen Schergen waren hinter ihm her. Heinrich hatte Angst. Er wollte nicht erkannt werden. Er war sich seiner Sache mit der proletarischen Internationale nicht mehr so sicher, fand immer weniger Gleichgesinnte bei Nachbarn und Bekannten. Die Braunen waren jetzt in der Mehrheit, fühlten sich den Roten überlegen. An einer Straßenkreuzung hatten drei Braunhemden Heinrich erkannt und folgten ihm. Er sprang über Zäune und kletterte über Mauern, bis er sich sicher fühlte. Er war allein unterwegs, doch letztlich konnte er es mit so vielen nicht aufnehmen. Auf die Polizei konnte er schon gar nicht zählen. Die suchten ihn auch. Heinrich versteckte sich mal hier, mal dort in einem Hauseingang. Doch die braunen Jäger waren zu viele. Überall tauchten sie heute auf, an allen Plätzen, öffentlichen Gebäuden, Theatern und Kinos. Was ist nur los, fragte er sich. Er traute sich nicht nach Hause.

Dann sahen sie ihn erneut; er rannte in den nächsten Hinterhof, kletterte über die Mauer, sprang in den Garten und – stand vor einem der SA-Männer. Der hatte in der einen Hand schon ein Messer und wollte mit seiner Pfeife Verstärkung herbeiholen, als Heinrich ihm das Messer entwendete und zustach. Der SA-Mann brach zusammen, Heinrich rannte zum nächsten Hintereingang und suchte das Treppenhaus. Im Keller fand er einen Wasserhahn, wusch sich die blutverschmierten Hände und reinigte seine Jacke. Dann hörte er die Kommandos, die Polizeisirene und den Krankenwagen. Sie hatten wohl den SA-Mann gefunden. Bald würden sie die Gegend nach ihm absuchen. Sie hatten ihn erkannt, von früheren Schlägereien. Heinrich wagte, durch die Haustür zu gehen, war vorsichtig, um nicht gesehen zu werden.

„Jetzt nicht rennen", sagte er sich. „Nicht auffallen."

Er hörte die Straßenbahn hinter sich. Ein Auto fuhr vorbei. Dann sprang er in die Bahn. An der nächsten Kreuzung sah er erst den Hut, dann den braunen Mantel, dann erschien ein Gesicht. Keiner hatte den anderen vorher je gesehen. Die beiden schauten sich an.

Straßenbahn und Auto fuhren weiter. Heinrich hatte jetzt doppelte Angst. Sie suchten ihn, weil er in der Kommunistischen Partei war und weil er einen der ihren niedergestochen hatte. Seine Adresse war bekannt. Er lief durch die verschneiten Straßen seines Viertels. Viele Türen waren verschlossen, die Menschen wussten wohl warum. Die Fenster blieben dunkel, auch wenn er rief. Seine Freunde öffneten nicht ihre Türen. Er wusste nicht, dass viele schon verhaftet waren. So zog er durch die wenig beleuchteten Straßen, immer auf Vorsicht bedacht. Es war kalt, Wolken bedeckten inzwischen den Himmel und bald würde es anfangen zu schneien. Aber er hatte Hunger, denn seit zwei Tagen hatte er beinahe nichts mehr gegessen. Sein Geldbeutel war leer. Morgen würde er sein Arbeitslosengeld abholen.

Heinrich kam an einem Haus vorbei, aus dem ein Fremder kam, etwas verschüchtert, ohne Gruß. Heinrich nutzte die Gelegenheit und huschte hinein. Er stand verschwitzt und verschmutzt vor einer attraktiven Frau und setzte sein schönstes Lächeln auf.

„Guten Abend, ich bin Heinrich."

„Du hast etwas ausgefressen. Dich jagt die Polizei?"

„Nein, die Braunhemden. Wir prügeln uns seit Jahren, aber jetzt kommen immer mehr."

„Komm erst mal rein und wasche dich. Du bist wohl schon auf der Straße gelegen. Dein Jackett ist ganz nass."

„Beim Sprung in einen Garten bin ich in den Schnee gefallen."

„Ziehe mal deine schmutzigen Sachen aus. Ich weiß, wie man wäscht. Das ist mein Beruf."

Im Nu stand Heinrich in der Unterhose im Zimmer. Nicht, dass es ihm peinlich war. Er stand öfter in der Unterhose, oder ohne, vor einem Mädchen. Nur jetzt war die Situation etwas anders: Er war beinahe nackt, sie nicht. Aber hübsch sieht sie schon aus, dachte er.

Ein gut aussehender Kerl, dachte Mareike. „Hier hast du eine Hose und ein Hemd. Die sind frisch gewaschen. Sie gehören Kunden von mir."

Heinrich fühlte sich jetzt wohler. Seine Selbstsicherheit kehrte zurück. Breit setzte er sich auf das Sofa, sah in der Vitrine eine Flasche Schnaps und bat um ein Glas.

„Solange du dich hier nicht volllaufen lässt."

Mareike schenkte ihm ein. Wie viele Männer, so wurde auch er bei Mareike redselig. Er breitete sein gesamtes Leben vor ihr aus.

„Und warum schaffst du es nicht, vernünftig zu arbeiten? So wirst du nie eine Familie gründen."

Wollte er das? „Wie soll ein Arbeitsloser eine Familie gründen?"

Heinrich merkte, dass sich um ihn herum etwas veränderte. Er merkte es auf der Straße, erkannte aber noch nicht den großen Wandel, der sich anbahnte. Mareike hatte schon eine Ahnung. Wenn Braunhemden sich bei ihr ausgezogen hatten, erzählten die von dem Gewaltigen, das da komme. Es klopften mehr Braunhemden als Rothemden an ihre Tür. Die kamen immer seltener. Und auch wichtige Männer ohne Braunhemd erzählten ihr von dem kommenden Wandel. Und dass alle Nicht-Braunhemden als Feinde anzusehen wären.

Heinrich war 20 Jahre alt. Seit drei Jahren arbeitete er als Tischler-Geselle bei dem einen oder anderen Schreiner. Seine Tische und Stühle kamen allerdings nicht über das Niveau eines Lehrlings des zweiten Jahres hinaus. Er hätte sich mehr Mühe geben können, hatte aber keine Lust dazu. Dafür liebte er es, sich aufzuspielen. Jüngeren Kollegen gegenüber war er gerne der Chef, wenn der Meister nicht im Hause war. Nicht alle Arbeitgeber brachten viel Geduld mit ihm auf, immer wieder wurde er auf die Straße gesetzt. Glücklicherweise fror Heinrich nie lange, noch musste er lange nach einem Bett Ausschau halten. Denn er war ein hübscher Junge mit schwarzen, nach hinten gekämmten Haaren und einem muskulösen Körper – der auch charmant sein konnte. Er wurde sich dieser Fähigkeit immer bewusst, wenn er unter eine warme Decke kriechen wollte, weil er mal wieder ohne Arbeit und ohne Geld dastand. Lange hielten es die Mädchen freilich nicht mit ihm aus. Er wollte befehlen und selber nichts tun. Waschen, putzen, aufräumen, reparieren waren ihm ein Gräuel. Das war etwas für die Frauen! Und auf Frauen sah er hinab. Entweder in seinen Meinungen oder wenn er auf ihnen lag. Heinrich wollte immer oben sein. Verantwortung in einer Beziehung jedoch wollte er nicht übernehmen. Am Arbeitsplatz beschäftigte ihn nicht die zu erledigende Arbeit, sondern das nächste Treffen mit seinen Parteifreunden oder der nächste Ausflug ins Grüne.

Waschen alleine macht nicht glücklich und nicht reich, und so verdiente Mareike an manchen Abenden mit Liebesdiensten das eine oder andere Geldstück hinzu. Ein Kunde, der ihr seine Wäsche gebracht hatte, machte ihr einmal das Angebot. Und das Geld konnte sie gut brauchen, denn sie ging durchaus auch einmal aus, liebte neue schicke Kleider, ging gerne in ein Café an der Promenade oder auch tanzen. Eine Freundin hatte ein entsprechendes Zubrot und ihr davon erzählt. Mareike lernte schnell und ihre Künste sprachen sich bei den Männern herum. Sie machte es erst gelegentlich, dann doch regelmäßig. Hübsch war sie mit ihrer ansprechenden Figur, den großen blauen Augen und den langen blonden Haaren. Ein Zimmer, nicht für die Wäsche, ein Bett, nette dezente Tapete, so empfing sie ihre Freier. Sie sollten sich bei ihr wohlfühlen. Dann kommen sie wieder, dachte Mareike. Außerdem sollte sie diskret sein, riet ihr die Freundin.

Mareike war nicht wählerisch, was die politische Gesinnung ihrer Freier anging. Solange sie nett waren, durften sie wiederkommen. Mareike lernte viel von ihnen. Sie erzählten von ihren Ehen, ihren Berufen und ihren Sorgen. Ein Glas Wein vor und nach dem Akt brachte Entspannung und redselige Männer. Mareike brauchte diese Informationen nicht, sie hörte einfach nur gerne zu. Mit der Zeit sprachen sich ihre Liebeskünste auch in den höheren Kreisen und bei den Einflussreichen herum. Mareike wollte nicht mehr als das und wusch tagsüber die Wäsche ihrer Kunden, trocknete und bügelte sie. Das andere war ihr Zubrot, nicht ihre Bestimmung.

Mareike erzählte Heinrich von den zu erwartenden Veränderungen nichts. Sie war verschwiegen und wollte es auch bleiben. Doch jetzt ahnte sie, in welcher Gefahr sich ihr hübscher Junge befand. Nur er hatte wohl noch keine Ahnung davon. Heinrich sollte das geliehene Hemd und die Hose schonen, denn seine Sachen würden noch die ganze Nacht brauchen, um trocken zu werden. Mareike wärmte Heinrich unter der Decke.

Kriminalrat Sigmund Thurnbrück stieg gegen Abend an der Parteizentrale aus seinem Dienstwagen. Es hatte leicht zu schneien begonnen. Auf dem Weg zum Eingang klappte er den Kragen seines langen braunen Mantels nach oben und schob seinen Hut tiefer ins Gesicht, lief über den Hof und betrat das Gebäude. Hektisches Gerenne von SA- und Gestapo-Leuten in den Korridoren bremste ihn immer wieder auf dem Weg in sein Büro. Er hatte noch nicht seinen Mantel ausgezogen, da wurde er schon von einem SA-Mann angesprochen:

„Herrn Thurnbrück, einer unserer Männer wurde heute von einem Kommunisten-Schwein niedergestochen. Wir wissen auch, dass es der Heinrich Wilkowsky war. Die Kameraden waren hinter ihm her und hatten sich zur Suche aufgeteilt. Als einer in den Hinterhof kam, lag der Kamerad im angrenzenden Garten blutend am Boden und der Wilkowsky kletterte gerade über eine Mauer. Wir haben ihn nicht mehr gekriegt."

„Und wo war das?", fragte Thurnbrück.

„Im Hinterhof der Berliner Straße Nummer 15. Wir haben hier ein Bild von dem Wilkowsky."

Thurnbrück sah sich das Bild an. Das Gesicht kam ihm bekannt vor. War das nicht der Mann, den er in der Straßenbahn gesehen hatte?

Unterschlupf

„Kann ich bei dir bleiben?", Heinrich saß in seinen gebügelten, sauberen Sachen am Küchentisch und trank den dünnen Kaffee.

„Bei dir gibt es ja sogar Kaffee! Wie machst du das?"

Mareike ging auf seine Frage nicht ein. Auf dem großen Herd machte sie Wasser für die Wäsche heiß. Auf dem Waschbrett hatte sie schon mit dem ersten Schwung des Tages angefangen. Wasserdampf breitete sich im Raum aus. Heinrich stellte befriedigt fest, dass die Sonne sogar in dieses Zimmer schien.

„Meine Mutter wäscht auch für andere Leute. Sie hat aber nicht so viel Platz wie du und muss das in unserer Küche machen", erzählte er.

Mutter Wilkowsky machte den Haushalt und wusch die Wäsche für die besseren Leute. Eine kräftige, nicht dicke Frau, so stand sie tagsüber in der Küche und kochte, wusch, trocknete und bügelte die Wäsche. Die Kinder holten die schmutzigen Teile ab und brachten sie nach dem Waschen wieder zurück. Heinrich hatte nie Lust dazu, und sobald die Gelegenheit günstig war, schickte er seine kleinen Geschwister. Er hasste diese Arbeit. Er hasste es vor allem, dass seine Mutter für die besseren Leute die Schmutzarbeit machen musste. Mehrmals hatten ihm die Kunden das Geld nicht in die Hand gegeben, sondern vor die Füße geworfen, wenn er die Wäsche abholte. Heinrich bedankte sich nicht dafür. Er fühlte sich gedemütigt. Für ihn war das hingeworfene Geld ein Almosen.

„Dafür hat mich der Vater am Abend wieder verprügelt."

„Hast du Geschwister?"

„Ja, vier. Zwei wohnen noch bei den Eltern. Meine älteste Schwester ist ausgezogen, so wie ich. Dadurch, dass wir weg sind, gibt es mehr Platz. Es war eng bei uns."

„Und wie kamst du zu den Roten?"

„Es ist doch ungerecht, dass wenige Menschen viel Geld haben und viele andere wenig. Oder Leute wie ich: sehr wenig. Ich mache doch auch meine Arbeit? Warum bekomme ich so wenig Geld dafür? Und jetzt habe ich überhaupt keine Arbeit mehr."

Mareike hörte zu. Sie fand auch keine Antworten auf Heinrichs Fragen.

Heinrich beschäftigte es, dass viele arm waren, obwohl sie arbeiteten. Und er sah, dass es Menschen gab, die gar nicht arbeiteten und trotzdem reich waren und große Häuser hatten. Für ihn durfte das nicht sein. Mit dieser Einstellung traf er Gleichgesinnte und trat in die Partei ein, deren Mitglieder das Gleiche wollten. Diktatur des Proletariats hörte sich für Heinrich gut an. Dafür war der bereit, auf die Straße zu gehen. Er fühlte sich als Proletarier. War das sein Traum? Gleicher Lohn für alle. Ein Arzt soll nicht mehr verdienen als ein Schreiner. Jeder macht seine Arbeit. Wir brauchen die Revolution! Davon war Heinrich überzeugt. Und so versuchte er, mit Demonstrationen und Streiks seinen Traum umzusetzen. Als Sohn eines Brauereikutschers in Königsberg fühlte er sich immer benachteiligt. Der Vater hatte keinen guten Verdienst. Nur die anderen hatten das Geld, stellte er immer wieder fest, wenn er durch die Straßen der Stadt zog.

„Und dann kamen die Braunhemden. Ich kannte diese SA-Schläger von meinen Kneipentouren. Jetzt auf einmal wollten gerade sie für Recht und Ordnung sorgen und den roten Sumpf beseitigen, wie sie sagten. Sie meinten damit uns und unsere Partei. Bei unseren nächtlichen Touren und Besuchen in deren Treffpunkten machten wir unsere schlagkräftige Meinung klar. Bei den Gegenbesuchen flogen, wie zu erwarten, ebenso die Fetzen. Einige Gruppen ließen auch schon einmal eine Bombe hochgehen."

Heinrich war für die Kommunistische Internationale, die anderen für das National-Soziale.

„Hast du eine Bombe geworfen?"

„Nein, wir hatten keine."

Mareike Jeschkes wusch viel. Sie wusch Hemden, Unterwäsche, Bettwäsche. Sie tat das seit dem Ende ihrer Schulzeit. Wenn sie überlegte, so hatte sie das auch schon als Kind getan. Wenn ihre Mutter wieder einmal krank war und die Wäsche der Eltern und ihrer drei jüngeren Geschwister gewaschen werden musste, machte das Mareike. Sie macht das gut, sagten die Leute und Mareike dachte über eine eigene kleine

Wäscherei nach. Zunächst wusch sie in einem Hinterzimmer der elterlichen Wohnung und verdiente ihr erstes Geld. Nach der Schulzeit mietete sie von ihrem Ersparten eine Wohnung im ersten Stock. Sie achtete darauf, dass diese nicht im ärmsten Viertel lag, denn dorthin kamen keine Kunden. Mareike zog es vom Armenviertel weg.

„Ich bin so näher bei den Kunden", sagte sie und kaufte sich ein paar Waschzuber für die Küche. Sie hatte genug Platz für ein Wohnzimmer, wo sie auch schlief, und ein Gästezimmer, wie sie es nannte. Die Kunden, meistens Frauen, manchmal auch Männer, erzählten bei ihr gerne aus ihrem Leben, über ihre Sorgen und Ängste. Mareike konnte gut zuhören. Das schätzten die Erzählenden.

Mareike wusste schon als Elfjährige, dass sie später nicht in diesen engen Verhältnissen, in diesen feuchten Wohnungen mit wenig Licht wohnen wollte. Als Austrägerin für Wäsche erlebte sie auch die anderen, besseren Lebensbedingungen. Sie liebte die Menschen und ihre Herzlichkeit in ihrem Quartier. Sie sah aber auch, dass nur die wenigsten hier herauskamen. Mareike wollte raus. Erst unbewusst, dann überlegt setzte sie sich in ihrem Auftreten und ihrer Kleidung von ihren Freunden ab. Die hänselten sie. Das war ihr aber egal. Nach dem Ende ihrer Schulzeit wusch sie erst einmal weiter Wäsche. Das andere würde sich schon ergeben.

„Gestern haben sie dich gejagt. Du hattest Glück! Die Roten haben wir eingesackt, hat mir jemand erzählt. Du solltest auf der Straße sehr vorsichtig sein. Sie kennen dich? Du musst untertauchen."

„Kann ich erst einmal hierbleiben?", frage Heinrich.

Mareike gefiel ihm, wenn er auch ahnte, dass sie nicht so einfach herumzukommandieren war. Mareike war selbstständig. Er hätte sie gerne gehabt, aber solche Frauen machten ihm Angst. Trotzdem, wenn er hier untertauchen könnte, so wären seine Probleme fürs Erste gelöst und er hätte einen warmen Platz zum Wohnen. Das andere gäbe sich schon, dachte er.

„Geht nicht. Ich muss hier arbeiten und abends auch. Du hast zurzeit keine Arbeit und sitzt hier nur den ganzen Tag herum." Mareike hatte keine Lust, Heinrich durchzufüttern und abends auf die Straße zu schicken, wenn ihre Kunden kamen.

„Ich habe keine Arbeit, wie viele andere auch."

„Gehst du deine Stütze abholen? Sei vorsichtig. Die Braunhemden kennen dich."

„Tagsüber verschwinde ich zwischen den vielen Menschen auf der Straße."

„In den Ämtern und Banken stehen sie aber jetzt überall herum." Mehr wollte Mareike dazu noch nicht sagen. Schweißperlen standen ihr auf der Stirn. Es war heiß in der Küche geworden und die Wascherei war anstrengend.

Heinrich merkte, dass er hier nicht schnell zum Ziel kam. Eigentlich hatte dieses Mädchen alles, was er brauchte. Aber dafür musste er etwas tun.

„Dann gehe ich mal mein Geld holen und guck mal, was meine Wohnung macht."

Eine wichtige Entscheidung

Es hatte aufgehört zu schneien und der Tag versprach schön zu werden. Ein paar Wolken zogen am Himmel entlang, die Sonne war angenehm warm und Heinrich nahm seinen Weg, um sein Arbeitslosengeld abzuholen. Es war ruhiger auf den Straßen geworden. Die Horden der SA-Leute waren jetzt kaum zu sehen. Heinrich bewegte sich vorsichtig in Richtung Innenstadt. Immer wieder blieb er möglichst unauffällig an einem Schaufenster stehen und blickte sich vorsichtig um. An einem Zeitungsstand nahm eine Schlagzeile seine Aufmerksamkeit in Anspruch: *Roter Mob ersticht SA-Mann*. Weiterlesen konnte er nicht, andere Passanten interessierten sich ebenfalls für die Zeitungen. Er lief weiter. War er gemeint? War er erkannt worden? Langsam kam er zu der Erkenntnis, dass er von hier verschwinden sollte. Ihm fiel jetzt wieder der Grund seines Weges in die Stadt ein: das Arbeitslosengeld.

Arbeitslosengeld wird mir nicht mehr lange zustehen. Dann kann ich nur noch zur Arbeiterwohlfahrt gehen, überlegte er. Eine Arbeitsstelle zu finden war illusorisch. Zu viele Fabriken und Handwerksbetriebe hatten dichtgemacht. Die Weltwirtschaftskrise war angekommen, viele Millionen Menschen waren arbeitslos. Und die Menschen rannten denjenigen Politikern nach, die am meisten versprachen: Arbeit, Sicherheit und politische Gerechtigkeit für den verlorenen Krieg. Auf seinem Weg durch die Stadt fielen ihm die vielen Braunhemden und Polizei vor den öffentlichen Gebäuden auf. Er stellte sich in die Schlange der wartenden Arbeitslosen. Auf der Straße war ein Verkehr wie immer, stellte er fest. Autos und Pferdefuhrwerke wetteiferten ums beste Vorwärtskommen. Aber irgendetwas war anders. Die Gespräche der Wartenden drehen sich nur um eins:

„Alles wird besser mit der neuen Regierung. Und auch das Land wird sichererer. Endlich mal einer, der den anderen sagt, wo es langgeht." Ein Herr mit Mantel und Hut sprach laut seine Meinung aus.

„Die anderen haben den Krieg angefangen, nicht wir. Wir sollen aber dafür bezahlen."

Das ist auch ein Anhänger von diesem Hitler; Heinrich hielt sich mit seiner Meinung zurück. Er wollte kein Aufsehen erregen. Langsam gelangte die Schlange ins Innere des Gebäudes, in dem die Arbeitslosigkeit verwaltet wurde. Plötzlich ein Getümmel vor dem Schalter, der schon in Sichtweite war. Ein Braunhemd neben dem Schalter zog einen Mann mit Gewalt aus der Schlange, prügelte auf ihn ein und schrie: „Du Kommunistensau bekommst kein Geld. Hau ab!"

Heinrich kannte den Geschlagenen nicht. Ihm wurde es aber mulmig und er entfernte sich unauffällig auf die Straße zurück. Ihn zog es zu seinen Freunden, er wollte reden, verstehen, was hier los war. Aber zu dieser Tageszeit war das kaum möglich.

Warum dieser Aufruhr? Warum konnten sich die Braunhemden heute so aufspielen? Was war passiert? Heinrich sah keinen seiner Freunde.

Hielten sich alle versteckt? Das war wohl auch das Beste. Die jagen uns, dachte er niedergeschlagen. Schon gestern Abend hatte er niemanden zu Hause angetroffen. Ihm war klar, dass er sich nicht den ganzen Tag auf der Straße aufhalten sollte. Sein Weg führte ihn in Richtung seiner kleinen Wohnung, einer Dachmansarde in einem Hinterhofgebäude. Im Sommer wurde es hier oft unerträglich heiß, jetzt im Winter sehr, sehr kalt. Deshalb hielt er sich auch kaum dort auf. Wenn es wieder einmal frostig war, übernachtete er manchmal auf der Bank in seiner Stammkneipe oder er hatte Glück und fand sich in einem anderen Bett wieder.

Es war ruhig im Mietsgebäude, zu ruhig. Die Kinder waren in der Schule. Aus einigen offenen Fenstern hörte er vereinzelt Sprachfetzen. Aus einer Werkstatt hörte er gar nichts mehr. Hier hatten einmal zehn Klempner gearbeitet, aber jetzt war die Firma pleite, wie viele andere auch. Die Wirtschaftskrise hatte auch hier ihre Spuren hinterlassen. Heinrich ging die Holztreppe zu seiner Wohnung hinauf. Die Wohnungstür war angelehnt. Er schloss sie immer ab. Langsam öffnete er die Tür. Seine Wohnung war durchsucht worden. Er fand die Schubladen seines einzigen Schrankes herausgezogen und den Inhalt zerwühlt. Die Bettsachen lagen auf dem Boden. Einbrecher? Von seinen spärlichen Sachen fehlte nichts.

Die suchen mich, weil ich den SA-Mann niedergestochen habe. Der hat aber als Erster das Messer gezogen!, ging ihm sofort durch den Kopf.

Eine Nachbarin, eine alte Frau, klopfte an die offene Tür. Sie sah ängstlich aus.

„Sie sind es. Endlich. Die haben Sie gesucht. Die Leute haben die Tür Ihrer Wohnung aufgebrochen und alles durchsucht! Nach einer Stunde waren sie wieder weg."

„Wer war das?" Heinrich bekam ein mulmiges Gefühl in der Magengegend.

„Es waren SA-Leute. Sie hatten Schlagstöcke dabei. Ich soll ihnen sagen, wenn Sie zurückkommen. Herr Heinrich, Sie sollten nicht mehr hierherkommen."

„Ich bleibe bis heute Abend. Bitte sagen Sie ihnen nichts."

Die Nachbarin schloss die Tür hinter sich. Er hörte, wie sie langsam die Holztreppe hinunterlief. Heinrich hoffte, dass niemand kommen würde.

Er sah sich in seiner kleinen Wohnung um. Eigentlich war das keine Wohnung, sondern nur ein kaltes Zimmer mit einem Abstellraum. Die Heizung bestand aus dem gemauerten Hauskamin, der sich an einer Wand in die Höhe zog. Im Winter konnte man sich die Hände daran wärmen, den Raum erwärmte er allerdings nicht. Das war auch der Grund, warum Heinrich im Winter meist nicht hier war. Die Bretter, festgenagelt unterhalb der Dachziegel, schützten nicht vor der Kälte. Und es konnte hier in Königsberg wirklich kalt werden. Am Morgen war das Wasser in der Waschschüssel gefroren. An der einzigen geraden Wand stand ein alter Kleiderschrank. Als er vor einem Jahr hier eingezogen war, hatte er sich noch vorgenommen, die Türen zu reparieren. Er kannte sich damit aus, nahm es dann aber, wie es war, und kümmerte sich nicht mehr darum. Die einzige Toilette im Haus befand sich zwei Stockwerke tiefer. Sie wurde von den meisten Bewohnern des Hauses benutzt. Auch das Wasser für seine Waschschüssel musste er dort holen.

Heinrich machte es sich in seinem Zimmer so angenehm, wie es noch ging. Die Sonne schien durch das Fenster und auf das Dach und erwärmte den kleinen Raum ein wenig.

Es kann hier richtig schön sein, wenn die Sonne scheint; ich war nur sehr selten hier, dachte er. Er packte seine wenigen Sachen in seinen einzigen Koffer. Um vor Überraschungen gefeit zu sein, ließ er die Eingangstür ein wenig offen und verbrachte die Zeit bis zur Dunkelheit hauptsächlich damit, auf seinem Bett zu liegen oder aus dem Dachfenster zu sehen und sein Gesicht von der Sonne wärmen zu lassen.

Klein und friedlich sehen die Stadt und ihre Menschen von hier oben aus, dachte er. Was ist aus meinen Geschwistern geworden? Ich habe sie schon Monate nicht gesehen.

Heinrich wurde während des Ersten Weltkrieges geboren. Sie waren vier Brüder und eine Schwester, Hermann, Johann, Fritz und Heinrich und Clara. Clara war die Älteste. Heinrich war der Zweitälteste. Die Wohnung war, wie alle in ihrem Viertel, eng, klein, feucht und dunkel. Hier wohnten keine Leute mit hohem Einkommen. Eng standen die vierstöckigen Mietshäuser zusammen. Nur im Sommer erwärmte die Sonne die Gasse ein wenig, doch in den Wohnungen, besonders in den unteren, war von der Sonne selten etwas zu sehen. Die Wände waren feucht, auch wenn Vater und Mutter den Küchenherd oft zum Glühen brachten. Es war der einzige Ofen in der Zweizimmer-Wohnung. Der Weg zur Toilette führte durch den Innenhof. Mit einem Eimer Wasser in der Hand pflegten sie diesen Gang zu tun. Die Buben schliefen in einem Zimmer, das so klein war, dass ein Dreistockbett aufgestellt werden musste. Heinrich nahm mit einer Matratze auf dem Fußboden neben dem Kleiderschrank vorlieb – oder musste vorliebnehmen. Wollte jemand Kleider aus dem Schrank nehmen, musste jedes Mal die Matratze hochgeklappt werden, sehr zu Heinrichs Ärger. Die Schwester schlief auf einer Bank in der Küche, die tagsüber die Sitzgelegenheit der Familie war. Auf dem Kohleherd kochte die Mutter, machte ihre Wäsche und erwärmte das Wasser im Winter für die wöchentliche große Badeprozedur. Sie stellte die Kinder, eines nach dem anderen, in den Waschzuber und schrubbte sie ab. Im Sommer fiel das Baden aus, da sprangen die Kinder in den Pregel, den Fluss, der nicht weit von ihnen entfernt seinen Weg durch Königsberg zum Meer suchte. Die Mutter kochte, was gerade auf dem Markt billig zu haben war. Manchmal brachte der Vater altes Fleisch von einer Gastwirtschaft mit, die er mit Bier versorgt hatte. Hungern mussten sie selten. Der Vater wurde wegen der Zahl seiner Kinder auch nicht in den großen Krieg eingezogen. Später nannte man diesen Krieg den Ersten Weltkrieg. Zu der Zeit gab es noch einen Kaiser, den die meisten von ihnen aber zum Teufel wünschten. Heinrich sah, wie Kaiser, Könige und Grafen in Saus und Braus lebten. Vater und Mutter schufteten, Geld blieb aber kaum für notwendige Anschaffungen oder für das Alter übrig.

Eine Gruppe von sechs SA-Leuten brachte ihn wieder in die Gegenwart zurück. Sie marschierten geradewegs auf das Haus zu, in dem Heinrich wohnte. Er zog schnell seinen Kopf ein. Blitzschnell dachte er an eine Flucht über das Dach. Vorsichtig spähte er aus dem Fenster, bereit, seinen Koffer zu ergreifen. Die SA-Leute marschierten mit lautem Palaver am Haus vorbei. Trotzdem spürte Heinrich hier oben weiterhin die Gefahr. Er durfte nicht mehr lange bleiben. Als es dunkel wurde, packte er seine restlichen Sachen in den Koffer und verschwand in den Straßen der Stadt. Seine kleine Wohnung würde er wohl nicht mehr wiedersehen. Sein Koffer war jetzt hinderlich, aber wo sollte er ihn lassen? All seine Habseligkeiten, Kleider und Zeugnisse waren darin. Die Braunhemden würden wahrscheinlich auch zu seinen Eltern kommen. Bei ihnen konnte er ihn nicht lassen.

Vorsichtig lief er mit seinem Koffer durch die spärlich beleuchteten Straßen. Unauffällig wollte er bleiben – nur nicht erkannt werden. Schon von Weitem bemerkte er, dass etwas beim Haus der Parteizentrale der KP nicht stimmte. Polizei und Braunhemden beherrschten die Szene. Heinrich blieb stehen, als ihn im selben Moment jemand in einen Hauseingang zog. Es war sein Parteifreund Stefan.

„Bist du wahnsinnig, hier aufzukreuzen! Die lochen dich sofort ein. Unsere Partei ist gestern verboten worden und sämtliche Genossen werden verhaftet."

„Woher weißt du das?"

„Liest du keine Zeitung?"

„Habe kein Geld dafür. Bekomme noch nicht einmal meine Stütze."

„Hast du wirklich nichts mitgekriegt? Alle Leute reden doch darüber. Es gibt nur noch wenige Parteien."

„Da habe ich Glück gehabt, dass sie mich gestern nicht geschnappt haben. Ich konnte die Nacht über untertauchen. Meine Wohnung ist durchsucht worden."

„Wir haben noch unser Versteck. Gehen wir dort hin."

Im Schutz der Dunkelheit und durch enge Gassen liefen Heinrich und Stefan zum Versteck. Hier in einem alten Verwaltungsgebäude im Industriegebiet zwischen Lagern und Kränen trafen sich die Freunde immer, bevor sie in die Schlacht mit den Braunhemden zogen. Die Luft war rein, ein paar Genossen hatten sich schon eingefunden. Zwei standen Wache.

Heinrich traf auf eine Runde, in der heftig diskutiert wurde. Er erfuhr, wie die Situation wirklich war. Ihnen drohte das, was den anderen schon geschehen war. Es wurde berichtet, dass einige nicht nur eingekerkert, sondern auch erschossen wurden, wegen ihrer angeblichen Weigerung, sich festnehmen zu lassen. Von der Polizei könnten sie keine Hilfe erwarten, war die einhellige Meinung. Die schaute nur zu oder machte sogar gemeinsame Sache mit den Braunen. Sie sprachen über einen aktiven Widerstand mit Waffen, auch über die Möglichkeit auszuwandern. Andere gaben sich der Hoffnung hin, dass alles gar nicht so schlimm wäre und sich wieder beruhigen würde. Heinrich dachte jetzt an sich selbst, nicht an die anderen. Auf einem Tisch lagen ein paar Zeitungen. Sie waren zerlesen und durcheinander. Er nahm sich eine Seite nach der anderen vor. Er konnte nichts über einen erstochenen SA-Mann finden.

„Das sind doch alles Zeitungen von den letzten Tagen. Keine von heute", stellte er fest.

„Es gibt nur noch die Parteiblätter der Braunen", gab einer der Anwesenden zur Antwort. „Alle anderen wurden gestern dichtgemacht."

„Ich muss etwas tun, sonst schnappen sie mich. Aber ins Ausland? Nach Amerika? Nach Russland? Das kommt für mich nicht in Frage. In den Untergrund und mit Schusswaffen kämpfen? Da lebst du nicht lange."

Heinrich überlegte zum ersten Mal in seinem Leben, dass er etwas Wichtiges entscheiden musste. Er spürte, dass es jetzt Zeit war unterzutauchen. Nur über das Wie war er sich noch nicht im Klaren. Sich zu verstecken, war nicht seine Sache. Er nahm seinen Koffer und ging in die kalte Nacht hinaus. Er drehte den Kragen seiner Jacke nach oben und zog sich die Mütze tiefer ins Gesicht. Sein Ziel war Mareike.

Mareike war an diesem Abend noch mit der Wäsche und nicht mit der Haut ihrer Besitzer beschäftigt. Heinrich durfte hereinkommen. Er stellte seinen Koffer ab und betrachtete die vielen braunen Hemden auf der Leine.

„Wäschst du nur noch für die?" Sein Ton war vorwurfsvoll.

„Mach mit bitte keine Vorschriften. Ich muss mein Geld verdienen. Hat man dir deines gegeben?"

„Hatte keine Chance. Musste mich den ganzen Tag über verstecken." Er erzählte von seinen Erlebnissen.

„Hast du gar nichts gegessen? Ich mache dir ein paar Brote. Und etwas Suppe ist auch noch da."

Heinrich spürte jetzt den Hunger. Auf seiner Flucht durch die Straßen hatte er ihn vergessen.

„Du kannst dich in Sicherheit bringen. Gehe zur Reichswehr. Dort gibt es noch keine Braunhemden." Mareike rührte im Topf die Suppe.

„Woher weißt du das?"

„In meinem Beruf höre ich viel."

Die Zeiten hatten sich geändert. Jetzt nach Jahren erkannte Heinrich, dass nicht er mit seiner Kommunistischen Partei bei der Bevölkerung ankam. Es waren die anderen, die das Rennen machten. Die versprachen, Ruhe und Ordnung ins Land zu bringen, und ihr Anführer Adolf Hitler stellte Arbeit für jeden in Aussicht. Schlimm für Heinrich: Die Mehrheit des Volkes wählte Hitler. Das Volk hatte nichts dagegen, alle Andersdenkenden wegzuschließen. Für Heinrich war nur eines klar: Er musste verschwinden. Am nächsten Tag war die Sonne noch nicht aufgegangen, da konnte man ihn mit seinem Koffer in Richtung des Musterungsbüros schleichen sehen.

Krieg im Sandkasten

„Schütze Wilkowsky, nehmen Sie endlich Haltung an!" Der Schmutz rieselte von Heinrichs Uniform. Der Schleifer hatte sie durch Sumpf und Morast, unter Stacheldrahtzäune und über Hindernisse gejagt. Heinrich und seine Kameraden waren müde und hofften, dass sie endlich in die Kaserne zurückdürften. Er blinzelte hinter seinem Helm hervor. Es war

Sommer geworden. Er liebte diese Zeit, wenn die Luft warm und hell, der Boden trocken und das Wasser in den Seen und Flüssen angenehm warm geworden war. Als Kinder waren sie aus Königsberg hinausgerannt, in die Wälder, entlang der Flüsse und Seen, und wenn sie Lust dazu hatten, sprangen sie hinein. Er sollte zu Hause auf die Geschwister aufpassen, der Mutter helfen, aber er rannte lieber weg, auch wenn am Abend Mutter und Vater mit ihm schimpften und es auch mal Prügel vom Vater gab, je nachdem, wie er aufgelegt war.

Heinrich Wilkowsky hatte sich gerade noch rechtzeitig freiwillig zum Militärdienst gemeldet und war in die Reichswehr eingetreten. Dieser Schritt war seine Versicherung, dass er von den Nazis weder zusammengeschlagen noch in ein KZ gesteckt wurde. Bis zu jenem Tag, als die Nazis klarstellten, wer die neuen Herren in Lande waren, war Heinrich Mitglied der Kommunistischen Partei gewesen. Die Kommunistische Partei hatte er hinter sich gelassen. Keine Politik mehr, hatte er sich geschworen. Ein Bett und Essen waren ihm hier, bei der Reichswehr, sicher. Dass er gehorchen musste, nahm er in Kauf.

Er nahm Haltung an.

„Durchzählen", schnauzte der Schleifer und war erst zufrieden, als alle seine Rekruten wieder in Reih und Glied standen.

„Abtreten und zurück in die Kaserne." Heinrich entspannte sich, die Gesichtszüge wurden weicher. Er und seine Kameraden liefen zurück zu ihren Baracken. Es war schon später Nachmittag, die Sonne schien aber noch viele Stunden an den Sommertagen hier in Ostpreußen. Er nutzte gerne diese Zeit und fuhr mit dem Rad in die nahe gelegenen Wälder, legte sich an einem der zahllosen Seen auf die Wiese und träumte.

Es war Abend geworden. Heinrich lag auf seinem Bett in der Kaserne und dachte über seine Situation nach.

Die Idee, beim Militär abzutauchen, war gut. Keiner suchte ihn hier. Leider hatten nur wenige ehemalige Genossen die gleiche Idee gehabt, sie waren wie vom Erdboden verschwunden, tot oder im Gefängnis, erzählte man sich. Die wenigen Linken, die auch zum Militär gegangen waren und sich kannten, sprachen miteinander, aber nur hinter vorgehaltener Hand. Sie wollten ihre Vergangenheit nicht an die große Glocke hängen.

Heinrichs Grundausbildung war beinahe beendet. Er hatte sich bei den Pionieren beworben. Vielleicht brauchten sie Schreiner. Und er hatte Erfahrung im Bau von kleinen Booten. Über den Ernstfall machte er sich keine Gedanken. Der letzte große Krieg war noch nicht so lange vorbei. Warum sollte schon wieder ein neuer kommen?

Heinrich hatte seinen Platz bei den Pionieren bekommen. Der neue Ort seines militärischen Verstecks lag fernab der Städte in den Weiten Ostpreußens. Er hatte erreicht, was er wollte. Um ihn herum gab es die Natur, die er so liebte, er hatte sein bescheidenes Einkommen, Wäsche und Essen. Die Aussichten waren gut, dass die nächsten Jahre ihm ein ruhiges Leben bescheren würden. Nur ein Problem war nicht gelöst: Es gab zu wenig Frauen in der Umgebung. Nur am Wochenende konnte er Ausflüge in die weiter entfernte Stadt unternehmen. Und einmal im Jahr machte er sich auf, seine Eltern und Geschwister in Königsberg zu besuchen. Aber schon nach wenigen Nächten verließ er die enge elterliche Wohnung wieder. Vater Wilkowsky zeigte zwar einen gewissen Stolz auf seinen Sohn, kommandierte ihn allerdings sofort wieder herum. Das brauchte Heinrich nun überhaupt nicht.

Vater Otto Wilkowsky war streng. Ein athletischer Mann mit Schnauzbart, so stand neben seiner resolut aussehenden Frau Charlotte bei einem der ersten Fotografen. Stolz zeigte er sich in seiner Kutscheruniform mit seiner Familie. Sohn Heinrich wird das Foto in spätere Generationen hinüberretten. Diese Bilder waren in der damaligen Zeit außerordentlich teuer. Dennoch hatte sich Vater Wilkowsky zu dieser Ausgabe durchgerungen. Mit der Peitsche trieb er seine Brauereipferde durch die Stadt. Mit der Peitsche regelte er Probleme innerhalb der Familie. Das Nichtbefolgen seiner Anweisungen wurde mit Prügel betraft.

Die Mutter handelte ähnlich. Ohrfeigen von ihr waren an der Tagesordnung. Heinrich bekam beinahe täglich den Gürtel oder die Gerte zu spüren. Der Vater kam mit seinem Bierwagen viel herum und hörte von den Verfehlungen seines Sohnes. Falls er nichts gehört hatte, so prügelte er dennoch, denn die Wahrscheinlichkeit einer Verfehlung war seiner Meinung nach immer gegeben. Heinrich entwickelte ein dickes Fell. Seine Wut ließ er an seinen Geschwistern aus. Er schrie sie an, wenn etwas nicht so war, wie er es wollte. Spielte einer seiner Brüder auf seiner Matratze, bekam er Schläge. Er stellte somit klar, wer das Sagen bei den Geschwistern hatte. Diese verbündeten sich gegen ihren großen Bruder, was den wenig kümmerte, denn sie verloren meistens. Seinem Vater gegenüber buckelte Heinrich, ebenso bei Behörden und Polizei. Vor seiner Mutter zeigte er Respekt, denn sie hatte eine strenge Hand. Vielen anderen Frauen gegenüber war er respektlos.

Nach einem weiteren Jahr wurde Heinrich Feldwebel. Jetzt war er in seinem Element und durfte die jungen Rekruten bis zur Erschöpfung durch den Sumpf jagen. Stolz, mit durchgedrücktem Rücken und langgezogenem Hals marschierte er voraus, immer der Straße entlang. Er fand Befriedigung darin: Er bekam klare Anweisungen, die er verstand und ausführen konnte, und gab klare Befehle. Heinrich machte alles, was seine Vorgesetzten von ihm verlangten. Sie hatten eine gute Meinung von ihm. Er wurde der ideale Soldat. Er hielt er sich aber auch geschickt zurück, musste nie der Erste sein, der sich für eine freiwillige Aufgabe meldete. Er tat das gerade so oft, dass es nicht auffiel. Er stellte keine Fragen, zweifelte keinen Befehl an. Seinen Geltungsdrang ließ er an den Rekruten aus.

Der Führer der Nationalsozialistischen Partei Adolf Hitler hatte sich inzwischen zum Führer aller Deutschen erhoben. Er hatte sie nicht gefragt, bekam aber die Unterstützung von den meisten, zumindest von denen, die zu seinen Veranstaltungen gingen oder in seine Partei eintraten. Die Sache mit der proletarischen Revolution war, zumindest in seinem Land, den roten Menschen von den braunen ausgetrieben worden. Für

Heinrich war damit die proletarische Sache gestorben. Mehr ängstlich als einsichtig, kam er zu dem Schluss:

„Es ist gefährlich, sich zu sehr an eine politische Sache zu binden. Nie wieder werde ich das tun. Das gilt auch für braune oder sonstige Führer, die das Blaue vom Himmel versprechen. Ich glaube nur noch an das, was ich sehe."

Die Agitatoren der braunen Partei, ausgesandt von ihrem Führer, tauchten jetzt auch bei der Reichswehr, die sich jetzt Wehrmacht nannte, auf. Heinrich fühlte sich von nun an nicht mehr sicher. Sie erzählten etwas vom neuen Nationalstaat, von dem starken Volk und den noch stärkeren Soldaten. Heinrich hörte sich das an, dachte an die schöne Natur um sich herum und stellte keine Fragen.

„Ich brauche kein Parteibuch. Ich habe mein Soldbuch", antwortete er einmal auf die Frage nach seiner Parteizugehörigkeit. Alles andere behielt er für sich.

Heinrich widmete seine Arbeitszeit den Pionierfahrzeugen. Brücken zu bauen für nachfolgende Militärverbände und Nachschub waren die Aufgaben. Er spornte seine Einheit an. Immer schneller wurden die Brücken gebaut. Das war Heinrichs Verdienst. Bei Manövern war seine Gruppe immer an vorderster Linie und die schnellste. Seine Stimme, militärisch gedrillt, schallte durch die Kaserne, über die Landstraße und das Gelände. Gefürchtet bei den Rekruten, sorgten sein Stechschritt und seine Stimme für die gebührende Disziplin. Dafür bekam Heinrich extra Urlaub, den er in manch fremdem Bett verbrachte. Nach Königsberg ging er nur selten; man kannte ihn dort. Er war sich nicht sicher, ob ihn die Uniform vor Fragen nach seiner Vergangenheit schützen würde. Er blieb in der Provinz.

Und er entdeckte ein neues Talent an sich: Er wurde sparsam. Damit hatte er zum ersten Mal Geld in der Tasche. In der Provinz war vieles billiger.

Heinrich gefiel dieses Leben. Er brauchte sich nicht um viel zu kümmern. Essen musste er nicht einkaufen, geschweige denn kochen, seine Wäsche nicht waschen. So zog er mit seiner Kompanie durch die Lande und übte an den unterschiedlichsten Orten, Brücken auf- und abzubauen. Bald nannten die Offiziere dieses Spiel Manöver. Über die Jahre wurden sie immer mehr Soldaten, marschierten immer öfter und länger. Vermehrt kam neues Kriegsspielzeug wie Panzer und Kanonen hinzu und auch Kampfflugzeuge durften wieder bei den Manövern dabei sein. Viele dieser Waffen waren dem Militär nach Ende des Ersten Weltkriegs verboten worden. Der Nationale Führer setzte sich über dieses Verbot hinweg. Er benannte die Reichswehr in Wehrmacht um. Heinrich gefiel dieses Kriegsspiel. Ein gewisser Stolz schwang mit, wenn er den Rekruten davon erzählte. Er dachte nicht an den Ernstfall. Er dachte nicht, dass dies Teil einer riesigen Vorbereitung sein könnte. Er ahnte nichts von den Plänen des Nationalen Führers. Heinrich kümmerte sich nicht mehr um die große Politik und deren Redner. Dass die Sprecher sich in Ekstase redeten und die Zuhörer frenetischen Beifall spendeten, nahm er am Radio gelassen zur Kenntnis. In seiner Freizeit ergötzte er sich an Familienromanen. Für die Zeitung interessierte er sich weniger.

Die Geheimpolizei des Nationalen Führers tauchte jetzt auch in der Wehrmacht auf. Das machte Heinrich Angst. Ihre Meinungen waren ihm egal. Es war die Vergangenheit, die ihn nicht losließ. Die Männer trugen lange braune Ledermäntel, ließen sich auch von den Offizieren nicht beirren und sagten, dass die Soldaten an den Nationalen Führer glauben sollten und für ihn durch alle Feuer zu gehen hätten. Sie wollten, dass jeder die richtige Einstellung hätte. Dazu führten sie mit jedem ein Gespräch und horchten alle aus, wie ein Arzt seine Patienten abhört. Sie sollten gesund im Sinne der Ideologie sein. Heinrich fürchtete sich vor diesem Gespräch. Sein Name eilte ihm wohl voraus. Seine politische Vergangenheit stand wohl auf irgendwelchen Karteikarten.

„Was ist Ihnen wichtiger, die Kommunistische Weltrevolution oder der nationale Gedanke?" Thurnbrück genoss seine Macht und ließ Heinrich zappeln. Heinrich riskierte nichts und antwortete:

„Ich bin Soldat und kämpfe für mein Land."

Der Fragende im langen Ledermantel stellte klar, dass für Heinrich die Kommunistische Weltrevolution hoffentlich vorbei sei. Heinrich stimmte dem zu, weil es auch seiner jetzigen Einstellung entsprach.

Wenn der das von der Kommunistischen Partei weiß, weiß der wahrscheinlich noch viel mehr über mich, überlegte er. Die Gedanken schwirrten ihm durch den Kopf. Es bebte in ihm. Für einen Außenstehenden sah er ruhig aus.

„Noch ein Wort, bevor ich Sie entlasse." Thurnbrück sah Heinrich mit einer Mischung von Grinsen und Ernst an: „Auch wenn jemand einen umgebracht hat, so kann er doch seine Taten wiedergutmachen."

Heinrichs Gesichtszüge entgleisten. Er hatte sich aber sofort wieder unter Kontrolle. Er war sich jetzt sicher, dass der Mann, den er damals von der Straßenbahn aus im Auto gesehen hatte, Thurnbrück war.

„Sie können jetzt in Ihre Baracke zurückgehen." Damit war die Befragung beendet. Heinrich verließ das Zimmer. Er hatte Haltung bewahrt. Seine Uniform war durchgeschwitzt. Thurnbrück beobachtete ihn wohlwollend, wie er in gerader Haltung über den Kasernenhof marschierte.

Der Wilkowsky hatte ganz schön Angst, dachte er, ich könnte ihn wegen des Mordes festnehmen. Aber ich mag seine Einstellung als Soldat. Ich diene meinem Land, hat er gesagt, und ich glaube, das hat er auch so gemeint. Der ist unterwürfig. Der wird sein Bestes im kommenden Krieg geben. Unser Führer hat in „Mein Kampf" geschrieben, dass unser Volk neuen Raum im Osten sucht. Dazu benötigen wir gute Soldaten. Und vielleicht brauche auch ich ihn noch einmal. Thurnbrück kehrte zufrieden an seinen Schreibtisch zurück.

Das war wie ein Verhör, stellte Heinrich fest. Was meint er mit umgebracht? Dass ich den SA-Mann umgebracht habe und Thurnbrück das weiß? Heinrich legte sich auf sein Bett. Nein, wenn der etwas wüsste, hätte er mich doch sofort verhaften lassen. Aber was soll dieses „beim Volk wiedergutmachen"? Will er mich vielleicht erpressen?

Während der nächsten Wochen sah Heinrich Thurnbrück nicht. Er war froh, dass es Sommer war. Seinen Urlaub wollte er am Meer verbringen, am Haff, wo sie früher gesegelt waren. Er hatte seinen Sold gespart. Zum ersten Mal in seinem Leben hatte er ein Sparbuch. Er war stolz darauf. Er beabsichtigte nicht, viel Geld auszugeben. Auf dem Weg ans Haff machte er Station in Königsberg. Seine Freunde waren nicht mehr da, sein Elternhaus besuchte er nur kurz. Zu ihrer großen Überraschung brachte er seiner Mutter ein Armband mit Bernsteinen mit. War es, dass er kein Geschenk für den Vater mitgebracht hatte? Der saß mürrisch in seinem Sessel und hörte den Geschichten von seinem Sohn über das Leben beim Militär zu. Seine Kommentare bestanden darin, dem Sohn zu sagen, dass er nur ein kleiner Soldat sei und sich von einem richtigen Beruf drücken würde. Heinrich blieb nur eine Nacht. Er verabschiedete sich von seiner Mutter, die ihm mit Tränen in den Augen viel Glück wünschte.

„Heinrich, ich hoffe, du musst nie in den Krieg ziehen."

Er schulterte seinen Militärsack und setzte sich dann in eine Pension am Meer ab. Mädchen gab es überall und in seiner Uniform sah er gut aus.

Mareikes Weg

Heinrich machte seinen Weg als Pionier bei der Wehrmacht. Er hatte seine Familie beim Militär gefunden, hier fühlte er sich wohl. Drei- bis viermal im Jahr reiste er während seines Urlaubes in seine Heimatstadt Königsberg. Doch immer weniger Freunde fand er dort vor. Seine Eltern besuchte er nur sporadisch. War er in der Stadt, so hoffte er auf eine Unterkunft bei Mareike.

Er stand wieder einmal mit seinem Militärsack vor Mareikes Tür. Wiederholt hatte sie ihm klargemacht, dass sie jetzt keine Zeit für ihn hatte, denn andere Herren hatten sich angesagt. Nun stand er wieder dort – als ein anderer Mann, ihn kannte Heinrich, aus dem Haus kam. Thorsten Thurnbrück erfasste die Lage gleich, setzte seinen Hut auf, grüßte im Vorbeigehen mit einem „Guten Abend, Herr Wilkowsky" und stieg in seinen Wagen. Heinrich blieb wie versteinert stehen und sah dem Wagen nach.

„Willst du noch länger hier draußen stehen?", riss Mareikes Stimme ihn aus seiner Verwunderung. „Du willst doch sicherlich zu mir."

Heinrich schulterte seinen Militärsack und betrat die Wohnung.

„Wird der auch von dir bedient? Dieser Gestapo-Mann?"

„Ich habe dir schon einmal gesagt, dass ich mir nicht die Männer vorschreiben lasse, die zu mir kommen."

Heinrich wusste nun schon lange um die Nebeneinkünfte von Mareike. Ihm hatte das bis dahin nichts ausgemacht, solange er bei ihr übernachten durfte. Jetzt war die Situation ein andere.

„Wie kannst du nur diesen Gestapo-Mann als Kunden haben?"

„Du kennst ihn?", fragte Mareike verwundert.

„Dieser Thurnbrück und seine Kumpane sind bei uns aufgetaucht und haben uns verhört und dann bekamen wir eine Lektion über Politik und den Führer. Dem traue ich nicht über den Weg. Der wusste alles von mir aus der Zeit, bevor ich zur Reichswehr ging", erklärte Heinrich. Er verschwieg ihr weiterhin die Sache mit dem SA-Mann. Mareike war im Gegensatz zu sonst recht aufgeregt. Er merkte das an ihrer Stimme und ihren Bewegungen.

„Bevor er ging, hat er mir angeboten, in eine bessere Gesellschaft zu gehen", erzählte sie. „Dort würde ich mehr von seinen Kameraden kennenlernen, wie er sich ausdrückte. Ich könnte viel mehr Geld verdienen als hier. Er meinte wohl, ich solle in einen Puff gehen. Als ich ablehnte, drohte er mir mit einer Arbeitszeit im Lazarett. Es würde dort wohl in absehbarer Zeit viel Arbeit geben." Mareikes Stimme schwankte zwischen Erbostheit und Angst. „Er erkundigte sich übrigens, ob du ab und zu hier vorbeikämst."

Heinrich spürte einen Kloß im Hals. „Der beobachtet mich. Was will der von mir?"

„Du hast doch erzählt, dass er deine Vergangenheit kennt."

„Aber was hat das mit uns zu tun?", wollte Heinrich ärgerlich wissen.

Schweigend saßen sie am Tisch. Sie hatten jeder eine inzwischen leere Bierflasche vor sich. Mareike trank selten.

Die beiden fühlten sich in einer ausweglosen Situation: Der eine wurde überwacht, die andere gedrängt.

„Was wirst du machen?", fragte Heinrich schließlich.

„Das wird sich zeigen. Mache es dir erst einmal gemütlich."

Mareike war an diesem Abend verschlossener als sonst. Sie erzählte keine Geschichten. Später öffnete sie ihm das Schlafzimmer. Heinrich durfte vier Tage bleiben, dann warf sie ihn hinaus. Zwei Wochen später wusste sie, dass sie schwanger war.

Den Heinrich will ich nicht als Erzieher meines Kindes, das war ihr sofort klar. Der ist kein guter Vater. Und eine Hilfe ist er auch nicht. Mareike wusste, dass sie das Kind alleine großziehen wollte.

Mareike hatte das Waschen satt. War es auch die Schwangerschaft, die sie neue Pläne machen ließ? Ludwig kam immer wieder, nicht nur um seine Wäsche bei Mareike waschen zu lassen. Nur dreimal musste der Bankangestellte Ludwig Kubrinski bezahlen, dann nicht mehr. Er und Mareike hatten sich ineinander verliebt. Mareike mochte die abendlichen Besuche der anderen Herren nicht mehr erlauben. Ludwig wollte das auch nicht; das Schicksal hatte Mareike und ihn zusammengeführt. Die anderen abendlichen Besucher bedauerten Mareikes Entscheidung zutiefst und Mareike vermisste die vielen Informationen und Geschichten. Aber sie plante Veränderung, einen Aufstieg, wenn auch einen anderen Aufstieg als von Thurnbrück vorgeschlagen. Das Schicksal verstärkte seinen Druck auf die beiden durch die Schwangerschaft. Ludwig glaubte, er sei der Vater. Mareike wusste es besser, sagte aber nichts. Ludwig und Mareike heirateten nach wenigen Monaten. Das Kind brauchte schließlich einen Vater. Unter dem Hochzeitskleid wölbte sich der Bauch noch nicht, aber bald danach.

Es wurde eine Tochter und sie wurde in einer anderen Stadt geboren, weitab von Königsberg im Südwesten des Reiches. Ludwig hatte sich dahin versetzen lassen und seine schwangere Frau dorthin mitgenommen. Mareike fand sich bald in ihrem neuen Umfeld ein und wurde nicht müde, mit ihren Nachbarn guten Kontakt zu pflegen.

Ludwig als Bankangestellter hatte natürlich ein Sparbuch, auch Mareike brachte einiges Ersparte mit in die Ehe. Sie richtete der kleinen Familie eine Wohnung in einem schönen Zweifamilienhaus ein.

Was Mareike geahnt und was ihr schon vor Jahren die unterschiedlichsten Männer in Königsberg erzählt hatten, trat nach zwei Jahren ein: Der Führer verkündete den Krieg und bestimmte ihren Ludwig zum Soldaten. Nicht nur deswegen war ihr der Führer nicht geheuer. Sie mochte keine Menschen, die über andere herzogen und sie vernichten wollten. Auch wenn sie mit der nationalen Ideologie nicht übereinstimmte, nahm sich Mareike weiterhin heraus, eine eigene Meinung zu haben. Von jetzt an war sie mit ihrer Tochter Marie-Louise alleine.

Mareike sollte auch erst einmal alleine bleiben, denn Ludwig wurde eines der ersten Opfer des Krieges. Schon nach zwei Monaten wurde sie Kriegerwitwe. Sie konnte sich nicht entscheiden, ob sie laut heulen oder wütend sein sollte. Nach einer Woche wusste sie es: Sie war wütend.

„Diese braune Bagage hat mir meinen Mann genommen! Mehr wird sie nicht von mir bekommen", war ihr Credo. Unterdessen sprach der Führer vom Tausendjährigen Reich.

„Der soll mal daran glauben. Ich tue das nicht."

Heinrich zieht in den Krieg

Der Nationale Führer hatte zum Angriff geblasen und Heinrich und seine Kompanie packten ihre Brückenteile auf Lastwagen und fuhren nach Osten. Heinrich folgte widerwillig, hatte aber keine Wahl. Er fand Soldatsein gut, aber nicht im Krieg. Eine warme, trockene Kaserne war angenehmer als ein nasser Schützengraben. Doch er hatte die Rechnung ohne die Pläne des Führers gemacht. Sechs lange Jahre hatte er sich mit seinem Kriegsspielzeug vertraut machen dürfen. Jetzt gab es kein Zurück mehr. Von nun an wurde scharf geschossen. Für ihn und seine Pioniere ging alles ganz schnell: Sie gehörten zu den Ersten, die dabei waren. Denn bei jedem Angriff gingen Brücken kaputt, Heinrich und seine Pioniere bauten sie wieder auf, damit die Kameraden trockenen Fußes auf die andere Seite gelangen konnten.

Die vorher Nachbarn gewesen waren, waren jetzt Feinde. Für Heinrich eine nicht einfach zu verstehende Situation.

Warum marschieren wir in Polen ein? Wir hatten doch früher auch keinen Streit. Gut, manche äußerten sich abwertend über die Nachbarn. Aber ein Krieg?

Polen war nicht auf diesen Angriff vorbereitet, die kleine Armee wehrte sich aber tapfer. Trotz der offensichtlichen Übermacht der Deutschen gingen Heinrich und seine Pioniere oft in Deckung und überließen das Feld erst einmal den Angriffsspezialisten. Wollten die unbedingt über den Fluss, blieb Heinrich nichts anderes übrig, als selbst seinen Kopf ganz tief einzuziehen und ihre Brücke aufzubauen. So manchen Kameraden traf eine Kugel, Heinrich blieb erfolgreich in der Deckung. Die vielen Toten und Verletzten unter den feindlichen und den eigenen Soldaten wie auch unter den Zivilisten nahm er zur Kenntnis.

„Das ist nun mal der Krieg. Schön ist der nicht", pflegte er zu sagen, wenn sich andere über den Krieg äußerten.

Es zählte für ihn nur das eigene Ich und das Überleben. Und so zogen sie immer weiter nach Osten, einen großen Teil des Landes einnehmend. Aber sie durften nicht weiter. Ihr Nationaler Führer und der Kommunistische Führer hatten eine Vereinbarung geschlossen: Sie teilten sich das überfallene Land auf. Polen gab es von nun an auf ihren Karten nicht mehr.

Ob frühere Genossen auf der anderen Seite kämpfen? Was wäre, wenn wir uns gegenüberstünden? Würde ich dann schießen? Weiter wollte Heinrich nicht denken.

Trotz seiner guten Figur und seiner Uniform wollten die Mädchen in dem besetzten Land nichts von ihm wissen. Sie schauten Heinrich gar nicht an, so oft er sich auch nach ihnen umsah. Ihm wäre ein Anbandeln im Übrigen verboten gewesen. Verbrüderung war nicht erlaubt. Welches eroberte Volk will sich auch so schnell mit dem Feind verbrüdern?

„Die Gestapo lässt viele Menschen in diesem Land festnehmen. Einige werden erschossen, habe ich gehört. Ich hoffe, dass ich bei so etwas nie dabei sein muss. Kameraden, die unangenehm aufgefallen waren, sind dazu abkommandiert worden. Man erzählt sich so einiges. Ich halte mich da raus", meinte Heinrich zu einem Kameraden. Er ahnte, wie viel Macht die Gestapo inzwischen hatte. Er wollte davon nichts wissen und hoffte, nie in so eine Situation zu kommen. Er wusste, solange er die Befehle ausführte, würde er nicht abkommandiert. Andere Soldaten hatten ihm das erzählt.

Am nächsten Morgen wurde Heinrich zur Patrouille eingeteilt. Mit sechs Mann fuhren sie auf einem LKW durch die hügelige Landschaft. Obwohl es hier noch nie zu einer Schießerei mit Partisanen gekommen war, waren sie doch sehr vorsichtig. Nach zwei Stunden Fahrt machten sie Rast an einem kleinen See. Sie stiegen ab, sicherten den Platz und zogen ein Vesper aus ihrem Gepäck. Heinrich sah nicht weit entfernt davon eine kleine Hütte mit Garten und Ruderboot.

So etwas wünsche ich mir später, wenn der Krieg einmal zu Ende ist, begann er zu träumen. Ich baue mir eine Hütte und lege einen Garten an. Nach der Arbeit oder am Wochenende bin ich dann dort mit meiner Frau und Kindern. Und die Kinder spielen im Wasser.

„Aufsitzen!", kam der Befehl vom Kommandanten ihrer kleinen Truppe und riss Heinrich aus seinen Träumen. Sie fuhren weiter.

Neue Sichtweisen

Sigmund Thurnbrück war so ein Mann in einem braunen Ledermantel. Er hatte schon früh angefangen, an die Ideen des späteren Nationalen Führers zu glauben. Thurnbrück war fasziniert von der Ansicht, dass nur ein reines Volk stark genug zum Überleben ist.

Thurnbrück war ein gebildeter Mann. Er wuchs auf dem Landgut seiner Eltern in Thüringen auf. Ein Privatlehrer sorgte für das notwendige Wissen.

„Ich liebe die Natur und das Starke", pflegte er sich auszudrücken. „Auch in der Natur überlebt nur der Starke. Der Schwache wird gefressen. Seine Art verschwindet." Als großer, schlanker, durchtrainierter Mann liebte er den Sport. Er ruderte gerne und er liebte das Fechten, was ihm während des Studiums und als Mitglied einer Burschenschaft viele Vorteile brachte. Thurnbrück suchte das Ritterliche, wie er sagte. Er meinte damit, anständig, freundlich und hilfsbereit zu sein. Frauen aus seinem Stand zeigte er Respekt. So war er erzogen worden. Er hatte sich früh in Gräfin Irmtraud von Harrberg verliebt. Es war diese Jugendliebe, die er heiratete. Er verehrte seine Eltern. Thurnbrück liebte die Musik und machte seinen Abschluss an der Universität in den Fächern Rechtswissenschaften und Musik. Die Eltern lehrten ihn die richtige Einstellung zu seinem Vaterland. Über Generationen standen sie zu König und Kaiser. Der Nationalgedanke begleitete die Familie über Generationen.

Die politischen Zustände in ihrem Land nach dem 1. Weltkrieg waren für die Familie ein Gräuel.

„Ungebildete Menschen, die erst unser Land verkauften, wollen jetzt das Land führen." Sie meinten damit die demokratischen Politiker der Weimarer Republik. In der Meinung der Familie Thurnbrück führte das in Chaos und die Abhängigkeit. Der Aufstieg des späteren Nationalen Führers Adolf Hitler war für sie erst akzeptierbar, nachdem er sämtliche Kräfte des Landes wiedervereinigt hatte, wie sie sagten. Im Umgang mit anderen Menschen fühlten sie sich dennoch eher zu den gebildeten Bürgern hingezogen als zu den Braunhemden.

Klassische Musik begleitete die Familie durch das gesamte Jahr. Jedes Mitglied spielte ein Instrument. Konzertabende fanden in regelmäßigen Abständen statt. Wie der Vater und Großvater ging der junge Sigmund Thurnbrück seinen beruflichen Weg. Nach dem Studium von Jura und Musik wollte er eine Karriere am Gericht beginnen. Viel Zeit blieb ihm nicht, um sich in seinem Beruf dort zu etablieren, denn schon nach wenigen Jahren begann der große Krieg. Wenn es ihm die Zeit erlaubte, setzte er sich an das Klavier und spielte die alten Meister. Gerne verbrachte er die Wochenenden bei seinen Eltern auf dem Landgut und diskutierte die politische Lage.

Heinrich schlenderte zum Abendessen, als Thurnbrück ihn ansprach. „Wilkowsky, schön, Sie wieder einmal zu sehen."

Jedes Mal, wenn er die Stimme von diesem Gestapo-Mann hörte, stellten sich sämtliche Haare bei Heinrich auf. Seine Muskeln spannten sich an, seine sonst entspannte Miene verzog sich.

Warum treffe ich ihn immer wieder? Heinrich glaubte bald nicht mehr an einen Zufall. Was will der Thurnbrück von mir? Zusammen begaben sie sich in die Kantine. Thurnbrück war neugierig, was der ehemalige Kommunist zu diesem Krieg zu sagen hatte. Heinrich hielt sich zurück. Thurnbrück sah die Gelegenheit günstig, ihn von seiner Ideologie überzeugen zu können:

„Aufgrund von Herkunft und Geschichte stehen die Menschen der nordischen Rasse über den anderen", begann er seine Rede. „Nur die nordische Rasse ist in der Lage, die Welt zu regieren. So ist es nur konsequent, wenn die nordischen und westlichen Länder die anderen Nationen beherrschen. Die wertvollste aller Nationen ist die unsrige. Der Nationalsozialismus vollendet diese Tatsache. Zur Durchsetzung dieser Ziele muss das Volk vollständig hinter den Zielen des Führers stehen. Er hat die uneingeschränkte Verfügungsgewalt über jeden, egal ob der ihn unterstützt oder ablehnt. Nach seinem Grundsatz gibt es nur das Volk als gesamtes, jeder ist gleich. Der Einzelne zählt nicht mehr, nur seine vollkommene Hin- und Aufgabe, das heißt, er opfert sich für die Ziele des Gesamten. Das Volk unterwirft sich völlig dieser Doktrin. Diese Haltung ist notwendig zur Abwehr der Feinde im Innern und von außen. Alle

Andersdenkenden oder die, die nicht zu dieser Rasse gehören, sind zu vernichten, denn sie sind die Feinde des Volkes, die es vernichten wollen und die es zu vernichten gilt."

Thurnbrück hatte die gesamte Zeit geredet, während Heinrich seine Kartoffelsuppe löffelte. Er entspannte sich wieder langsam während des Monologes von Thurnbrück. Heinrich hatte vieles davon schon einmal gehört. Gedanken hatte er sich darüber aber nie so richtig gemacht. Ich will aber mein eigenes Leben führen, ging ihm durch den Kopf. Er sprach es aber nicht aus. Thurnbrück widmete sich jetzt ebenfalls seiner Suppe.

Thurnbrück stand voll hinter dieser Ideologie. Er war die ideale Person zur Umsetzung der Vernichtung anderer Rassen und zur Sicherstellung der Ideologie der totalen Aufgabe der Soldaten im Krieg. Beim Ausbruch des Krieges meldet sich Thurnbrück nicht zum Militär, sondern zur Gruppe für politische Bildung der Geheimpolizei. Seine Aufgabe bei der kämpfenden Truppe war die Beseitigung von Zweiflern. Die östlichen Länder müssten gesäubert werden und deswegen waren sie da, die Soldaten und die Männer in den langen Mänteln.

Heinrich hatte sich das so noch nie überlegt. Er hatte gedacht, dass die Soldaten aus dem Osten sein Land überfallen wollten und er es deshalb verteidigte.

„Das ist nicht falsch, was Sie sagen, Wilkowsky", bestätigte Thurnbrück Heinrich in seiner Ansicht. „Wir sind diesen falschen Menschen zuvorgekommen."

„Warum gehen wir nicht wieder nach Hause, wenn wir sie jetzt bestraft haben?"

„Weil wir jetzt mit dem Säubern anfangen", erklärte Thurnbrück. Heinrich dachte nach. Es wurde still zwischen ihnen. Nach einer Weile von vielleicht fünf Minuten fragte Thurnbrück Heinrich:

„Sie spielen doch Skat, oder? Kennen Sie noch jemand, der mitspielen könnte?"

„Ja, unseren Militärpfarrer. Wir können ihn fragen."

„Würden Sie das für uns tun? Dann bis morgen." Thurnbrück zog seinen Mantel an, drehte sich noch einmal zu Heinrich um und sagte: „Wilkowsky, ich denke, Sie werden Ihre Sachen immer gut machen" und verließ die Baracke. Sie hatten sich jetzt zum zweiten Mal in ihrem Leben getroffen.

Heinrich und seine Kompanie brachten in den darauffolgenden Tagen ihre Geräte auf Vordermann. Einiges musste ersetzt werden, anderes ausgetauscht. Die verletzten Kameraden wurden ins Lazarett gebracht. Thurnbrücks Ansichten und Arbeit gefielen Heinrich nicht. Ihm war immer noch nicht klar, warum dieser Krieg begonnen wurde.

„Herr Pfarrer, spielen Sie Skat? Hätten Sie Lust, mit Thurnbrück und mir ab und zu eine Runde zu spielen?"

„Wer ist Thurnbrück?"

„Kriminalrat Thurnbrück von der Gestapo."

Als Pfarrer Wolfgang Meiersohn das hörte, hatte er zunächst keine Lust, daran teilzunehmen. Er befürchtete allerdings, dass in diesem Fall der Gestapo-Mann unangenehm werden könnte. Auf der anderen Seite hatte er nichts zu verlieren. Vielleicht hörte er die eine oder andere interessante Information. Es könnte auch einfach ein netter Abend werden, aber er wollte ihm auf keinen Fall auf den Leim gehen.

Pfarrer Meiersohn war im zweiten Kriegsjahr rekrutiert worden. Er war kein Freund der nationalsozialistischen Ideologie und konzentrierte sich deshalb ausschließlich auf die seelsorgerischen Belange der Soldaten. Im Rang eines Majors hatte er die Nähe zu den Offizieren und damit zu vielerlei Informationen.

Sie trafen sich am Abend in Thurnbrücks Büro, was der in einem beschlagnahmten Landhaus eingerichtet hatte. Heinrich hatte selten so schöne Möbel gesehen. Das Holz war dunkel lackiert. Die Tischoberfläche hatte schöne Einlegearbeiten, stellte er fest. Er hatte vor Jahren bei einem Schreiner gearbeitet, der solche Arbeiten machte. Die Auftraggeber zahlten viel Geld dafür. Die Menschen, die hier gewohnt hatten, hatten Geld und einen guten Geschmack, überlegte er. Er wagte nicht zu fragen, warum sie nicht mehr hier wohnen durften.

Die Skatkarten lagen schon da. Der Nationale Führer wachte von seinem Bild über die Szene. Das Spiel zog sich hin, abwechselnde Gewinner zeugten von etwa gleich guten Spielern.

„Wann fangen Sie mit den Säuberungen an?" Pfarrer Meiersohn legte ein As auf die Zehn.

„In den nächsten Tagen. Warum fragen Sie?" Thurnbrück unterbrach kurz das Spiel und schaute den Pfarrer an.

„Was sind das für Menschen, die Sie verhaften werden?" Wolfgang Meiersohn sah Thurnbrück in die Augen.

Der Gestapo-Mann Thurnbrück vermutete mehr hinter dieser Frage. „Gesindel, die gegen uns sind. Unser Geheimdienst hat herausgefunden, dass sie offensichtlich Partisanengruppen gründen."

„Und was ist mit denen, die der Nationale Führer als minderwertig beurteilt hat?", fragte Wolfgang Meiersohn und sah Thurnbrück in die Augen.

„Die werden umgesiedelt", erklärte Thurnbrück.

„Wohin?"

„Weiter nach Osten."

„Da kommt bald die neue Grenze", versuchte Heinrich zu verstehen.

„Dort ist noch genügend Platz. Lasst uns mal weiterspielen", meinte Thurnbrück und legte die nächste Karte auf. Er hatte keine Lust, die politische Strategie vor einem offensichtlich systemkritischen Pfarrer und einem einfachen Soldaten auszubreiten.

Das Spiel zog sich die nächsten zwei Stunden hin. Es lag eine Spannung zwischen den drei Spielern. Jeder verzichtete aber darauf, Fragen zu stellen oder Kommentare zur momentanen Situation zu machen und konzentrierte sich auf das Spiel. Alle waren froh, einmal auf andere Gedanken zu kommen. Schließlich trennte sich die Gruppe und verließ müde das Büro. Heinrich und Wolfgang Meiersohn nahmen den gleichen Weg zurück zur Truppe, die ihre Zelte in zweihundert Meter Entfernung aufgestellt hatte. Es hatte leicht geregnet. Sie suchten die trockenen Stellen auf dem Weg.

„Was hat es mit diesen Säuberungen auf sich?", fragte Heinrich.

Pfarrer Meiersohn hatte diese Frage befürchtet. Gerne würde er sich mit dem Soldaten Wilkowsky darüber unterhalten. Jetzt war er allerdings erschöpft.

„Man will nur noch die Menschen um sich haben, die der Sache des Nationalen Führers genehm sind." Wolfgang Meiersohn hoffte auf keine weiteren Fragen.

„Wo sollen die anderen denn hin? Weiter nach Osten können die gar nicht."

„Es wird gemunkelt, dass wir noch weiter nach Osten gehen."

„Also Krieg gegen Russland", schloss Heinrich. „Woher wissen Sie das?"

„Der Nationale Führer hat ein Buch geschrieben. Da drin steht etwas von der Eroberung der Weite des Ostens. Nur die wenigsten haben es gelesen." Der Pfarrer wurde vorsichtig. Er wollte Heinrich nichts Falsches dazu sagen.

„Haben Sie das Buch gelesen?"

„Ich habe reingeschaut. Zu jeder Gelegenheit bekommen sie jetzt das Buch. Die wenigsten schauen rein."

„Ich habe jemanden sagen hören, dass dieses Buch die neue Bibel sei. Was meinen Sie dazu?"

„Die Bibel kann nicht ersetzt werden, ebenso wenig wie Gott."

„Dann ist für Sie die Bibel wichtiger als das Buch des Nationalen Führers."

Der Pfarrer merkte, dass Heinrich eine Antwort suchte. „Ja, die Bibel ist für mich wichtiger."

„Ist es nicht komisch, dass der Nationale Führer Adolf Hitler wie ein Gott verehrt wird?"

Wolfgang Meiersohn blieb stehen. Er konnte Heinrichs Gesicht im Dunkeln nicht sehen, schaute ihn dennoch an. „Ja, das ist es. Wir sollten aber nur einen Gott haben. Ich gehe jetzt schlafen. Wir können uns gerne in den nächsten Tagen weiter unterhalten." Wolfgang Meiersohn bog zu seinem Zelt ab. Heinrich hatte noch ein paar Meter weit zu laufen.

Er war verwirrt. Er hatte einmal an die Kommunistische Weltrevolution geglaubt. Er konnte nicht an einen Nationalen Führer glauben, der andere Menschen verjagen und erschießen ließ, hatte aber auch seine Schwierigkeiten, an den Gott in der Bibel zu glauben, der solche Taten zuließ. Heinrich wollte alleine über sich bestimmen, wann immer es möglich war. Er war schon früher zu diesem Entschluss gekommen, sah sich aber jetzt darin bestätigt.

Trotz ihrer unterschiedlichen Auffassungen zu diesem Krieg und der NS-Ideologie verabredeten sich Heinrich, Thurnbrück und der Pfarrer zweimal die Woche zur Skatrunde. Für alle Beteiligten war es eine Abwechslung von den täglichen Pflichten, solange der Krieg eine Pause einlegte.

Mareike setzt sich durch

Sturmbannführer Eberhard Müller war sein Name. Er war unterwegs in Zivil, hatte frei, machte einen Spaziergang durch den Stadtpark und sah Mareike. Deren Tochter spielte im Sandkasten, während Mareike auf einer Bank saß und ein Buch las. Eberhard Müller fühlte sich von ihr angezogen und fragte um den freien Platz auf der Bank.

„Ja, gerne dürfen sie sich setzen", antwortete Mareike freundlich.

Eberhard nahm Platz und ruhte sich in der Sonne aus. Er fragte sich, ob er sie ansprechen könnte. Dann wagte er es:

„Kommen Sie öfters hierher? Ich bin manchmal am Sonntag hier. Unser Park ist einladend. Finden Sie nicht auch?"

Mareike antwortete erst einmal nicht. Sie fühlte allerdings eine gewisse Zuneigung ihrerseits. Er sieht gut aus, hat gute Manieren, stellte sie fest.

„Müssen Sie nicht an die Front?", wollte sie wissen.

„Nein. Ich bin hier beim Staat", antwortete Eberhard geheimnisvoll. „Ist Ihr Mann im Feld?"

„Er ist im Feld geblieben", sagte Mareike. „Schon wenige Wochen nach Kriegsbeginn."

„Das tut mir ehrlich leid. Haben Sie sämtliche Unterstützung, die Sie brauchen? Unser Führer sorgt doch für Sie?"

„Danke, ich habe alles außer meinem Mann."

Sie unterhielten sich länger über dies und das und verabredeten sich für den nächsten Nachmittag im Park. Mareike und Eberhard trafen sich sonntags, mehrmals und am Abend bei ihr zu Hause. Mareike fand, dass der Sturmbannführer gar nicht so übel war, wie die meisten, die sie bislang kennengelernt hatte.

Ist es seine Art oder macht er das nur, um bei mir etwas zu erreichen? Eberhard verzichtete in ihrer Gegenwart auf politische Diskussionen oder Parolen. Weit wäre er damit bei ihr auch nicht gekommen. Mareike hätte ihm das ausgetrieben. So blieb es bei netten Gesprächen, Kino- und Theaterbesuchen und manchmal auch bei Besuchen in ihrem Bett. Nach drei Monaten fand Obersturmbannführer Eberhard Müller, dass es an der Zeit für den nächsten Schritt war. Er machte Mareike einen Heiratsantrag. Mareike hatte das schon erwartet, ließ sich aber Zeit. Eberhard drängte. Er solle an die Front. Mareike wollte ihn nicht heiraten. Noch nicht. Oder überhaupt nicht? Sie wusste es noch nicht und wollte sich auch nicht festlegen. Es ist zu früh für mich. Ich kenne ihn ja noch gar nicht richtig. Ich lasse mich nicht bedrängen. Das kann ich überhaupt nicht haben. Ich mag ihn, mehr aber auch nicht.

Mareike wollte nicht schon wieder eine Ehe eingehen, um bald wieder Witwe zu werden. Sie ließ sich nicht zu etwas drängen, erst recht nicht zu einer Ehe. Das wollte sie nicht. So etwas konnte sie nicht ausstehen. Mareike gab ungern das Heft aus der Hand. Eberhard Müller ließ nicht locker. Für Mareike war damit das Ende der Beziehung gekommen. Energisch machte sie ihren Standpunkt klar. Sie wurde klar und deutlich, ihre Stimme nicht laut. Obersturmbannführer Eberhard Müller suchte gar nicht nach Argumenten. Er sah keine andere Möglichkeit, als seine Sachen zu packen. Zu eindrücklich war ihre Ablehnung.

Mareike war von dieser Reaktion und damit von ihrem Erfolg selbst überrascht. Wie einfach war Eberhard Müller zu überzeugen gewesen. War es ihr Auftreten? Im ersten Augenblick machte es ihr selber Angst. Normalerweise ließen sich Menschen und erst recht Männer, nicht so einfach überzeugen. Dennoch hinterließ Obersturmbannführer Eberhard Müller seine Spur. Mareike war mit ihrem zweiten Kind schwanger. Sie wollte es. Sie selbst fand das nicht belastend. Sie fühlte sich stark genug, ein zweites Kind alleine aufzuziehen.

Mareike brachte einen Sohn zur Welt. Sie nannte ihn Sebastian. Der Vater Eberhard sollte zahlen, forderte sie, der war aber in den Weiten des Balkans verschwunden und wurde niemals mehr gefunden. Der Führer bedankte sich bei Mareike, dass sie ihm ein Kind geschenkt hatte. Mareike witterte die Hinterlist und sorgte dafür, dass es nicht ein Geschenk für seine Armeen werden würde. „Meine Kinder sind kein Kanonenfutter", stellte sie klar. Ich werde ihnen nicht erlauben, in die Hitler-

Jugend einzutreten. Die Kinder werden doch nur auf den Krieg vorbereitet. Die finanzielle Unterstützung nahm sie trotzdem. Sie und ihre Kinder wollten überleben für die Zeit nach dem Führer. Mareike plante langfristig.

Die Bahnstation

Nach einigen Wochen kam es erst einmal zu einem Ende der Skatrunde. Thurnbrück wurde zu Beratungen nach Berlin zurückbeordert, Heinrich sollte mit seinen Leuten Nachschubwege sichern. Sie wurden in ein entlegenes Waldstück geschickt. Ihre Aufgabe war, Partisanenangriffe abzuwehren. Zwei Eisenbahnstrecken kamen hier zusammen. In Friedenszeiten ermöglichte ein kleiner Bahnhof das Ein- und Aussteigen. Nun bauten sie das Bahnhofsgebäude und seine Umgebung wie eine kleine Festung aus: ein Drahtzaun um das Gelände, mit Sandsäcken gesicherte Posten an allen Ecken, die Fenster mit Sandsäcken geschützt. Einen größeren Angriff hätten Heinrich und seine neun Leute allerdings zu keiner Zeit abwehren können. Doch daran dachte er erst einmal nicht. Er genoss die schöne waldige Landschaft. Auch wenn er nicht durch die Wälder streifen konnte, so nahm er doch ihren Anblick und Geruch wahr. An manchen Tagen fühlte es sich für Heinrich so an wie während der Militärzeit vor dem Krieg. Es gab ein wenig zu tun und es gab viel Freizeit. Nur auf Spaziergänge außerhalb ihrer kleinen Festung musste er verzichten, denn überall trieben sich Partisanengruppen herum. Gerne lag er an einer sicheren Stelle, wie in den Jahren zuvor, im Gras unter den Bäumen, schaute den Wolken zu und glaubte sich zu Hause. Eine warme Sonne ließ ihn von den Zeiten in seiner Heimat Ostpreußen träumen. Ein Schuss in der Ferne, im Moment unerwartet, ein Pfiff von einer Lokomotive brachten ihn zurück in die Wirklichkeit. Flink waren Heinrich und seine Leute auf ihren Posten. Der Zug näherte sich. Weitere Schüsse – ein Angriff erfolgte nicht.

Die Züge brachten Nachschub an Soldaten und Kriegsfahrzeugen. Immer mehr. Heinrich fragte sich, was die alle hier machten. Manchmal kamen Güterwagen voller Menschen. Die Wagen waren von außen verschlossen und plombiert. Kam einmal ein Zug hier zum Stehen, hörte er nur leises Jammern und Rufen nach Essen und Trinken. Weiteres sehen konnte er nicht. Später kamen diese Züge zurück, die Güterwagen waren nun leer.

„Wo sind diese Menschen jetzt?", fragte er einen Soldaten, der den Zug begleitete.

„Das sind Juden. Die sind in ein Konzentrationslager gebracht worden", erklärte ihm der Soldat.

„Woher weißt du das?"

„Der Zielort, der auf dem Wagen steht, ist ein Konzentrationslager."

Das ist wohl die besagte Umsiedelung, von der Thurnbrück gesprochen hat, erinnerte er sich. Dann kamen wieder Züge mit Kriegsgerät. Heinrich dachte an seine Behelfsbrücken, die er schon länger nicht mehr gebaut hatte.

Waren es nur Ablenkungsmanöver oder versuchte jemand, sie aus der Reserve zu locken? Immer wieder kam es zu Schusswechseln mit kleineren Gruppen, wahrscheinlich Partisanen. Heinrich und seine Leute mussten auf der Hut sein. Zum Glück wurde niemand verwundet. Bei Dunkelheit ging keiner von ihnen freiwillig auf Wache.

Ein Lastwagen mit acht Soldaten, zwei Kübelwagen mit Offizieren und Frauen. So kamen sie vorbei. Sie hatten wohl die eine oder andere Champagnerflasche schon geöffnet und herumgereicht. Leise war diese Gruppe im Feindesland jedenfalls nicht. Sie fühlten sich sicher. Sie sangen, sie kreischten, sie waren offensichtlich schon angetrunken. Die Soldaten auf dem LKW durften dieses Fest militärisch beschützen. Der Champagner war für sie nicht vorgesehen.

„Hier alles in Ordnung?", lallte der eine Offizier. „Ist das der Weg zu dem Haus dahinten?"

War es Zufall, dass sie zu dem unbewohnten Haus wollten? Heinrich informierte sie, dass das Haus nicht bewohnt sei.

„Dann werden wir es jetzt bewohnen. Steigen Sie ein und zeigen Sie uns den Weg."

„Ist das ein Befehl? Mir wurde befohlen, auf alle Fälle hierzubleiben."

„Stellen Sie sich mal nicht so an. Sie sehen meinen Rang und ich befehle Ihnen, uns den Weg zu zeigen." Seine Aussprache zeigte deutliche Anzeichen des Champagner-Konsums. Die Frauen amüsierten sich sichtlich.

„Soll er doch mitkommen, der süße Kleine", scherzte eine in einem roten Kleid. An der Aussprache glaubte Heinrich eine Einheimische zu erkennen.

Er tat wie ihm befohlen, und stieg auf den LKW. Der kurze Wink eines Offiziers hatte ihm klargemacht, dass für ihn kein Platz zwischen den Frauen war. Heinrich bestieg grimmig die Ladefläche.

Nach wenigen Hundert Metern erreichten sie ihr Ziel. Heinrich sah sich um. Das Haus war unbewohnt, aber sauber und gepflegt. Jemand musste hier gewesen sein. Heinrich und seine Leute hatten davon nichts bemerkt. Die Soldaten sprangen vom Wagen, inspizierten jeden Raum und verteilten sich anschließend um das Haus. Die Offiziere gingen mit den Frauen in einen größeren Raum und feierten lautstark weiter.

„Bald wird es weniger laut. Dann verschwinden sie in den oberen Räumen. Das sind alles Nutten", erklärte einer der Wachsoldaten.

„Machen die das öfters? Hier habe ich sie noch nie gesehen. Und wir sind schon mehrere Monate hier."

„Das Haus hier haben sie wohl erst kürzlich entdeckt. Das machen sie aber bald jede Woche. Zur Tarnung immer irgendwo anders."

„Und ihr bekommt keine von den Frauen ab?", erkundigte sich Heinrich.

„Nee, da dürfen nur Offiziere ran. Wir müssen ein paar Hundert Kilometer fahren, bis man zu einem überfüllten Puff kommt.“

„Wie lange geht das hier? Wann fahrt ihr zurück?“

„Bis irgendwann in der Nacht.“

„Ihr fahrt in der stockdunkeln Nacht zurück? Ist das nicht gefährlich?“, wollte Heinrich wissen.

„Sicherlich. Aber das gehört bei ihnen wohl dazu.“

Heinrich setzte sich vor das Haus. Er hatte eine gute Sicht auf den Weg und den nahen Wald. Er sehnte sich nach einer Frau. Seinen letzten Urlaub hatte er schon beinahe vergessen. Dass er eingeschlafen war, merkte er erst, als die johlende Gruppe wieder erschien. Es war inzwischen dunkel geworden.

„Beinahe Vollmond“, meinte einer der Soldaten. „Wir sind eine wunderbare Zielscheibe.“

Die Uniformen saßen jetzt wieder perfekt. Die Wachsoldaten und Heinrich kletterten auf den LKW und der Konvoi fuhr langsam und ohne Licht zurück. An der bewachten Bahnstation sprang Heinrich ab, um seinen Wachdienst zu übernehmen. Inzwischen hatten sich Wolken vor den Mond geschoben. Kein Baum, kein Strauch war zu erkennen. Langsam verlor sich das Motorengeräusch des LKW in der Nacht. Heinrich zog es vor, ohne das verräterische Licht der Taschenlampe schnell seinen Rundgang zu machen. Dann pochte er das leise Klopfgeräusch an die Tür und sagte leise die Parole. Innen ging das Licht aus. Er huschte in ihre sichere Festung.

Das Lazarett

Der Konvoi mit den LKWs kam am Nachmittag. Jeder Wagen hatte auf seiner Plane das Rote Kreuz, als Zeichen, dass keine bewaffneten Truppen oder Munition, sondern Verwundete und medizinisches Personal transportiert wurden. Neugierig beobachteten Heinrich und seine Kameraden, wie der Treck nicht weit von ihnen zum Halten kam. Sanitäter begannen, zwei Zelte aufzubauen. Auch ihre Planen zeigten das Zeichen des Roten Kreuzes. Heinrich fragte sich, warum gerade hier ein Lazarett aufgebaut wurde, wo es hier kaum militärische Auseinandersetzungen gab. Am zweiten Tag schulterte er sein Gewehr und lief während seiner freien Zeit zu den Zelten hinüber. Er hatte beobachtet, dass schon am Tag zuvor Verletzte angekommen waren. Heinrich war neugierig.

„Hallo, Sanitäter. Wo kommen denn die Verletzten her?" Heinrich marschierte geradewegs auf den Eingang zu.

„Moment, Soldat. Du kannst da nicht so einfach rein. Da sind Verletzte drin und werden behandelt, meistens nach Überfällen von Partisanen."

„Sind Sie auch verletzt?", ein Arzt kam aus dem Zelt. „Was machen Sie hier?"

„Ich bin von der Bahnstation dort drüben. Wir liegen hier schon seit beinahe einem Jahr."

„Haben Sie jetzt frei? Dann können Sie uns helfen. Wir haben zu wenig Personal."

Heinrich ließ sich ins Lazarett-Zelt begleiten und sah die Verletzten auf den Pritschen liegen.

„Und was kann ich tun?"

„Verbände haben Sie wahrscheinlich noch nie gewechselt. Sie können den Verletzten beim Essen helfen. Andere Sachen gibt es aber auch zu tun. Die zeigen wir Ihnen dann." Damit verschwand der Arzt hinter einem Vorhang, wo weitere Arbeit auf ihn wartete. Heinrich begann unter Anleitung eines Sanitäters mit seiner Arbeit. Er sammelte altes Verbandsmaterial ein, half beim Putzen und bei der Essensausgabe.

Dies machte ihm mehr Freude, als in seinen freien Stunden in der Festung herumzuliegen, und so machte er sich nun täglich zu den Zelten auf. Einige seiner Kameraden sahen das mit Unverständnis, andere dachten darüber nach, ebenfalls im Lazarett zu helfen.

„Aber wenn es bei uns knallt, kommst du sofort rüber", warf ihm noch einer seiner Kameraden hinterher.

Nach ein paar Tagen zeigte der Sanitäter Heinrich, wie Verbände gewechselt werden. Er stellte sich, zu seiner eigenen Überraschung, dabei gut an. Er erhielt sogar das ein oder andere Lob, hatte Erfolgserlebnisse, die nichts mit seinem Beruf als Soldat zu tun hatten. Nebenbei bekam er so Nachrichten aus verschiedenen Abschnitten der Front und von der Heimat.

„Ich glaube, bald soll es weitergehen", meinte ein Verwundeter.

„Wie kommst du darauf?"

„Immer mehr Panzer werden an der Linie zu den Russen zusammengezogen. Wir waren auch dabei", erzählte der Soldat.

„Und wo hat es dich erwischt?"

„Nicht weit von hier. Wir waren auf Patrouille und wurden beschossen."

Ist wohl doch nicht so sicher, wie es bislang den Anschein hat. Heinrich machte sich Gedanken über die Lage der Festung.

Ein Fest mit Folgen

Heinrich und seine Kameraden hatten die Offiziere mit ihren Damen schon länger erwartet. Aber die Gruppe erschien nicht, nicht nach einer und nicht nach zwei Wochen. In der dritten Woche kamen sie. Das gleiche Gejohle, die gleichen Offiziere, andere Prostituierte. Heinrich blieb in seiner Festung. Die Offiziere kannten inzwischen den Weg und fuhren ohne Halt direkt zum Haus am Wald.

Heinrich und seine Kameraden waren wegen der Fest-Gemeinschaft, wie sie es nannten, heute wachsamer als sonst. Gegen Abend machte ein Soldat merkwürdige Geräusche in einiger Entfernung von ihrer Festung aus. Heinrich erhöhte die Alarmbereitschaft und ließ zwei seiner Leute nachschauen. Die kamen mit der Mitteilung zurück, dass frische Spuren auf Fremde schließen ließen. Heinrich und seine Leute zogen sich ins Bahnhofsgebäude zurück. Zwei Soldaten bekamen Befehl, die Fest-Gemeinschaft im nahen Haus zu warnen.

Partisanen hatten die „Lustgruppen" schon länger beobachtet. Ohne Tarnung, noch nicht einmal geheim, bewegten sich die Sieger durch *ihr* Land und *ihre* Wälder und über *ihre* Straßen. Sie hassten diese Menschen, die auch noch ihre Frauen zur Prostitution zwangen. Sie bieten eine ideale Zielscheibe, dachte der Anführer. Die Partisanen waren um das Bahnhofsgebäude geschlichen. Ihr Plan wurde allerdings durch Heinrichs Leute durchkreuzt, die die Partisanen entdeckt hatten und die Nachricht an die feiernde Gruppe weitergaben. Jetzt konnte der Anführer nicht länger warten. In dem Moment, als die beiden Soldaten am Lusthaus ankamen, griffen sie an. Heinrichs Leute in der Bahnstation hatten bis jetzt nichts bemerkt. Zu sechst stürmten die Partisanen auf das Haus zu, die Warnung kam zu spät. Gewehrfeuer streckte die Wachsoldaten bei den Fahrzeugen nieder. Die Offiziere verschlossen die Türen. Sie hatten nur Revolver.

Heinrich hatte keine Wahl. Er rief seine Leute zusammen und sie rannten zum Haus. Inzwischen griffen die Partisanen mit Handgranaten an. In kurzer Zeit fing das Holzhaus Feuer. Die Offiziere versuchten, die Angreifer mit ihren Revolvern auf Abstand zu halten, und hofften auf Heinrich und seine Leute, die eintrafen, als Teile des Hauses schon in Flammen standen. Die Untergrundkämpfer erkannten die Übermacht und entfernten sich, nicht ohne eine Handgranate unter den LKW geworfen zu haben. Er ging sofort in Flammen auf. Heinrich und seine Leute befreiten die Offiziere mit ihren Prostituierten und geleiteten sie zu ihrem befestigten Bahnhofsgebäude. Dieses Fest hatte ein jähes Ende gefunden. Drei Wachsoldaten waren tot, vier schwer verletzt. Einer von Heinrichs Kameraden war ebenso verwundet.

Nach diesem Überfall bekam die Bahnhofsstation personelle Verstärkung. Es wurde eng in der kleinen Festung. Die Stimmung war nicht mehr die beste. Heinrich war jedes Mal froh, wenn er seinen freiwilligen Dienst im Lazarett machen konnte. Die Ruhe an der Front hatte allerdings bald ein Ende, denn der Nationale Führer kündigte dem Kommunistischen Führer den Frieden auf und ließ seine Armeen noch in diesem

Sommer angreifen. Heinrich und seine Pioniere bauten ihre Zelte ab und fuhren unter lautem Kanonendonner weiter nach Osten.

Der Krieg zieht weiter

Dieser Angriffskrieg war schlimmer als das, was Heinrich sich hatte vorstellen können. Sie wurden von den Generälen nach vorne getrieben, bis sie der russische Winter stoppte. Gefangene wurden kaum gemacht, viele von ihnen wurden von der Geheimpolizei erschossen. Heinrichs Bataillon baute Brücken, bis erst Regen die Wege und Felder in tiefen Morast verwandelte und ein Vorankommen kaum noch möglich war. Dann kam der russische Winter. Der Frost ließ die Flüsse und Seen schnell zufrieren. Die Panzer konnten jetzt wieder fahren, aber nur so lange, bis die Kälte den Diesel in ihren Tanks fest werden ließ. Jetzt gab es kein Fortkommen mehr. Die Armeen blieben im Schnee stecken. Die Soldaten froren, sie hatten keine geeignete Ausrüstung. Der Krieg machte eine Pause. Der Führer schnaubte, er wollte keinen Stillstand. Mensch und Maschine hatten ihm zu gehorchen. Auf seinen Karten verschob er Truppen, wo es nichts zu verschieben gab. Der Schnee und die Kälte gehorchten dem Führer nicht.

Heinrich und seine Kameraden mussten sparsam mit den Lebensmitteln umgehen, denn auch der Nachschub war im Schnee stecken geblieben. Das Wasser war nicht sauber. Es gab nichts Vernünftiges zu essen. Dafür bekamen sie Zigaretten. Rauchen half den Hunger zu dämpfen und wurde ein Mittel, um die Langeweile zu bekämpfen. Heinrich, der sich zuvor aus Sparsamkeitsgründen nur ab und zu eine Zigarette angesteckt hatte, wurde zum Kettenraucher. Jetzt rauchte jeder hier. Es gab mehr Zigaretten als Brot. Wo sie die wohl alle her hatten? Aber essen konnte man sie nicht, dachte Heinrich. Sich zu waschen, die Kleidung zu reinigen, alles wurde unmöglich. Überall wimmelte es von Läusen. Viele Soldaten hatten eitrige Wunden vom ständigen Kratzen. Heinrich bekam oft Durchfall. Sie fühlten sich miserabel.

Und dann kam die Langeweile. Heinrich stand Wache und fror. Er musste nach draußen und erkunden. Er versank im Schnee. Seine Kleidung war nicht für diese Witterung gemacht. Er dachte fast wehmütig an die ruhige Zeit in der Bahnstation und seine Arbeit im Lazarett. Später saßen er und seine Kameraden zusammen und spielten Skat. Aus dem Radio hörten sie meistens nur Marschmusik und Reden von irgendwelchen Parteigrößen, die diese in warmen Zimmern hielten.

Heinrich lag auf seiner Pritsche im kalten Zelt. Erinnerungen an seine Jugendzeit stiegen hoch. Einen Beruf solle er erlernen, damit er bald auf seinen eigenen Füßen stehen könnte, hat Vater immer wieder gesagt. Tische und Stühle werden immer gebraucht, war seine Meinung. Das wollte ich erst einmal gar nicht. Der Vater meinte, ich könne doch schon ganz gut einfache Spielsachen aus Holz bauen. Später habe ich sogar mit meinen Freunden kleine Boote gezimmert, mit denen wir uns auf den Pregel wagten. Deswegen hat mich der Vater in die Schreinerlehre geschickt. Aber viele wollten mich nicht als Lehrling. Der Vater maulte, weil ich auf den Straßen als Raufbold und Mädchenheld bekannt war, wie er sagte. (Die Mädchen in unserem Viertel fanden mich allerdings toll.) Vater hat es aber doch geschafft, einen Lehrmeister für mich zu finden. Er war mit seinem Brauereiwagen in der gesamten Stadt bekannt und suchte. Ich musste zweimal wechseln. Dem einen machte ich die Arbeit nicht gut genug; dem anderen gefiel nicht, dass ich bei den Kommunisten war.

Ich liebte das Wasser und die Natur, und ich liebte es, unabhängig und frei zu sein. Im Sommer blieb ich manchmal mit meinen Freunden tagelang weg und riskierte die Prügel vom Vater. Die Freiheit war mir wichtiger. Wir segelten den Fluss hinunter zum Meer, die Küste auf und ab, zwischendurch fingen wir Fische mit den Angelruten oder den Händen. Fische sind etwas Tolles: Geräuschlos gleiten sie durch das Wasser, manche lauern still auf eine Beute und sind dann blitzschnell wieder weg. Willst du sie mit der Hand fangen, so greifst du daneben oder sie entwischen dir immer wieder. Sie sind so glitschig, dass sie dir selbst noch im Boot aus der Hand rutschen können. Es liegt an ihrer Haut, dachte Heinrich. So ein Fisch müsste man sein. Am Abend brieten wir sie dann am Strand und schliefen auf dem Sand. Die Sommer waren schön und warm …

„Kaffee gefällig?" Ein Kamerad stand mit einer dampfenden Tasse neben der Pritsche. „Echter Kaffee", witzelte er.

„Danke." Heinrich wusste, dass sich nur Malzkaffee in der Tasse befand. Er war aber heiß.

Munition hatten sie genügend, aber da gab es nichts, worauf sie schießen konnten. Wie sie hatte sich der russische Feind irgendwo im Schnee eingegraben. Da schon länger nicht geschossen worden war, konnten sie deren Stellungen nur erahnen. Heinrich fragte sich, ob es dem Iwan, wie sie die russischen Soldaten nannten, besser ginge als ihnen. Gelegentlich sahen sie kleine Rauchfahnen auf der anderen Seite der Front aufsteigen. Heinrich meinte, den Duft von gekochtem Essen riechen zu können. Aber vielleicht war das auch nur eine Täuschung, ein Wunschgedanke.

Weit, sehr weit hinter der weißen Schneefront versammelte der Kommunistische Führer zusätzliche Soldaten und ließ neues Kriegsgerät herstellen. Was ihm fehlte, bekam er aus anderen Ländern. Heinrich und seine Leute wussten das nicht. Sie fragten sich, wie weit sie noch in dieses Land vordringen sollten.

„Unser Volk braucht Raum im Osten", erklärte einer der jüngeren Soldaten. Er kam frisch aus einer der neuen Schulen für NS-Führungskräfte und brachte die richtige, die neue politische Einstellung mit. „Das schreibt schon unser Führer in seinem Buch."

Heinrich fragte sich, ob der Führer auch Gedanken an diese Schneemengen und Temperaturen verschwendet hatte. Er hütete sich, das laut zu fragen. Seit Tagen hatten sie jetzt nichts mehr zu essen bekommen, der versprochene Nachschub kam nicht. Aber der Feind kam auch nicht. Das war beruhigend.

54

Und dann kam er doch. Heinrich sah zuerst die Geschosse, diese kleinen Raketen, die auf sie zugeflogen kamen. Er konnte es kaum glauben.

„Der Iwan greift an!", kam es brüllend aus aller Munde. Es waren viele russische Soldaten, die auf sie zugelaufen kamen. Heinrich und seine Soldaten schossen, was sie konnten. Nach zwei Tagen bekamen sie Befehl zum Rückzug. Heinrich packte sein Gewehr und rannte mit den anderen zurück. Eine neue Front sollte aufgebaut werden – mit entkräfteten Soldaten. Heinrich überlebte diesen Angriff und buddelte sich wieder ein. Viele hatten es nicht geschafft.

Wieder warteten sie lange, nicht nur auf den Nachschub, sondern auch auf das Ende des Winters. Das bedeutete für ihre Kriegsführung allerdings noch Schlimmeres. Mit steigenden Temperaturen verschwand der Schnee und ließ riesige Wasserflächen entstehen, aus denen kleine Erhebungen schauten. Heinrich hatte noch nie so viel Schlamm gesehen. Alles, Menschen und Fahrzeuge versanken in diesem Schlamm. An ein Fortkommen war nicht zu denken. Sie warteten weitere vier Wochen, in denen der Führer auf seinen Karten die Armeen schon weiter nach Osten vorgezogen hatte.

Thurnbrück will sich nicht opfern

Seit dem ersten Zusammentreffen in der Skatrunde beobachteten sich der Gestapo-Mann Thurnbrück und Pfarrer Meiersohn kritisch. War es dieses gegenseitige Beobachten und Warten auf den falschen Schritt, der die beiden zu den abendlichen Treffs führte, oder suchten sie nur die Abwechslung vom Alltag? Der Militärpfarrer war kein guter Unterstützer der totalitären Ideologie des Führers. Thurnbrück hatte das schnell gemerkt. Dennoch war Wolfgang Meiersohn ein vorsichtiger Mann. Er wusste, dass er sich nicht gegen die herrschende Ideologie äußern durfte. Er hatte seinen Glauben, er glaubte aber nicht an den Führer. Seine Aufgabe sah er in der seelsorgerischen Begleitung der Soldaten. Er lehnte die Säuberungen ab. Er wusste, wie gefährlich seine Gedanken waren, und hütete sich, sie laut auszusprechen.

Irgendwann ging der Krieg unter lautem Kanonendonner weiter. Und Heinrich sollte bei der Eroberung von Stalingrad helfen. Wochen und Monate marschierten sie nach Osten, erreichten die Stadt und kämpften sich hinein, Straße für Straße, Haus um Haus. Und als es Winter geworden war, saßen sie wieder in Dunkelheit und Kälte in den Ruinen dieser kaputten Stadt. Der zweite russische Winter, den sie in diesem Krieg erlebten, hatte die Temperaturen weit unter den Gefrierpunkt sinken lassen. Die Skatabende hatten die drei Männer längst aufgeben müssen, sie waren weitergezogen, aber immer wieder kreuzten sich ihre Wege. Ihre Spielabende hatten sie trotzdem nicht wieder aufgenommen. Keinem war unter diesen Umständen danach zumute. Sie alle wussten, dass sie hier nicht mehr lebend herauskommen könnten. Thurnbrück merkte, dass die Soldaten die Sprüche des Führers schon längst nicht mehr hören wollten. Seine Durchhalteparolen wurden stumm zur Kenntnis genommen. Pfarrer Meiersohn kämpfte auf seiner Seite, der Seite der Bibel, um den Schutz des Himmels. In seinen Gottesdiensten, in seiner seelsorgerischen Unterstützung der Soldaten konzentrierte sich Pfarrer Meiersohn auf Gott und die Bibel. Mit keinem Wort erwähnte er den geforderten Glauben an den Führer.

Pfarrer Meiersohn hatte zu einem Gottesdienst gerufen. Beinahe alle Soldaten, die nicht gerade im Einsatz waren, folgten seiner Einladung. Heinrich war neugierig und kam ebenfalls. Pfarrer Meiersohn sprach gerade ein Gebet, als eine Durchsage des Führers angekündigt wurde. Er unterbrach sein Gebet nicht. Thurnbrück stellte das Radio lauter. Pfarrer Meiersohn stellte sich in seiner ganzen stattlichen Größe vor Thurnbrück hin und zog energisch das Stromkabel. Thurnbrück verließ wütend den Raum. Er sah in der Handlung des Pfarrers eine Untergrabung der Moral und der nationalen Idee.

„Das ist Wehrzersetzung! Machen Sie so etwas nicht wieder, sonst muss ich Sie verhaften!"

„An wen glauben die Soldaten? An Gott oder an den Führer? Sie glauben an das, was ihnen hier im Krieg seelisch mehr hilft", entgegnete Pfarrer Meiersohn. „Das, was sie seit ihrer Jugend kennen."

Es hatte wieder angefangen zu schneien. Mit dem Schnee wurde es auch etwas wärmer. Heinrich schätzte die Temperatur jetzt bei minus 25 C. Pfarrer Meiersohn stattete anderen Gruppen von Soldaten einen Besuch ab, als ihm mehrere Männer in langen braunen Ledermänteln auffielen, die offenbar versuchten, die beinahe eingekesselte Stadt zu verlassen. Sie versammelten sich auf einem vor russischen Granaten geschützten Platz. Thurnbrück war unter ihnen.

„Ist das Ihre Art, die Soldaten hier zu begleiten? Sie wollen sich absetzen?" Wolfgang Meiersohn war außer sich.

„Ich habe noch andere wichtige Dinge zu tun. Ich wurde abberufen. Wollen Sie nicht mitfahren, Herr Pfarrer?", fragte Thurnbrück spöttisch.

„Von wegen, alle sind gleich in ihrer Ideologie. Die besseren Ratten verlassen das sinkende Schiff."

Thurnbrück nahm seine Pistole, zielte auf Pfarrer Meiersohn.

„Warum wollen Sie ihn erschießen?"

Thurnbrück drehte sich um und sah Heinrich in die Augen. „Er zersetzt die Wehrkraft", schnauzte er Heinrich an.

„Müssten Sie ihn dann nicht vor das Kriegsgericht bringen?"

Thurnbrück wurde noch wütender. „Das ist nicht Ihre Angelegenheit, Wilkowsky. Machen Sie, dass Sie in Ihre Stellung kommen!" Er drehte sich zurück zu Pfarrer Meiersohn. Doch der war zwischen den zerschossenen Mauern verschwunden.

Der Führer hatte sich zum „Größten Heerführer aller Zeiten" erklärt und verkündete die Einnahme von Stalingrad im ganzen Reich und in den besetzten Gebieten. Allerdings hatte er diese Ankündigung zu früh gemacht. Ein Großteil der Stadt war immer noch in der Hand der feindlichen Armee. Und die erhielt Verstärkung. Mehr und mehr. Außerdem bekam sie das Beste, was sie bekommen konnte, den kalten russischen Winter.

Der „Größte Heerführer aller Zeiten" durfte sein Gesicht nicht verlieren. Er konnte nicht zugeben, dass seine Armee diese Stadt noch nicht vollständig unter ihrer Kontrolle hatte. War es Rache wegen seiner nicht durchgeführten Befehle oder schon der sich ankündigende Vernichtungswunsch des eigenen Volkes? Wenn sie schon nicht die Besten und Siegreichsten waren, dann sollten sie für immer untergehen, um nicht den Schlechten in die Hände zu fallen.

Der Führer ordnete an, dass seine Soldaten die Stadt zu einer Festung ausbauen sollten. Hilfe von außen würde es dabei nicht geben. Damit überließ er seine Armee ihrem Schicksal. Seine Ansprache über den Rundfunk war der Befehl zur Einigelung und Verteidigung bis zum letzten Mann. Das wussten auch Thurnbrück und Heinrich. Die feindliche Armee schloss langsam einen Kreis um die Stadt.

„Thurnbrück, komm endlich. Sonst fahren wir ohne dich."

Thurnbrück hatte aber noch etwas zu holen, drehte sich um, bestieg einen Kübelwagen und ließ sich in die Ruinenreste seines Büros fahren. Einige für ihn wichtige Unterlagen wollte er mit auf die Reise nehmen. Als er eine Stunde später an die Sammelstelle für die nicht einigelungswilligen Menschen zurückkam, musste er feststellen: Die Gruppe war weg. Ein Geleitschutz stand nicht zur Verfügung.

Thurnbrück bekam es mit der Angst zu tun. Er erlebte jetzt die Angst, die die meisten der Zurückgebliebenen verspürten. Nur wollte er sie nicht zeigen – der lange Ledermantel war für ihn ein Abzeichen der Macht. Jeder, der ihn kannte, ließ sich seine Angst ebenfalls nicht anmerken. Einige konnten ihre Wut gegen die Ledermäntel kaum unterdrücken.

Thurnbrück wollte raus. Wie jeder andere wollte er sein Leben retten. Doch im Gegensatz zu den Soldaten hatte er eine gewisse Macht, die er ausnützen wollte, um seines Überlebens willen. Einfallsreich waren seine Anstrengungen in den kommenden Stunden, einen Weg hinauszufinden. Er kannte die Rede des Führers. Der hatte sie eindeutig an die kämpfende Truppe gerichtet: nicht aufgeben und bis zum Ende kämpfen. Dass dabei die meisten, wahrscheinlich alle, sterben würden, war nicht nur ihm klar. Thurnbrück kam zu der Schlussfolgerung, dass erstens eine eingekesselte Armee nicht wegrennen konnte und zweitens er, Thurnbrück, nicht zur kämpfenden Truppe gehörte und daher in dieser Stadt nicht gebraucht wurde. Drittens wäre er in seiner Funktion lebendig wichtiger als tot. Nur lebendig konnte er die Gesetze des Totalitarismus durchsetzen und seinem Führer eine Hilfe sein. Nicht allzu viel Überredungskunst bei anderen Ledermänteln war nötig, sie davon zu überzeugen, dass ein Weg aus ihrer Misere zu finden sei. Einige Soldaten hatten auch nichts dagegen, Thurnbrück und seinen Leuten aus der Stadt zu helfen, wenn sie dabei sein durften. Wer sich den Männern mit den langen braunen Ledermänteln allerdings in den Weg stellte, wurde mit Waffengewalt eines Besseren belehrt. Drei Lastwagen standen am nächsten Abend bereit, in letzter Minute den Weg aus der Umzingelung zu suchen.

Mareike und der große Krieger

Ein Kind an der Hand, ein Kind noch im Kinderwagen. So sahen die Leute Mareike Jeschkes durch die Stadt bummeln, zum Einkaufen gehen oder einfach nur unterwegs sein. Sie kleidete sich stets gut; ihr Standpunkt war, dass eine Frau während des Kriegs nicht ihre besten Kleider zu verstecken brauchte. Die Nachbarn, beinahe nur noch Frauen von Soldaten und daher meistens alleine, fühlten mit Mareike. Und sie halfen sich gegenseitig, wenn tatsächlich einmal ein Mann, vielleicht ein fremder Soldat auf Urlaub, für ein paar Stunden Glück vorbeikam. „Nimmst du meine Kinder heute Nacht, nehme ich deine in einer anderen." Der Mensch braucht körperliche Berührungen nach so vielen Entbehrungen.

Er war groß und stolz und trug das Ritterkreuz. Viele, vor allem Kinder, bewunderten diesen Helden des Kampfes. Auch für die zweimalige Kriegerwitwe Mareike Jeschkes sah er blendend aus, der Leutnant Philipp Brommel. Keinen Ehering am Finger, begutachtete sie ihn in der

Straßenbahn. Sie hob ihren Kopf und lächelte in seine Richtung. Der Leutnant sah es und schmolz, nein, er wurde noch größer, sein Hals länger. Philipp Brommel setzte das Lächeln eines Siegers auf. Nur kurz in Mareikes Richtung, dann zurück aus dem Fenster in die Weite, so wie ein Leutnant das weite Schlachtfeld sieht. Langsam dreht er seinen Kopf zurück, wohl weg vom Anblick der langweiligen Häuserzeilen hin zum feinen, lächelnden Mund ihm gegenüber. Es war nicht nur ihr Mund. Mareike spielte mit den Augen und den feinen Muskeln in ihrem Gesicht. Philipp kannte das Spiel und fragte sich nach ihren Absichten. Obwohl nicht in Feindesland, war er kritisch der hübschen Person gegenüber. Wollte sie seine Unterwerfung oder sich ihm hingeben? Was hatte sie vor? Diese Fragen beschäftigten das lächelnde Siegergesicht des Leutnants. Er konnte keine Antwort finden, denn die Kraft der Anziehung war so stark, dass er alle Vorsichtsmaßnahmen vergaß und ihr bei der nächsten Haltestelle folgte. Mareike selbst hatte keine strategischen Überlegungen angestellt, sondern war nur ihrem Instinkt gefolgt. Es war nicht ihre Haltestelle, nicht ihr heutiges Ziel, von wo aus sie ihre Freundinnen Hedda und Lilo treffen wollte. Sie stieg hier aus, weil es hier Cafés und Bänke gab. Ein freier Tisch lud zum Platznehmen ein. Nicht zu schnell, sie wollte gesehen, verfolgt werden.

„Gnädige Frau", so begann der wohlerzogene Leutnant, „darf ich Sie zu einem Kaffee einladen?"

„Ich bin nicht alleine", ließ sie ihr Anstand sagen. „Meine Freundin wird bald kommen."

„Dann hoffe ich für mich, dass sie nicht zu früh kommt."

Fragend und zugleich fordernd stellte sich der junge Leutnant in gebührendem Abstand vor ihren Tisch. Er wartete, wartete auf eine Antwort ihrerseits. Mareike kostete die Situation aus, ließ ihn erst einmal stehen. Als seine Nervosität sichtbar wurde, erlöste sie ihn mit den Worten: „Gerne dürfen Sie sich setzen und eine Tasse Kaffee bestellen."

„Ich danke Ihnen. Darf ich Sie nach Ihrem Namen fragen?"

Mareike hatte eine solche Direktheit nicht erwartet. Erst etwas verblüfft, dann schnell wieder Herrin ihrer Gedanken, stellte sie die normalen Fragen, die unbedenklichen.

„Sind Sie auf Urlaub?"

Froh, ihr ein paar Worte entlockt zu haben, begann er zu erzählen. Von seinem Elternhaus, seiner Ausbildung, vom Krieg. Nichts Heroisches war an diesen Schilderungen. Das beeindruckte Mareike. Sie war versucht ihn zu fragen, wofür er das Ritterkreuz bekommen hatte. Sie unterließ diese Frage jedoch.

„Darf ich Sie fragen, wo Ihr Mann kämpft?"

Mareike war verblüfft, da sie keinen Ehering mehr trug, nur einen normalen goldenen.

„Ich bin Kriegswitwe. Schon nach wenigen Wochen des Krieges." Und so erzählte Mareike von ihren Jahren in Königsberg, allerdings ohne die Abende mit den zahlenden Männern. Ihre Geschichte war geleitet von seiner Offenheit ihr gegenüber. Mareike fand, es sei wieder an der Zeit für eine gegenseitige Berührung. An mehr dachte sie erst einmal nicht. Zu negativ waren ihre Erfahrungen, was die Dauerhaftigkeit von Beziehungen betraf.

„Ihre Freundin kommt wohl nicht mehr." Mareike ging auf seine Bemerkung nicht ein.

Und so wurden aus einer Tasse zwei und später ein Glas Champagner im Hotel. Mehr ließ Mareike wegen der Kinder und aus Gründen des Anstands nicht zu. Der Leutnant aus gutem Hause und Mareike trafen sich an den folgenden Tagen in seinem Hotelzimmer und sie gestand sich ein, sie hatte sich verliebt. Stolz ging sie mit ihrem Leutnant untergehakt durch die Stadt, durch den Park und zum Tanzen. Auch die Kinder durften manchmal beim Spaziergang mit dabei sein. Er meint es ehrlich und ist eine gute Partie, schloss Mareike.

Er gestand ihr seine Liebe, schenkte ihr einen Ring und eine weitere Schwangerschaft. Drei Wochen waren schnell vorbei und ihr Leutnant verschwand für immer in den Weiten der Schlachtfelder. An seine Liebe erinnerte er sie noch in zwei Briefen – dann blieben sie aus. Die Ankündigung der Schwangerschaft erreichte ihn nicht mehr. Mareike spürte, dass er nicht mehr zurückkommen würde. Gleichzeitig zog sie die Schlussfolgerung, dass auf jede ihrer Schwangerschaften ein toter Krieger kam.

Heinrich will sich nicht einigeln

Heinrich saß mit seinen Pionieren in Häuserruinen in Stalingrad fest. Hatten sie unter Verlusten ein paar stehen gebliebene Häusermauern erobert, so wurden sie nach ein paar Tagen in ihre alten Stellungen zurückgedrängt. Häuserkampf war nicht ihre Spezialität, aber sie hatten keine Wahl. Der Feind wollte diese Stadt nicht loslassen. Er kämpfte und schoss, und Heinrich schoss zurück. Er hatte gelernt, wie man sich gut schützt: Er vermied es, bei den Kämpfen als Erster dabei zu sein. Er hielt sich zurück, aber nicht so, dass es auffiel. Bis jetzt hatte er Glück gehabt. Keine Kugel fand den Weg zu ihm.

Es war eisig. Sie zogen an, was sie fanden. Ihre Kleidung bestand aus vielen Schichten. Die Armeeführung war auf diese Wetterbedingungen nicht vorbereitet, dabei hätten der „Größte Heerführer aller Zeiten" und seine Generäle nur in die Geschichte zurückblicken müssen: Beinahe jeder Schüler lernte über Napoleons verlorenen Feldzug gegen Russland vor mehr als einhundert Jahren. Die Soldaten und Pferde waren in den Weiten des Landes erfroren. Davon wusste Heinrich nichts. Er merkte nur, dass es ihnen schlecht ging, sehr schlecht. Eine ganze Armee bekam nur noch kleine Rationen Essen und Munition. Heinrich verstand nicht, warum und wofür er in dieser aussichtslosen Situation noch kämpfen sollte. Es ging für ihn und seine Kameraden nur noch darum, so lange wie möglich zu überleben oder auf ein Wunder zu warten. Nur der Führer hatte eine Vorstellung davon, wie seine Soldaten in dieser Lage die Stadt erobern konnten: mit Mut und Ausdauer. „Ein deutscher Soldat gibt nicht auf! Denn seine Rasse hat mehr Mut und Ausdauer als der Feind", sagte er. Sie sollten sich verbarrikadieren, so wie früher Städte und Burgen ihre Tore verschlossen, wenn sie angegriffen wurden. Irgendwann würde der Angreifer aufgeben. Nur ist aus der Geschichte auch bekannt, dass Angreifer mit genug Nachschub die Städte und Burgen einnahmen. Den Eingeschlossenen gingen irgendwann das Essen und die Munition aus. Das hatte der Führer nicht bedacht. Seinem Volk hatte er die Einnahme der Stadt schon einmal als Erfolg verkündet. Jetzt konnte er nicht mehr zurück. Oder wollte er die Stadt mitsamt seiner Armee untergehen lassen? Ein Opfer, das zu bringen war für den Rest des Volkes? Nur die Besten werden überleben, die anderen sollen sterben. Die Straßen und Ruinen dieser umkämpften Stadt waren voller Soldatenleichen, Verwundeten, Zerstückelten.

Dies alles überlegten sich die wenigsten der Zurückgebliebenen. Sie verstanden nicht, dass sie geopfert werden sollten. Mut und Ausdauer sanken mit Zunahme des Hungers und Abnahme der Munition. Der Nachschub kam kaum noch durch den hohen Schnee. Motoren verweigerten ihren Dienst bei der eisigen Kälte. Diesel, wenn überhaupt noch vorhanden, gefror. Heinrich hatte das alles schon einmal erlebt, vor genau einem Jahr. Der Feind war in einer besseren Lage: Er war die Kälte gewohnt und das Land gehörte ihm. Er hatte mehr Ausrüstung und mehr Soldaten, die Essen, Munition und Kleidung gegen die Kälte hatten. Der Feind verfolge weiterhin das Ziel, die Stadt und die Eindringlinge einzuschließen. Langsam, ganz langsam ging das.

Es kam Weihnachten. Heinrich saß mit dem Rücken an einer Kellerwand und rauchte. Heinrich und zehn seiner Kameraden hatten noch etwas Holz gefunden und wärmten sich am Feuer. Er schloss die Augen und träumte von einem Weihnachtsbaum in einem warmen Zimmer …

Draußen rieselt der Schnee. Die gebratene Weihnachtsgans wird hereingetragen. Auch wenn sie nicht viel Geld haben und unter einfachen Bedingungen wohnen, bringt Vater immer eine Gans mit nach Hause. Mutter rupft sie, verbrennt die restlichen Federkiele über einer Kerze, wäscht die Gans und füllt sie. Schon nach einer Stunde riecht es in der ganzen Wohnung wunderbar nach Gänsebraten. Danach fühlen sich Heinrich und seine Geschwister richtig satt. Sie räumen die Reste vom Tisch. Vater schickt sie alle raus und nach einiger Zeit ertönt eine kleine

Glocke. Sie stürzen ins Zimmer. An einem kleinen Weihnachtsbaum brennen ein paar Kerzen. Aber das Wichtigste sind die Päckchen unter dem Baum. Für jeden gibt es ein kleines Geschenk, meistens einfache Spielsachen aus Holz, wie eine kleine Dampflok. Vater und Mutter sitzen noch bis weit in den Abend hinein zusammen. Um sie herum spielen Heinrich und seine Geschwister. Es ist eine seltene Eintracht. Nachdem die letzte Kerze heruntergebrannt ist, schickt der Vater die Kinder mit den Worten „Dann haben wir Weihnachten wieder hinter uns gebracht" in ihre Betten.

Heinrich öffnete die Augen. Er schmunzelte, als er an diese Worte des Vaters dachte. Der benutzte dieses Satzkonstrukt zu vielen Gelegenheiten. Heinrich sah durch ein Kellerfenster nach oben. Dieser Heilige Abend war weiß, weiß von viel Schnee um ihn herum. Der Schnee war ganz nahe, wie ein weißes, unschuldiges Tuch. Wenigstens war es ruhig. Keiner schoss, weder jemand aus der Armee des Führers noch aus der gegnerischen Armee. Leise sangen sie ein Weihnachtslied, ein paar zerschossene Mauern weiter feierten sie eine Art Gottesdienst. Vielleicht war dort ein Pfarrer. Einigen Soldaten standen Tränen in den Augen. Die Männer sprachen sich Mut zu, sie würden schon wieder nach Hause kommen.

Dann sahen sie den Lichterschein. Es war nicht der Stern von Bethlehem, es waren Artilleriegeschosse, die den Himmel hell erleuchteten. Sie hörten das Pfeifen, die Detonationen um sich herum und das Bersten der letzten noch stehenden Häusermauern. Heinrich war entsetzt. Der Feind kümmerte sich nicht um dieses hohe christliche Fest, er griff jetzt an! Heinrich lag geschützt hinter der Mauer. In diesem Moment verlor er den Rest seines Glaubens an Gott, würde er später erzählen. Es gibt keinen Gott, schloss er. Gott hätte nicht zugelassen, dass am Geburtstag seines Sohnes geschossen wurde. Mit dieser Erkenntnis zog sich Heinrich mit seinen Leuten noch tiefer in die noch verbliebenen Mauerschluchten zurück. Auch wenn sie noch Munition hatten, sie hätten nur auf Kanonen schießen können. Die waren aber zu weit entfernt.

Irgendwann hörte der Kanonendonner auf, später kamen die gegnerischen Soldaten wieder und der Häuserkampf ging weiter. Die ganze Nacht hindurch. Der Feind gönnte ihnen keine ruhige Weihnachtsnacht. Zwischendurch durften sie die aufmunternden Reden des Führers hören, der etwas vom Kämpfen bis zum Tode sagte. Heinrich wollte dem Führer nicht den Gefallen tun, sich einigeln zu lassen und bis zum Tode zu kämpfen. Er wollte raus und bekam Hilfe von ganz unvorhergesehener Seite.

Der Morgen war ruhig. Nur ganz vereinzelt wurde geschossen. „Vorsicht, Scharfschützen", bemerkte einer der Kameraden. Ein Hauptmann tauchte mit zwei Soldaten auf. Er brachte weder Essen noch Munition mit.

„Ich brauche zwei Mann als Bewacher." Er sah die Männer an, die um das kleine Feuer saßen. „Wilkowsky, Sie kommen mit!" Er deutete auf Heinrich.

„Jawohl", kam es aus Heinrichs Mund.

Der Hauptmann schaute weiter in die Runde und konnte keinen weiteren Geeigneten finden. Heinrich nahm sein Gewehr und folgte dem Offizier. Sie schlängelten sich durch die Ruinen und erreichten einen Platz, auf dem drei Lastwagen mit laufenden Motoren warteten. Kisten sollten aufgeladen werden.

„Wo geht es denn hin?", fragte Heinrich. In diesem Moment schlugen Granaten ein. Der Hauptmann sank in sich zusammen, Blut lief in den Schnee. Ein Offizier schrie „Abfahren!" und der Treck setzte sich langsam in Bewegung. Mehr und mehr Granaten schlugen ein. Heinrich lief mit allen seinen Kräften hinterher. Der Fahrer hielt nicht mehr an. Heinrich sprang auf die Anhängerkupplung, stand mit einem Bein drauf, der Wagen begann seine holprige Fahrt. Heinrich hielt sich mit beiden Händen an der Ladeklappe fest. Dann zog ihn eine Hand nach oben. Heinrich schaute hoch. Thurnbrück grinste ihm ins Gesicht. Die LKWs bahnten sich ihren Weg durch die Trümmer.

„Na, Wilkowsky, Sie brauchen wohl ab und zu einen Schutzengel."
Thurnbrück meinte wohl sich damit. Heinrich fühlte sich einerseits unwohl an der Seite seines Retters, auf der anderen Seite hatte er Hoffnung, hier herauszukommen. Ab und zu sahen sie Soldaten vorbeiziehen. An einigen Stellen wurde ein wenig geschossen. Wohin gehen die, fragte sich Heinrich. Sie kamen an den zerschossenen Flughafengebäuden vorbei. Heinrich erwartete, dass sie zu den Flugzeugen fahren würden, die mit laufenden Motoren auf der schneebedeckten und von Granateinschlägen durchlöcherten Landebahn standen. Aber die LKWs bogen ab und fuhren in Richtung Front. Heinrich erwartete Einschläge, aber zunächst geschah nichts, bis sie von feindlichen Soldaten entdeckt wurden. Heinrich legte sich auf den Boden des LKW. Eine Kugel traf ihn in den Arm. Ein anderer wurde schwerer getroffen. Jemand legte einen behelfsmäßigen Verband um Heinrichs Schussverletzung und gab ihm eine Tablette. Heinrich schlief schnell ein. Die LKWs bahnten sich mit ausgeschalteten Scheinwerfern ihren Weg durch die langsam zunehmende Dunkelheit, fort von der umkämpften Stadt.

Wiederherstellung der Kampfkraft

Die Fahrt bis zur Krankenstation war lang. Mehr als zwei Tage waren sie unterwegs. Heinrich bekam davon nicht viel mit. Nicht die Schüsse der feindlichen Soldaten, nicht den Angriff der feindlichen Flieger, nicht den Schneesturm, nicht die Zerstörung von zwei weiteren Lastwagen durch feindliche Granaten. Ab und zu wachte er aus seinen Träumen auf, sah, dass es dunkel war, und schlief wieder ein. Nachdem er in den letzten Wochen mehr und mehr die Hoffnung auf ein Wunder verloren hatte, keimte in ihm mit jedem Kilometer, den er sich von der Todesstadt entfernte, der Gedanke an eine Rettung auf. Die Tablette zeigte ihre volle Wirkung. Wurde er einmal wach und die Schmerzen nahmen zu, bekam er von einem Mitfahrenden eine weitere Tablette. Thurnbrück hatte eine Decke über ihn gelegt.

Erst Gerüchte, dann die Bestätigung: Die Reste der deutschen Armee in Stalingrad hatte sich ergeben. Heinrichs Kameraden waren entweder tot oder in Gefangenschaft in Sibirien. Der Führer hatte eine ganze Armee sinnlos geopfert. Mit viel Glück, aber ohne sein Zutun, hatte sich Heinrich nicht auf diesen Altar legen lassen. Zunächst lag er erst einmal im Lazarett, noch in Feindes Land, aber weit genug von den Kanonen entfernt. Er fühlte sich schwach. Die letzten Monate hatten ihre Spuren hinterlassen, doch die Wunde heilte gut. So langsam kehrte die Erinnerung an die Ereignisse des ersten Weihnachtstages zurück. Thurnbrück hatte ihn auf den Lastwagen gezogen. Er hatte ihm das Leben gerettet. Es erwischte ihn eine Kugel. Jemand verband ihn und gab ihm diese Tablette. Bald war er eingeschlafen. An vieles konnte er sich nicht mehr erinnern. Auch nicht daran, wer die anderen auf dem LKW waren. War Thurnbrück auch verletzt? Wieso hätte er sonst auf dem Lastwagen sein sollen? Er erinnerte er sich an die Kisten, die aufgeladen worden waren. Wahrscheinlich wollte sich Thurnbrück in Sicherheit bringen, wie andere auch, dachte er. Die Frage beschäftigte Heinrich. Als es ihm besser ging, erkundete er das Lazarett und suchte Thurnbrück. Es kannte ihn allerdings keiner. Er erkundigte sich im Büro der Männer mit den langen Ledermänteln nach ihm. Auch dort war nichts bekannt. Heinrich war enttäuscht. Er wollte sich bei Thurnbrück bedanken. Vielleicht hätten sie auch Skat miteinander spielen können.

Das Lazarett lag in einer kleinen Stadt, die noch nicht vollständig vom Krieg zerstört war. An manchen Tagen machte Heinrich kurze Spaziergänge durch die verschneiten Straßen. Wenige Einheimische saßen am Straßenrand und versuchten, Dinge aus ihrem Haushalt zu verkaufen oder gegen Lebensmittel zu tauschen. Er sah sich die kleinen netten Häuser an, die Kirche, einen Park. Trotz des vielen Schnees bewunderte er die schönen großen Bäume. „Warum haben wir dieses Land angegriffen", fragte er sich. Weil wir Lebensraum im Osten brauchen, hatte Thurnbrück den Führer zitiert. Aber wieso brauchen wir so viel Land? Wir sind doch mit unserem Land satt geworden. Was soll das Ganze?

Heinrich war zwar Soldat, glaubte aber nicht an diesen Krieg. Viele sinnlose Befehle, das Opfern von so vielen Soldaten, das sinnlose Erschießen von Zivilisten hatten ihm in den Tagen im Lazarett zu denken gegeben. Am liebsten würde er gehen, weit weg von diesem Krieg. Er war doch nicht Soldat für solch einen Krieg geworden! Aber er konnte nicht abhauen. Das wusste er. Deserteure wurden standrechtlich erschossen. Er hatte es schon mehrmals gesehen. Und Thurnbrück und seine Leute sorgten dafür, dass die Soldaten weiterkämpften. Heinrich wartete auf den Befehl, wieder an die Front zu müssen.

Ich habe keine Wahl, genauso wenig wie die anderen. Ich bin ja schließlich Soldat. Das ist mein Beruf.

Zu seiner großen Überraschung bekam er den Befehl, sich zu Hause zu erholen, er hatte Anspruch auf Urlaub. Er fand einen Sitzplatz im Zug, der übervoll war mit verwundeten Soldaten. Über viele Stationen brachten ihn die Züge in den nächsten Tagen bis Königsberg, eine lange Fahrt durch den nicht endenden Winter. Auch der Schnee konnte die zerschossenen Panzer und zerstörten Dörfer und Höfe nicht vollständig zudecken. Heinrich versuchte sich zu erinnern, ob er schon einmal durch diese Landschaft gefahren war. Ja, und das war noch gar nicht so lange her: nämlich nachdem der Führer den Kommunistischen Führer zu seinen Feind erklärt hatte. Heinrich hatte kein Buch zum Lesen dabei. Draußen glitt die weiße Landschaft vorbei. Er schlief viel.

Er kam seiner Heimat näher. In den vorbeiziehenden Dörfern und Höfen hatte der Krieg noch keine Spuren hinterlassen. Er war allerdings überrascht, als sein Blick bei Einfahrt des Zuges in Königsberg auf zerstörte Häuser fiel. Wie und wann war der Krieg hierhergekommen? In den Straßen sah er ein beinahe normales Leben – nur beinahe normal, denn es waren viele Soldaten unterwegs. Meine kleine Wohnung im Dachgeschoss ist sicherlich an jemand anderen vermietet worden, falls das Haus noch stehen sollte. In den nächsten Tagen werde ich es herausfinden, dachte Heinrich. Es zog ihn zur Wohnung seiner Eltern. Der Name stand am Briefkasten, auf sein Klopfen hin machte aber niemand auf. Eine alte Nachbarin erkannte Heinrich, umarmte ihn und erzählte, dass seine Mutter bestimmt bald nach Hause kommen würde. Der Vater und die Brüder seien im Krieg. Die Mutter würde sich bestimmt freuen, ihren Sohn lebend zu sehen. Sie arbeitete jetzt auf der Post.

Umarmung, Tränen der Freude in Mutters Augen. Heinrich konnte sich nicht erinnern, früher seine Mutter so erlebt zu haben. Sie freute sich, ihren Heinrich in den Armen halten zu können. Beinahe alle Männer waren im Krieg. Die Brüder waren nach und nach gegangen, aber keiner hatte freiwillig das Gewehr geschultert. Sie wusste nicht, wer von ihnen noch lebte. Sie hätte schon seit Monaten nichts mehr von ihnen gehört. Die Schwester hatte inzwischen geheiratet und lebte in Berlin. Heinrich durfte zu Hause wohnen. Zwei Wochen hatte man ihm frei gegeben.

Die Mutter nahm sich Zeit für ihn. Sie konnte es kaum fassen, einen ihrer Söhne noch zu sehen. Zu viele schlechte Nachrichten wurden hinter vorgehaltener Hand erzählt.

„Wir haben nicht viel zu essen. Es reicht aber für uns beide", meinte sie.

Heinrich sah sich um. Die Wohnung sah noch genauso aus wie früher. Nur etwas leerer.

„Wir brauchten eure Betten nicht mehr. Alle deine Brüder und die Schwester sind ausgezogen. So haben wir mehr Platz."

Er sah aus dem Fenster. Viele Häuser um sie herum hatten Schäden durch Bombenangriffe erlitten. Der Schutt war so gut wie möglich von der Straße geschoben worden, sogar die Straßenbahn fuhr.

„Die Flieger kommen immer öfter", berichtete die Mutter.

„Gibt es keine Abwehr?", wollte Heinrich wissen.

„Flaks haben sie überall aufgebaut. Die helfen aber wenig. Sogar Jugendliche haben sie eingezogen, um sie zu bedienen."

So saßen sie am Abend noch lange zusammen und erzählten einander, was sie erlebt hatten. Die Mutter von ihrem Beruf, Briefe auf der Post zu sortieren, Heinrich von seinen Märschen. Wenig von den Kriegshandlungen, noch weniger, wie seine Armee die eroberten Länder hinterlassen hatte, und gar nicht von den vielen zivilen Gefangenen, die die Männer in den langen Ledermänteln gemacht hatten. Die Mutter merkte, dass er von vielem nicht sprechen wollte. Gerüchte gingen durch die Stadt und durch das Land über Gräueltaten und diesen hässlichen Krieg. Nur hinter vorgehaltener Hand wurde darüber geredet, laut durfte darüber nicht gesprochen werden. Während der nächsten Tage verlor Heinrich allerdings die eine oder andere Bemerkung darüber.

„Wann ist dieser Krieg denn vorbei?", fragte sie einmal. Sie erwartete keine Antwort.

„Wenn alles kaputt ist", war Heinrichs Antwort. Er war selbst überrascht über seine Worte.

Er ging durch die Straßen seiner Heimatstadt. Das Gebäude mit seiner ehemaligen Dachwohnung stand noch. Bitterkalt war es da gewesen, erinnerte er sich. Wenn er zu dieser Jahreszeit dort oben übernachtete, wickelte er sich in mehrere Decken. Meistens suchte er sich eine andere Bleibe, in einer Kneipe, im Parteibüro oder in einem anderen Bett.

In den Straßen erblickte er viele Soldaten, aber wenig Zivile. Viele Frauen waren geschäftig unterwegs. Ohne den Kriegsstress meldete sich sein Interesse an Frauen wieder, und aus dem, was er sah, schloss Heinrich, dass es viele männerlose Frauen in der Stadt gab.

In einem der wenigen Lebensmittelläden sah er sie. Sie hieß Hannelore und brauchte Brot, aber ihr stand keines mehr zu in dieser Woche. Heinrich erkannte die Not und kaufte ihr eines, denn Soldaten durften kaufen. Hannelore war von diesem attraktiven Mann entzückt. Kein Offizier, aber er trug eine saubere Uniform. Sie ließ sich das Brot nach Hause tragen und zu einem Treffen an diesem Nachmittag überreden, falls nicht Luftalarm wäre; vorher hatte sie noch eine Schicht in der Munitionsfabrik zu arbeiten. Heinrich stellte befriedigt fest, dass sich während seiner mehrjährigen Abwesenheit zwischen Mann und Frau nichts geändert hatte.

„Es ist kalt hier, aber lange nicht so kalt wie in Russland", erzählte er, als sie durch die Straßen liefen. Heinrich war verwundert über die vielen Zerstörungen durch Luftangriffe. Sie hatten wenig davon an der

Front mitbekommen. Der frische Schnee bedeckte ein wenig die Wunden der Stadt.

„Das Einzige, was wir im Radio von der Front hören, sind Erfolgsmeldungen", berichtete Hannelore. „Wir sehen aber auch die vielen verwundeten Soldaten, die von der Front zurückgebracht werden. Man erzählt, dass es an der Front nicht so gut aussieht." Heinrich schwieg dazu.

Sie mussten sich auf den Heimweg machen, denn bald war Sperrstunde. Da beschloss der Feind, ihrem Glück nachzuhelfen; die beiden waren kaum an der Tür angekommen, als feindliche Bomber die Stadt erreichten und Hannelore und Heinrich in den Luftschutzkeller ihres Hauses zwangen. Sie waren nicht alleine. Auch Bewohner anderer Häuser waren unter den Schutzsuchenden. Die wenigen Notbetten waren schnell belegt. Die Bomben fielen. Alle hatten Angst. Die Wände wackelten bei jedem Einschlag, Sand und Zement rieselten auf sie herab, irgendwann ging das Licht aus. Ein paar Kerzen erhellten spärlich den Raum. Heinrich als starker Soldat nahm Hannelore schützend in den Arm und verließ sie nicht mehr bis zum nächsten Morgen. Zum Glück traf keine Bombe ihr Haus. Selbst im Keller spürten sie die brennenden Häuser der Umgebung, die eine enorme Hitze verbreiteten.

Nachdem die letzten Bomben gefallen waren und die Sirenen Entwarnung gegeben hatten, suchten sich die beiden einen Weg nach draußen. Die Straße war voller Trümmer. Einige Häuser brannten lichterloh. Sanitäter suchten Verletzte, verwirrte und schreiende Kinder liefen herum. Hannelore sah die vielen Trümmer auf der Straße und kam zu der Meinung, dass Heinrich unmöglich nach Hause gehen konnte. Sie stiegen die Treppe in ihre Wohnung hinauf. Die Wohnung war kalt, ein paar Fensterscheiben waren zu Bruch gegangen. So wärmten sie sich gegenseitig in Hannelores Bett. Für Fensterscheiben oder Holzplatten vor dem Fenster würde er gleich am nächsten Tag sorgen. Das war sein erlernter Beruf.

Der Soldat Heinrich hatte viel nachzuholen und stellte mehrmals sicher, dass Hannelore auch wirklich schwanger würde, denn ein Teil von ihm wünschte sich eine Familie. Hannelore ahnte es, wusste es, bevor Heinrich seinen Genesungsurlaub beendet hatte. Heinrich sollte sie schnell heiraten – sobald er von seinem nächsten Einsatz zurückkam. Mit einer gewissen Vorfreude auf die kommende Vaterschaft machte er sich Gedanken über die Erziehung seines Kindes. Er erinnerte sich seiner Jugend und fand, dass ein Kind einen strengen Vater brauchte.

„Darin besteht meine Aufgabe. Das Kind braucht eine gute Erziehung", erklärte er.

Hannelores Einzimmerwohnung war gemütlich, trocken und hell. Auf den Holzdielen lag ein Teppich, was Heinrich den Eindruck vermittelte, Hannelore hätte Geld. Er bemerkte den Unterschied zu der Wohnung seiner Eltern und zog samt Militärsack gleich bei ihr ein. Die Fenster waren schnell repariert, Glas und Holz hatte er bei seinen früheren Lehrmeistern gefunden.

Um die Verhältnisse von Anfang an klarzustellen, ließ er seine Kleidung von ihr waschen und das Essen von ihr kochen und zeigte ihr damit, wer der Herr im Haus war. So beschwerte er sich, wenn das Essen nicht Punkt zwölf Uhr auf dem Tisch stand. Verliebt wie sie war, machte Hannelore das gerne. Dafür wurde jeden Tag noch einmal eine Schwangerschaft sichergestellt, bevor Heinrich endlich wieder Soldat sein durfte. Als er abreiste, dachte er: Will ich tatsächlich ein Familienvater sein und immer am gleichen Ort wohnen? Will ich wirklich so ein Leben? Er ließ die Frage noch nicht richtig in sein Bewusstsein, aber unterschwellig war sie schon da. Jetzt war er erst einmal wieder weg. Auch wenn er an die Front musste, so war ihm diese Art Freiheit lieber. Er tauchte erstmal wieder ab.

Mareikes Rache

Mareike hatte gelernt, sich ohne Mann und mit drei Kindern durch die Kriegszeiten zu schlagen, und sie hatte weiterhin gelernt, dass sie unangenehmen Personen klarmachen konnte, dass ihre Meinung zu respektieren sei. Bislang war es nur ein Gefühl, das sie nicht belegen konnte: Ihr war es gelungen, durch jeweils eine Schwangerschaft die Zahl der Krieger, oder die sich dafür hielten, zu reduzieren. Sämtliche

Erzeuger ihrer Kinder verloren bald nach dem freudigen Akt ihr Leben an der Front. Sie wünschte sich einen endgültigen Beweis, und den zu erhalten, daran würde sie jetzt arbeiten. Ihr Opfer sollte jemand sein, der die Ideologie des Führers gnadenlos durchsetzte, der Menschen verhaftete und quälte.

Der Gestapo-Mann Karl-Heinz Blaschke sorgte für die Reinheit der nationalsozialistischen Lehre in der kleinen Stadt im Südwesten des Tausendjährigen Reiches. Er war bei jedem im Viertel bekannt. Wollte man einen Nachbarn denunzieren, so war man bei ihm an der richtigen Stelle. Er fragte und zögerte nicht lange, er verhaftete gleich. Zum Ausdruck seiner Autorität schlug er sofort zu. Der – ob rechtmäßig oder nicht – Verhaftete wagte keinen Widerspruch und ging mit. Blaschke wollte in seinem Quartier ausschließlich „das reine Volk" sehen: Sein Quartier sollte reiner als rein sein. Aber was hieß das zu jener Zeit? Blaschke erklärte es jedem: „Rein bedeutet sauber. Ein sauberes Volk beherbergt weder noch mischt es sich mit unreinen Rassen oder sonstigen Volksfeinden, es hört keinen Feindsender, schickt die Kinder zur ideologischen Ausbildung und ist bei jeder Veranstaltung der Partei dabei. Ein sauberes Volk hat sauberes Blut. Kein Großvater darf aus einer nichtarischen Welt stammen."

Der Opa von Heidi kam von irgendwoher, aus einem Teil der Welt, wo es keine Arier gab. Mareike wusste nicht von wo. Sie wusste nur, dass Heidi und ihre Eltern sehr nette Leute und ehrenwert waren. Der Vater, Invalide aus dem letzten Krieg, arbeitete in der Verwaltung. Die Familie hatte Neider im Haus. Die Neider wollten ihre Wohnung, drohten Heidi und ihren Eltern mit dem Blut-Reinheits-Gesetz und denunzierten sie bei Karl-Heinz Blaschke. Der war nicht müde und bald war die Wohnung frei, frei von unreinem Blute, und Heidi und ihre Eltern waren verschwunden, verzogen, wie es hieß.

Mareike dachte ebenso an ihr Blut: Es kochte. Sie war wütend und überlegte, dass ihr immer noch der Beweis zu ihrer Vermutung fehlte: ein Soldat im Tausch gegen ein neugeborenes Kind. Dieser Blaschke ist widerlich, dachte sie. Sein Auftreten, sein kahler runder Schädel, sein

Bauch. Er spielte seine Macht aus, Mareike hasste ihn. Sie forderte von sich, diesen Abscheu in eine eiskalte Handlung ihm gegenüber zu verwandeln. Abend für Abend saß sie in ihrem Bett und dachte nach, wenn die Kinder schliefen. Ein Plan entstand in ihrem Kopf.

Am nächsten Tag stellte sie das Radio an. Das Fenster offen, Radio BBC ertönte lautstark mit Berichten über Erfolge der alliierten Armeen, als Karl-Heinz Blaschke vorbeischritt. Sein Schritt wurde energischer, er richtete den Blick nach oben, das arische Blut schoss ihm in den Kopf. So etwas in seinem Viertel! Er würde dem Radio und der Person den Garaus machen. Energisch rüttelte er an der Tür. Die Nachbarin im Erdgeschoss öffnete. Blaschke stapfte die Treppe nach oben, bis vor Mareikes Wohnung. Er klopfte energisch, Mareike ließ ihn erst einmal warten, Karl-Heinz polterte gegen die Tür und war gewillt, sie aufzubrechen. Mareike öffnete und war bereit für ihren Einsatz.

„Sie wissen doch, dass das Hören von Feindsendern bei Strafe verboten ist! Ich nehme Sie deshalb fest!", brüllte er.

„Ich habe es aus Versehen gemacht", stammelte Mareike. „Ich höre sonst nie Feindsender. Ich kann mir gar nicht vorstellen, wie es dazu kam. Sie setzte sich bedrückt auf einen Stuhl ihm gegenüber. Wie durch Zufall rutschte ihr Kleid die Oberschenkel hoch, weit hoch. Karl-Heinz Blaschke war beeindruckt von ihren schönen Beinen, ihren Schenkeln. Mareike sah den lüsternen Blick. Langsam zog sie ihr Kleid noch weiter nach oben und schaute Blaschke dabei ins Gesicht. Der konnte seinen Blick nicht von ihren Schenkeln lassen, blickte ab und zu auch in ihr Gesicht mit diesem auffordernden Lächeln. Schließlich konnte er nicht anders und ergriff die Initiative.

„Komm schon. Wo ist dein Schlafzimmer?"

Schon auf dem Weg dahin fiel seine Hose, hingen die braunen Knickerbocker an den Knien, befreite er seinen Schwanz aus der frischen, von seiner Frau gewaschenen Unterhose und stieß ihn in Mareike hinein.

„Mach, mach", stöhnte sie und hoffte auf das Resultat. Schweißnass schob Karl-Heinz seinen Bauch von Mareike, zog seine Knickerbocker, die zwischen Knie und braune Stiefeln gerutscht waren, nach oben und stopfte sein Hemd in die Hose.

„Ich will dieses Mal von einer Anzeige absehen. Aber tu das nie wieder!" Vielleicht tut sie es doch, dachte er grinsend, als er mit seinen Stiefeln um die Hausecke marschierte.

Mareike war schwanger und hoffte, dass das Kind nicht so ein Idiot sein würde wie sein Vater. Damit war für sie der erste Teil getan. Blaschke dachte vermehrt an seine Manneskraft, mit der er englische Sender vertreiben konnte, und suchte wiederholt sein Glück unter dem Fenster von Mareike. Doch Mareike suchte nur noch Unterstützung von ihrem Führer, falls ein Sender auf Empfang war, und ließ ihn seine Parolen brüllen. Bei Karl-Heinz Blaschke stand dann nicht seine Manneskraft stramm, sondern sein Rücken. Seine Beine ließen ihn weitermarschieren.

Nun kam Teil zwei. Mareike plante, ihn wegen seiner Anmaßungen gegenüber Frauen im Quartier zu denunzieren, doch das Schicksal kam ihr zuvor. Der Führer benötigte weitere harte Kämpfer. Karl-Heinz Blaschke stand auf seiner Liste und durfte diese ehrenvolle Aufgabe übernehmen. Für Mareike etwas später, als sie erwartet hatte, aber immerhin vor der Geburt des Kindes wurde Karl-Heinz eingezogen. Das Viertel atmete auf. Karl-Heinz Blaschke zog für seinen Führer in den Krieg. Weit kam er nicht, denn ein feindlicher Flieger zerstörte den Zug zur Front, in dem Blaschke saß. Mareike konnte wiederum nur vermuten, ob und wie weit das mit ihr zusammenhing. Wissen konnte sie nur von ihrer Schwangerschaft und dass erneut der Erzeuger ums Leben gekommen war.

Blutige Listen

Der Zug brachte Heinrich und viele andere Soldaten wieder an die Front. Selten wurde gesprochen. Manchmal war vom Endsieg die Rede. Die, die das sagten, waren jung mit glatten Gesichtszügen und einer nagelneuen Uniform. Die altgedienten Landser hoben nicht einmal ihren Kopf, wenn sie diese Sprüche hörten. Der eine oder andere meinte aber dann doch: „Bürschchen, du wirst schon sehen, wenn du an die Front kommst." Heinrichs Marschbefehl führte ihn dieses Mal nicht nach Osten, sondern an die Front im Süden Russlands. Immer wieder während seiner langen Reise wurde der Zug von feindlichen Fliegern angegriffen. Viele Soldaten verloren schon hier ihr Leben. Doch das Schicksal bestand darauf, dass der Soldat Heinrich Wilkowsky weiter zu kämpfen hatte. Weiter und weiter brachte ihn der Zug. Als er an der Front ankam, war dort der Schnee schon geschmolzen. Sein altes Bataillon existierte nicht mehr. Zum Brückenbauen hatte man ihn auch nicht gerufen, denn Heinrich sollte Transporte sichern.

Eine undankbarere Aufgabe, wie er bald feststellte. Aber Erfahrung hatte er schon Jahre zuvor gesammelt. In dieser Gegend wimmelte es von Partisanen, die den deutschen Soldaten das Leben schwermachten. Im Bahnhof einer kleinen Gemeinde verschanzten sich Heinrich und fünfzehn seiner Kameraden. Zweimal täglich kam ein Zug vorbei, nie Personenwagen, immer Güterwagen. Einige, die schon länger in dieser Gegend waren, erzählten, dass darin keine Waffen, keine Munition, keine Verpflegung, sondern Menschen transportiert wurden.

Heinrich fragte nach: „Zivilisten oder Soldaten?"

„Keine Zivilisten", war die Antwort. Hm ja, Soldaten wurden sicherlich nicht in Viehwaggons gezwängt. Heinrich war lange genug als Soldat mit dem Zug unterwegs gewesen. Er kannte sich aus.

Sie nannten sie ihre Burg. Von Weitem sah sie einer kleinen Festung ähnlich. Anders als Monate zuvor im Osten lagen sie jetzt am Ende des Dorfes. Auf der anderen Seite der Schienen begann der Wald. Ein kleiner Bahnhof, das Gebäude aus Stein, zwei Stockwerke, ein Schrägdach. Vor den Fenstern lagen Sandsäcke. Aus dem kleinen Dachfenster lugte der Lauf eines Maschinengewehrs. Nur in Einzelteilen war das MG die Innenleiter nach oben zu tragen gewesen. Nicht auf den Dachboden, einen solchen gab es nicht, sondern auf eine extra gebaute Plattform wurde es gestellt. Hinter- und Vordertür des Gebäudes wurden noch einmal extra verstärkt. Ein einziger Ofen musste ausreichen, um das ganze Haus zu wärmen. Genug Lebensmittel und Munition für Monate lagerten im Nebenraum. In einiger Entfernung hatten sich ein Wehrmachtskommando und eine Gestapo-Zentrale eingerichtet.

Aus ihrer kleinen Befestigung konnten sie manchmal ein paar Dorfbewohner beobachten, aber keiner von denen traute sich, näher an die Festung heranzukommen. Heinrich und seine Kameraden wiederum durften nicht ins Dorf. Ihre Aufgabe war, den Bahnhof und die vorbeifahrenden Züge zu schützen. Die Nächte waren ihnen unheimlich. Lampen, die das Gelände um den Bahnhof hätten beleuchten können, gab es nicht. Bei meist stockdunkler Nacht gingen immer zwei der Kameraden auf Kontrollgang. Alle drei Stunden lösten sie sich ab. Auch Heinrich lief energisch und gleichzeitig ängstlich um die Festung. Wer sollte ihnen helfen, wenn sie angegriffen würden? Noch war der Wald kahl, das Gras kurz und braun, ein Anschleichen nicht so einfach. Nach jedem Kontrollgang war man froh, wieder in der Festung zu sein. Mit einem Schmerz, der in unregelmäßigen Abständen seinen Arm durchzuckte, brachte sich seine Schussverletzung in Erinnerung. Ansonsten war Heinrich zufrieden.

Mehrmals in der Woche kam ein Offizier vorbeigefahren und fragte nach dem Rechten. Einmal saß ein Mann in einem braunen langen Ledermantel dabei. Grinsend ging er auf Heinrich zu. Es war Thurnbrück.

„Na, Wilkowsky, wieder genesen?" Er stellte sich breitbeinig vor Heinrich, den er um eine Kopflänge überragte.

„Das ist eine Überraschung", entgegnete Heinrich. „Ich dachte, Sie wären auch im Lazarett. Habe Sie überall gesucht. Sie waren wie vom Erdboden verschwunden."

„Ich war zu einem neuen Einsatzort gerufen worden", log Thurn-brück. „Ich musste gleich weiter. Hierhin in den Süden. – Und wie war Ihr Urlaub?" Thurnbrück wusste offenbar alles über ihn.

„Es war schön, wieder einmal zu Hause zu sein. Meine Brüder und mein Vater sind eingezogen worden. Ich habe nur meine Mutter ange-troffen. Leider hat der Feind unsere Städte inzwischen angegriffen."

„Bitte behalten Sie das für sich und erzählen Sie es nicht herum: Un-ser Führer hat neue Waffen im Einsatz. Der Spuk mit den Angriffen auf unsere Städte wird bald ein Ende haben! – Und wie gefällt es Ihnen hier draußen?"

„Na ja. Ich bin Soldat. Tagsüber ist es ziemlich langweilig und nachts schon unheimlich. Partisanen haben wir noch keine gesehen."

Thurnbrück und der Offizier fuhren wieder ab. Heinrich und seine Kameraden führten die nächste Wachablösung durch.

Zwei Tage später fuhren die Züge, die Heinrich sah, nicht vorbei, sondern sie hielten und entluden Menschen. Von Weitem konnte er sie sehen: Halb verhungert, zum Teil in Lumpen gewickelt, zum Teil barfü-ßig, kletterten sie aus den Wagen, manche fielen. Heinrichs Aufgabe war, die Züge gegen Angriffe von außen zu schützen. Er fragte sich, wer sollte solche Züge angreifen? Sie transportierten weder Waffen noch Soldaten. Er beobachtete, wie die zerlumpten Menschen in langen Schlangen hinter einem Wald verschwanden. Er konnte nicht sehen, wo-hin sie liefen. An manchen Tagen waren viele Schüsse zu hören. Seine Kameraden sagten ihm, dass die Partisanen irgendwo erschossen wur-den. Heinrich konnte nicht glauben, dass all diese Leute Partisanen wa-ren. Und jede Woche mehrere übervolle Züge?

Morgenappell bei strahlendem Sonnenschein. Es war inzwischen Frühling geworden und das Gras grün. Ein Offizier befahl Heinrich und sechs weiteren Soldaten, auf einen Lastwagen zu steigen. Heinrich be-merkte, dass weiter hinten Thurnbrück in einen Kastenwagen stieg. Sie fuhren zwei Stunden durch eine menschenleere Landschaft. Ursprünglich gab es hier Felder, doch es war wohl schon länger nichts angebaut worden. Sie kamen in ein Dorf. Thurnbrücks Leute hatten eine Gruppe von etwa dreißig Menschen umzingelt, von ihrer Kleidung her Bauern. Heinrich und die anderen Soldaten sollten das Dorf von außen bewachen. Vielleicht zwanzig kleine, einfache Häuser bildeten dessen Kern, in der Mitte stand eine Kirche. Davor, auf dem großen Dorfplatz, waren die Dorfbewohner zusammengetrieben worden. Ängstlich, eng standen sie beieinander. Heinrich konnte bei seinem Rundgang ab und zu einen Blick auf diesen Platz werfen. Er sah, wie Thurnbrück seine Pistole zog, den ersten Bewohner erschoss. Dann ging alles äußerst schnell. Thurnbrücks Leute setzten die Gewehre an und erschossen einen nach dem andern, gingen dann unverzüglich zurück zu ihren Wagen und fuhren ab. Niemand kümmerte sich um die Toten. Heinrich und seine Kameraden folgten ihnen. Heinrich erinnerte sich an die ersten Treffen mit Thurnbrück: Was sollte das mit der Wiedergutmachung am Volk? Weil er den NS-Mann auf seiner Flucht erstochen hatte? Was hatte dieses Gemetzel mit der Ideologie zu tun? Die Gedanken flogen ihm durch den Kopf.

Heinrich war schon lange nicht mehr glücklich als Soldat. Was er gesehen hatte, war mit seinem Verständnis von Krieg nicht vereinbar. Schrecklich fand er die vielen Toten und Verstümmelten auf den Schlachtfeldern oder in Stalingrad. Was hier passierte, konnte und wollte er nicht verstehen. Er verdrängte, was er gesehen hatte. Später war seine Antwort: „Ich habe so etwas nie gesehen." Er würde nie über dieses Thema sprechen.

Das Ende seines Einsatzes in Südrussland ließ nicht lange auf sich warten. Zuerst sahen sie immer mehr Soldaten, die zurück in Richtung Westen zogen, dann hörten sie eines Nachts den ersten Kanonendonner. Am nächsten Morgen war er noch näher. Das waren nicht ihre Kanonen, von denen gab es nur noch wenige. Offiziere gaben den Befehl, den Abmarsch vorzubereiten. Heinrich half Waffen und Munition aus einer Baracke auf Lastwagen zu laden. Männer in langen braunen Ledermänteln kamen mit Kartons voller Papier aus dem Verwaltungsgebäude gelaufen und kippten alles auf einen brennenden Haufen. Für Heinrich sah es aus, als ob das Feuer sämtliche Spuren dieses Ortes beseitigen sollte. Mit jedem Kanonendonner wurden sie nervöser und die Aktion hektischer. Er stand Wache an einem Wagen, als er in das Gebäude gerufen wurde. Er war das erste Mal hier drin und für ihn sah es nach einem normalen Bürogebäude aus. Ein Steinbau mit zwei Stockwerken, großem Treppenhaus und vielen Türen. Lauter Bürozimmer mit Aktenschränken, die meisten waren offen. Was nicht gebraucht wurde, lag auf Tischen oder auf dem Fußboden. Es sah nach hektischem Verlassen aus. Das war es auch. Heinrich bekam einen Stapel Papiere zur Vernichtung in die Hand gedrückt, lief hinaus in den Hof und warf ihn in das Feuer, dann immer wieder zurück ins Gebäude und neue Stapel hinaus. Die Schränke waren beinahe leer, das Feuer brannte lichterloh und die Hitze war bis ins Haus zu spüren. Heinrich ging noch einmal hinein und sah, wie sein Kamerad Alfons Hofschmidt in diesem Moment einige Papiere unter seine Jacke steckte.

„Du hast nichts gesehen", sagte er nervös zu Heinrich.

„Was willst du denn damit?", frage Heinrich neugierig. „Du verstößt gegen einen Befehl. Alles ist zu verbrennen!"

„Vielleicht kann man das noch einmal brauchen", meinte Alfons und lief schnell nach draußen. „Komm! Die warten auf uns. Wir müssen weg. Der Russe kommt."

Heinrich erinnerte sich an eine lange, quälende Fahrt über nicht ausgebaute Straßen, durch Schlaglöcher, Sand und Sümpfe. Am Ende des zweiten Tages fühlte er sich unwohl und hatte hohes Fieber. Die nächsten Tage verbrachte er im Lazarett-Transport nach Westen bis nach Dresden.

Heinrich heiratet und beendet den Krieg

Die Stadt an der Elbe war dazu erkoren worden, Tausende von Soldaten wieder fit für den Kampf zu machen. Nach einer Woche im Lazarett nahm er sich ein paar Stunden Zeit und erkundete die Stadt. Manche

Gebäude erinnerten ihn an seine Heimatstadt Königsberg. Doch er konnte die Schönheit Dresdens nicht lange genießen. Dann schoss es ihm durch den Kopf: Hannelore! Er hatte ihr die Ehe versprochen, aber ihr nie geschrieben. Jetzt im Krieg brauche ich keine Ehe, dachte er und beruhigte sich mit dem Gedanken, dass sie ihn vielleicht schon vergessen hatte. Heinrich erinnerte sich auch an seine helfende Tätigkeit im Lazarett in Polen. Doch bevor er sich dazu durchringen konnte, hier in Dresden seine Hilfe anzubieten, bekam er seinen Marschbefehl gen Westen.

Die Alliierten waren an der Atlantikküste gelandet. Die deutsche Armee konnte dem Druck der gegnerischen Truppen nicht standhalten und zog sich mehr und mehr zurück. Heinrich war bekanntermaßen ein Spezialist im Brückenbauen und hatte vielfach sein Können beim Vormarsch im Osten unter Beweis stellen können. Warum sollte er nicht auch Brücken abbauen oder, viel schneller, sprengen können? Er wusste, wie sie gebaut waren. Dieses Wissen war jetzt gefragt, nachdem nicht mehr der Vor-, sondern der Rückmarsch an der Tagesordnung war. Der Führer und „Größte Heerführer aller Zeiten" sah das zwar anders und taktierte mit nicht mehr existierenden Armeen auf seinen Karten herum. In der Realität bewegten sich die Reste seiner Armeen in Richtung Heimat. Die meisten Soldaten waren dem nicht abgeneigt, da sie das Ende dieses Krieges näher kommen sahen. Sie wären lieber noch schneller gelaufen, wenn ihnen die Männer in den langen Ledermänteln das nicht verweigert hätten. Heinrich sah diese Situation mit gemischten Gefühlen. Er hatte einerseits keine Lust mehr zu kämpfen, andererseits konnte er sich ein Leben ohne Uniform kaum vorstellen. Aber seine Lebenserfahrung sagte ihm, dass er schon eine Lösung für dieses Problem finden würde. Und so ging Heinrich daran, die Brücken zu zerstören, nachdem die letzten Soldaten vorbeigezogen waren. Seine Gruppe war neu zusammengestellt, zusammengewürfelt aus Soldaten unterschiedlichster Regionen. Heinrich, respektiert wegen seiner Kompetenz als Pionier, seines aufrechten Gangs und seiner klaren Befehle, ging an die Arbeit. Und als die ersten Brücken fachgemäß zusammenbrachen, konnte man sich keinen besseren Führer ihrer Gruppe vorstellen.

„Hauptgefreiter Wilkowsky! Wir bauen eine neue Front am Rhein auf, dazu müssen sämtliche Einheiten zurückgezogen werden. Freitag Mittag sprengen Sie die Brücke über die Schlucht."

Heinrich war mit seinen Leuten schon einmal zu jener Schlucht vorgefahren. Er liebte die Arbeit an solchen Brücken in den Bergen nicht, da sich überall feindliche Soldaten und Partisanen hinter Felsen und im Wald verstecken konnten. Dennoch fand er es ein wunderschönes Tal. An den steilen Hängen hatten sich Tannenbäume festgeklammert und auf den Lichtungen wuchsen die Blumen des Spätsommers. Tief im Tal sprudelte ein kleiner Fluss. Darüber spannte sich die Straßenbrücke. Es wurde ihm mulmig, wenn er daran dachte, das Dynamit in sechzig Meter Höhe über dem Tal zu befestigen. Die Brückenpfeiler zu zerstören wäre einfacher. Allerdings bräuchte er dazu mehr Dynamit, und das besaßen sie nicht. Heinrich ging an die Arbeit. Er war nicht schwindelfrei, aber er war der Spezialist und konnte niemand anderen diese Arbeit machen lassen. Er, Heinrich, würde dort über die Brüstung klettern müssen, er hatte keine Wahl. Während die letzten Einheiten, oder was davon übrig geblieben war, sich ihren Weg über die Brücke suchten, befestigten seine Leute die Sicherungsseile am Geländer. Je vier Mann sicherten die Brückenenden.

Es war ruhig geworden, nachdem der letzte LKW vorbei war. Nur das Plätschern des Flusses tief im Tal war zu hören. Jetzt waren sie auf sich selbst gestellt. Heinrich, gesichert von Franz, kletterte zitternd über die Brüstung. Er atmete schwer. Dynamit und Zündschnur waren an seiner Uniform befestigt. Hinunterschauen wollte er nicht, egal was passierte. Er hing unterhalb des Straßenbelages und schlug mit einem Hammer einen Haken in den Brückenboden. Daran befestigte er erst das Dynamit und zuletzt die Zündschnur. Trotz der kühlen Luft stand ihm der Schweiß auf der Stirn. Mit seinen Händen schnappte er das Seil und hangelte sich wieder nach oben.

„Von oben kommt ein LKW", warnte Franz.

„Irgendwelche Reaktionen von den Kameraden?" Heinrich wickelte die Zündschnur ab.

„Vom Geräusch her sind es welche von uns. Verstecken wir uns vorsichtshalber", befahl Heinrich und sie rannten zum Brückenende. Vorsorglich legte er die Zündschnur schon einmal am Boden entlang. „Für den Fall, dass wir schon jetzt sprengen müssen", erklärte er.

Es waren eigene Leute, eine Nachhut von Soldaten und Verletzten.

„Kommen da noch mehr? Ihr könnt froh sein, dass die Brücke nicht schon weg ist", brüllte Heinrich dem Fahrer entgegen.

„Keine Ahnung. Weiß nur, dass die Franzosen schon auf der anderen Seite vom Berg sind. Die brauchen nicht mehr lange", erklärte der Fahrer und beschleunigte seinen Wagen.

„Wir brauchen auch nicht mehr lange", murmelte Heinrich und lief auf die Brücke zurück.

„Machen wir, dass wir vorankommen. Franz, halte das Seil. Ich steige hinab." Heinrich ließ sich wieder über den Brückenrand hinuntergleiten und befestigte die nächste Ladung Dynamit. Sie hatten wirklich nicht mehr viel Zeit. Ein feindlicher Flieger tauchte auf, nahm Kurs auf ihren LKW und beschoss ihn.

„Verstecke dich nahe am Geländer! Der muss uns nicht unbedingt sehen!"

„Der hat es aber auf uns abgesehen", kommentierte Franz.

Sie blieben so gut wie möglich in der Deckung. Jetzt hörten sie das Geratter der feindlichen Panzer.

„Es wird Zeit, dass wir hier fortkommen." Franz sah Heinrich ängstlich an. Der feindliche Flieger kreiste noch immer über ihnen. Dann gab es eine Detonation und Teile des LKW flogen durch die Luft.

„Jetzt werden wir aber rennen müssen, wenn das hier erledigt ist." Franz sah Heinrich Deckung hinter dem Brückenpfeiler suchen.

„Zieh mich hoch. Wir müssen weg."

Franz zerrte am Seil. Heinrich zog sich über die Brüstung zurück und legte sich eng an das Brückengeländer. Doch sie waren entdeckt worden. Der Flieger kam zurück und schoss.

„Los, renn! Gib den anderen Zeichen, dass sie sofort rüber sollen! Ich mache die Zündschnur scharf."

Die vier Mann vom Ende der Brücke rannten herbei, immer nach dem Flieger schauend. Heinrich steckte die Zündschnur an, rannte weiter zum zweiten Sprengsatz, zündete auch dessen Schnur an und rannte als Letzter zum Ende der Brücke. Der Flieger hatte ihn nicht erwischt. Aber der LKW war zerstört, der Fahrer tot. Heinrich und seine Kameraden rannten hinter einen schützenden Felsen und legten sich in Deckung. Er war außer Atem. Sein Puls raste. Seine Knie zitterten. Dieser Auftrag war anstrengend und gefährlich gewesen, aber er hatte es geschafft. Sie warteten auf die Detonation. Erst langsam und dann immer schneller brach die Brücke in sich zusammen. Sie hatten auch diesen Auftrag erledigt. Sie kletterten aus ihrem Versteck und liefen auf der Straße in Richtung Westen. Der dichte Wald gab ihnen Schutz vor feindlichen Fliegern. Auf diesem Weg konnte sie niemand verfolgen.

Es wurde Abend. Sie waren gerade dabei, sich ein Schlaflager aus Tannenreisig zu bauen, als ein Kübelwagen die Straße heraufkam.

„Da sind Sie ja. Gratulation, die Brücke ist weg", rief ihnen ein Offizier entgegen. „Wir haben den Knall gehört, aber auch den Flieger gesehen."

„Jawohl", bestätigte Heinrich. „Aber ein Mann ist tot und der LKW zerstört." Sie fuhren ins provisorische Lager, wo er den nächsten Auftrag bekam.

Für seine Arbeit wurde Heinrich von seinen Vorgesetzten zum Unteroffizier befördert. Dem Feind waren Heinrichs Aktivitäten allerdings ein Dorn im Auge. Manchmal versuchten gegnerische Fallschirmjäger, ihm das Sprengen schwerzumachen. Sie setzten sich in der Nähe von Brücken ab und wollten ihn mit Gewalt an seiner Arbeit hindern. Doch er war immer schneller. Entweder sprengte er die Brücke oder, falls es zu brenzlig für ihn und seine Leute wurde, entfernten sie sich schnell. Als Ausrede brachten sie vor, sie hätten nicht genug Dynamit gehabt. Und manchmal stimmte es auch.

Heinrich und seine Pioniere schafften es durch ihre Aktionen, die feindliche Armee am schnellen Vorrücken zu hindern. Als sie wieder einmal dabei waren, Sprengkörper an Brückenpfeilern zu befestigen, tauchten feindliche Soldaten auf und griffen Heinrichs Pioniere an. Diese waren beinahe mit ihrer Arbeit fertig, als sie entdeckt wurden. Heinrich entzündete die Zündschnur, gab Befehl zum Rückzug und kletterte aus dem Bach. Da traf ihn eine Kugel ins Bein. Mithilfe eines Kameraden schaffte er es zum wartenden LKW. Eine wilde Schießerei begann. Die eigenen Leute schossen vom LKW zurück, bis das Dynamit seine Arbeit tat. Kurz schwiegen die Waffen und so konnten Heinrich und seine Leute den Platz verlassen. Wieder hatten sie Glück gehabt! Außer Heinrich war keiner verletzt. Das Bedauern war allerdings groß, weil er die Gruppe erst einmal verlassen musste. Diese Kugel sollte im Übrigen noch großen Einfluss auf weitere Geschehnisse um Heinrich haben.

Die Kugel war schnell aus seinem Bein herausoperiert und die Genesung sollte wieder mit einem Heimaturlaub verbunden werden. Heinrich hatte viel Zeit und erinnerte sich plötzlich an seinen Schwur, nicht nur Vater, sondern auch Ehemann sein zu wollen. Vielleicht erinnerte er sich auch nur deshalb, weil er keine Lust mehr hatte, Soldat zu sein. Seit er Hannelore mehr als ein Jahr zuvor verlassen hatte, hatte er nichts mehr von sich hören lassen. Keinen Brief, keine Karte hatte er an sie geschickt. Er hatte während seines anstrengenden Soldatenlebens tatsächlich nicht an Hannelore gedacht oder an sie denken wollen. Jetzt erinnerte er sich an sie und an die Nächte, an die wahrscheinliche Schwangerschaft und die damit verbundene Vaterschaft, und an seinen Eheschwur. Heinrich war auf einmal voller Tatendrang und setzte sich in Bewegung.

Seine Reise nach Ostpreußen verlief dieses Mal äußerst beschwerlich. Wegen feindlicher Fliegerangriffe hielten die Züge immer wieder an. Bahnhöfe waren zerstört, Geleise nicht mehr befahrbar. Heinrich benötigte Tage, bis er Königsberg erreichte. Das Haus, in dem Hannelore wohnte, stand immer noch, aber Drumherum gab es nur noch Ruinen. Teilweise waren die Straßen vom Schutt geräumt. Eine Straßenbahn verkehrte noch ab und zu. Viele Fenster von Hannelores Haus waren mit Holz zugenagelt – das Glas war während der Detonationen der Fliegerbomben herausgefallen. Die Bäume in den Straßen und Parks – es war September – trugen keine Blätter mehr. Der Feuersturm hatte sie verbrannt.

Kleinkindgeschrei ließ Heinrich seine Vaterschaft erahnen. Er hörte es vor dem Haus, im Hausgang und vor der Wohnungstür. Jetzt war er sich sicher: Er war Vater. Trotz des Geschreis kamen Glücksgefühle in ihm auf. Hannelore öffnete die Tür und konnte es erst einmal nicht glauben: Ihr Heinrich stand tatsächlich vor der Tür. Sie hatte kaum mehr geglaubt, ihn noch einmal zu sehen. Wie gelähmt stand sie mit dem Kind auf dem Arm vor ihm.

„Ich bin es, Heinrich! Willst du mich denn nicht hineinlassen?"

Hannelore umarmte ihn, küsste ihn und weinte. Das Kind, ein Mädchen mit Namen Gerlinde, wie er erfuhr, brüllte jetzt noch mehr.

„Sie zahnt", erklärte Hannelore. „Die Nächte sind zum Teil schlimm."

Heinrich dachte nicht an schlimme, sondern an andere Nächte und wollte beinahe fortlaufen. Seine Stimmung kippte, sein Stolz war beinahe dahin. „Sei ein Mann und Soldat", sagte er sich, „und sieh der Situation ins Auge." Heinrich, immer noch voller Vatergefühle, akzeptierte und heiratete Hannelore mit Tochter Gerlinde.

Eine Hochzeit war in diesen Zeiten schnell arrangiert. Das Standesamt, auf schnell durchzuführende Hochzeitswünsche vorbereitet, ließ Heinrich und Hannelore schnell ein Ehepaar werden. Drei verbliebene

Freunde in der Stadt sowie Heinrichs und Hannelores Mutter vervollständigten die Hochzeitsgesellschaft. Gefeiert wurde in einem Restaurant außerhalb der Stadt am Fluss Pregel. Heinrich kannte diesen Platz, hier waren sie vor Jahren vorbeigesegelt. Nun schlenderte er an das Flussufer, setzte sich auf eine Bank und sah auf den Fluss. Es war ein schöner, sonniger Tag im September und die Blätter der Bäume rauschten im Wind. Erinnerungen wurden wach. Sie segelten, sie angelten, sie saßen am Lagerfeuer und brieten die Fische. Eines der wenigen Male in seinem Leben wurde er tatsächlich melancholisch. Wo sind wohl meine Freunde von damals? Die russische Armee steht gar nicht mehr so weit von Ostpreußen entfernt. Es wird wohl das letzte Mal sein, dass ich hierherkomme, dachte er. Doch er behielt seine Gedanken für sich.

Gerlinde sorgte mit ihrem nächtlichen Geschrei dafür, dass Hannelore nicht noch einmal schwanger wurde. Heinrich hatte trotz, oder vielleicht gerade wegen, des Hochzeitstages schlechte Laune, und sie hielt die ganzen zwei Wochen an. Er fühle sich nicht gesund, nicht vollständig genesen, sagte er und legte sich auf das Sofa. Er jagte seine junge Frau durch die Wohnung, beschwerte sich über dies und das und maulte am Essen herum. Dabei sollte er wissen, dass die Auswahl an Lebensmitteln nicht mehr groß war. Aber Heinrich wollte raus aus dieser Umgebung, aus der Ehe, die er nicht wollte, weg von dem Kind, den Abhängigkeiten. Schnell sah er in der Hochzeit einen Fehler, er sah ein Leben, das er nicht gesucht hatte. Er fühlte sich unglücklich. Ein Familienleben ist nichts für mich, zu dem Schluss kam er. Vielleicht später einmal. Heinrich suchte die Fesseln wieder loszuwerden. Er musste weg, raus. Er wollte frei sein, so wie in der Vergangenheit, keine Abhängigkeiten ertragen. Er erinnerte sich seiner Befreiungsmethoden aus der Vergangenheit: verbale Werkzeuge, mit denen er seine Freiheit wiedererlangen konnte.

Wenn keine Ausgangssperre verkündet war, ließ Heinrich Hannelore mit Gerlinde alleine zu Hause und ging auf Suche. Er wusste, was er finden wollte … Schnell fand er sein Ziel. Der Ehemann war seit Beginn des Krieges verschwunden und Heinrich bot den nötigen Trost. Jeder

Frau, außer Hannelore, war er bereit, Trost zu spenden, falls sie wollte. Jetzt war er wieder zufrieden mit sich. Seine Taktik hatte gewirkt: Schlechte Laune verbreiten und sich absetzen. Nun hatte er wieder seine Freiheiten. Die beiden Urlaubswochen waren schnell vorbei. Besser gelaunt trat Heinrich jetzt die Reise an die Westfront an. Hannelore war verzweifelt und mit dem Kind wieder allein.

Das Reisen, selbst innerhalb des Reiches, wurde immer gefährlicher. Wiederholt hielt der Zug an, feindliche Flieger wollten Heinrich an der Weiterfahrt hindern. Heinrichs Talent hatte sich bei den Armeen des Westens herumgesprochen. Aber letztlich kamen die Zugreisenden (die meisten nicht mehr an einem Kampf interessiert) trotzdem weiter. Die Züge, anschließend Lastwagen brachten sie erst nach Süden und später nach Westen. Die feindlichen Armeen standen schon nahe an der Reichsgrenze. Heinrich kamen wieder einmal Zweifel, ob der Führer wirklich noch wusste, was er tat. Die Soldaten, die er an der Front traf, waren alles andere als motiviert. Ausgemergelt, in schmutzigen Uniformen saßen sie in schnell ausgehobenen Schützengräben. Nicht viel hatten sie den anrückenden Panzern entgegenzusetzen. Männer in langen Ledermänteln zogen Schusswaffen als Gegenargument zu einem Rückzug aus der Tasche. Heinrichs Arbeit sahen sie mit Wohlwollen, denn er konnte mit seinen Fähigkeiten den feindlichen Armeen den Weg zumindest erschweren. Heinrich konnte auf dieses Wohlwollen verzichten.

Die Armee zog sich immer weiter Richtung Reichsgrenzen zurück und so lernten Heinrich und seine brückensprengenden Pioniere die Vogesen kennen. Sie ließen sich in einem wunderschönen Ort am See nieder, wo eine neue Front aufgebaut werden sollte. Hier könnte ich einmal Ferien machen, dachte Heinrich und benutzte in den nächsten Tagen kein Dynamit. Die feindlichen Soldaten waren ihnen erst einmal nicht gefolgt. Sie planten wohl den großen Angriff auf das Kernland des Tausendjährigen Reiches, dessen Tage schon nach sieben Jahren gezählt waren. Dazu mussten die feindlichen Truppen über den Rhein. Heinrich und seine Pioniere arbeiteten an Plänen, das zu verhindern. Die Taktik war klar: Sämtliche Brücken waren zu sprengen. In der Zwischenzeit erkundete er den schönen Ort und seine Umgebung. Die Einheimischen hatten kein Interesse an der Bekanntschaft mit Soldaten der fliehenden Armee. Mit dem Feind unterhält man sich nicht. Heinrich hatte diese Erfahrung schon oft machen müssen. Seine Haltung und sein Stechschritt machten hier keinen Eindruck. Dennoch genoss er den Anblick der schönen Frauen, an seine Hannelore und an sein Kind dachte er nicht.

Schnell störte der Feind Heinrichs Idylle. Sie hatten drei Wochen zuvor hier Quartier bezogen, als die feindliche Armee sich näherte. Heinrichs Pioniere bekamen einen neuen Befehl: Die schöne Stadt sei zu zerstören. Die feindlichen Soldaten sollten nicht in den Genuss dieses schönen Ortes kommen. Heinrich hatte Zweifel, aber als Soldat stets gehorchend, führte er den Befehl aus. Die Bewohner wurden aus ihren Häusern vertrieben, damit er ohne Gegenwehr sein Dynamit an den Hauswänden befestigen konnte. Der Kommandant gab den Befehl, Heinrich zündete das Dynamit und fuhr weiter Richtung Rhein. Trotz der Nähe zu seiner späteren zweiten Heimat würde er diesen schönen Ort nie wieder betreten wollen.

Es war wieder Winter geworden und die Reste ihrer Armee war schon weit in Richtung Rhein gezogen, die feindlichen Soldaten waren ihnen weiterhin auf den Fersen. Unbemerkt hatten sie Heinrichs Trupp überholt – und in einer Kurve fuhr seine Gruppe in die Falle. Heinrich fasste wieder einen grundlegenden Beschluss, der seinen weiteren Weg entscheidend beeinflussen sollte: Er stellte fest, der Beruf des Soldaten sei schön, aber sterben wollte er dafür nicht. Zweimal hatte er Glück gehabt. Eine Ruhepause wäre im Übrigen auch nicht schlecht. Er überlegte weiter: Der Ruf der alliierten westlichen Länder im Umgang mit Gefangenen war besser als der der östlichen. Sie schickten die Gefangenen nicht nach Sibirien. Mit diesen Überlegungen nahm Heinrich sein nicht mehr ganz so weißes Taschentuch, band es an sein Gewehr und ergab sich.

Ideologie bis zum Ende

Kriminalrat Thurnbrück hatte ein gutes Gewissen. Er sorgte weiterhin für seinen Führer dafür, dass alle Anweisungen ausgeführt wurden, und er hatte Heinrich das Leben gerettet. Für ihn war Heinrich ein einfacher, aber guter Soldat. Nach seinen kommunistischen Eskapaden und der Messerstecherei hatte er sich prächtig verhalten. Dass ich ihm mehrmals das Leben gerettet habe, wird sich vielleicht einmal auszahlen, dachte er. Ich könnte auch einmal auf Hilfe angewiesen sein. War es Angst vor möglichen Strafen des Siegers oder kamen ihm tatsächlich Zweifel am Auftrag der Nationalsozialistischen Bewegung? Der Osten war erst einmal verloren. Aus der Traum von einem Leben auf großen Ländereien, die erfolgreichen Männern zugesprochen werden sollten. Jetzt, wo sich eine militärische Niederlage abzeichnete, wollte Thurnbrück zurück ins Reich.

Er bewarb sich und bekam eine Stelle bei der Geheimen Staatspolizei in Bochum. Ein Onkel, in der Hauptstadt Berlin auf einem wichtigen Stuhl, machte das möglich. Der Jurist Thurnbrück baute weiter an seiner Karriere. Er hatte in den besetzten Gebieten außergewöhnlich gute Arbeit geleistet, stellte man in Berlin fest. Jetzt sollte er Volksfeinde im Reich aufspüren. Solche, die es waren, und solche, die es angeblich waren – um sie loszuwerden. Thurnbrück handelte stets nach den Buchstaben des Gesetzes. Für ihn gab es nur das eine Gesetz. Danach waren alle Menschen gleich, wenn man sie umbringen wollte. Entweder sie gehörten einer falschen Rasse an oder sie machten gesetzeswidrige Bemerkungen oder sie weigerten sich schlicht, Anordnungen auszuführen. Das gute Volk hingegen ging in den Krieg und in den Tod, wenn man es ihm befahl. Das war das Gesetz des Totalitarismus.

Pfarrer Wolfgang Meiersohn hatte in Russland ein Bein verloren. Vielleicht war das sein Tribut, dass er noch als einer der letzten Verwundeten aus der später eingekesselten Stadt gebracht werden konnte. Eine Granate verletzte ihn schwer. Noch während der Fahrt ins Lazarett bekam er Wundbrand und verlor so sein Bein. Zurück in seiner Heimatstadt half er anderen Kriegsinvaliden, so gut er konnte. Jetzt versuchte er Menschen zu retten, die sich nicht zu dem unsinnigen Volkssturm einberufen lassen wollten. Er versteckte sie bei sich oder bei Freunden. Thurnbrück, in seiner Funktion als Geheimdienstmann und strikter Befolger der Anordnungen des Führers für den Endkampf, bekam einen Tipp. Er ging der Sache nach, und er wäre kein guter Geheimdienstmann gewesen, wenn er nicht den Organisator dieser verbotenen und zersetzenden Aktionen Wolfgang Meiersohn gefunden hätte. Denunzianten gab es überall, aus Rache oder aus Überzeugung. Für den Gestapo-Mann Thurnbrück war Wolfgang Meiersohn auf jeden Fall ein Verräter. Er suchte gar nicht lange nach Beweisen.

Thurnbrück und ein Kollege stiegen die Treppen in den zweiten Stock des Wohnhauses am Rande der Stadt Bochum hinauf und läuteten an der Tür.

„Polizei, sofort aufmachen!", ordnete Thurnbrück mit befehlendem Ton an.

Wolfgang Meiersohn traf das unvorbereitet. Er öffnete die Tür und erkannte, wer da stand.

„Meiersohn, ich muss Sie festnehmen. Wir fahren in mein Büro."

Wolfgang Meiersohn hatte gehofft, dass diese Leute jetzt zum absehbaren Ende des Krieges verschwinden würden. Aber jetzt war an Flucht nicht mehr zu denken. Nicht nur wegen seines fehlenden Beines.

„Thurnbrück, Sie haben sich wohl rechtzeitig aus Stalingrad in Sicherheit gebracht." Wolfgang Meiersohn stieg mit seinen Krücken langsam das Treppenhaus hinunter. Thurnbrück ging nicht auf die Worte von Wolfgang Meiersohn ein, nahm ihm die Krücken ab und schob ihn ins Auto. Sein Kollege legte ihm Handschellen an. Thurnbrück lenkte den Wagen zum Gestapo-Büro. Dort ließ er seinen Kollegen aussteigen.

„Ich erledige das hier", sagte er und fuhr weiter.

„Wollen Sie mich umbringen? Dann sagen Sie mir auch, warum."

„Ich hätte Sie schon damals umbringen sollen. Sie haben mit Ihren Sprüchen die Moral der Truppe zersetzt. Und jetzt halten Sie die Menschen davon ab, das Reich zu verteidigen."

„Was soll dieser Quatsch, dass Alte und Kinder Armeen aufhalten sollen? In wenigen Wochen ist der Krieg sowieso vorbei!" Wolfgang Meiersohn wusste, dass er den Gestapo-Mann damit nicht überzeugen konnte, dass er ihn im Gegenteil zur Weißglut bringen würde.

„Das ist der Befehl des Führers!", schleuderte ihm Thurnbrück entgegen.

„Ihr Führer hat doch nur Tod und Verdammnis über die Menschen gebracht. Und glauben Sie, dass Sie nach dem Einmarsch der Sieger so einfach davonkommen?"

Es wurde schon dunkel, als sie am Rande der Stadt angekommen waren. Thurnbrück hielt den Wagen an.

„Steigen Sie aus", befahl er, wobei er ihm aggressiv die Krücken in die Seite stieß.

„Wollen Sie mich hier erschießen? Dann kann ich auch in Ihrem Wagen sitzen bleiben."

„Raus hier!", schrie Thurnbrück und riss die Beifahrertür auf. Wolfgang Meiersohn war auf dem Rücksitz mit Handschellen festgebunden. Thurnbrück löste sie. Meiersohn bewegte sich nicht. Thurnbrück zog seine Pistole und schoss ihm, ohne zu zögern, in den Kopf. Er zog den Toten aus dem Wagen und rollte ihn einen Hang hinunter, wo er in einem kleinen Graben liegen blieb. Thurnbrück nahm eine Schaufel aus seinem Wagen und deckte den Toten, so gut es ging, mit Erde zu. Mit sich zufrieden, diese Aufgabe endlich erledigt zu haben, lenkte er den Wagen zurück nach Hause.

Doch schließlich musste auch Thurnbrück zur Kenntnis nehmen, dass sich die Schlinge der Feinde um das Reich immer enger zog. Der Führer hatte zwar angeordnet, dass sich jeder bis zum letzten Blutstropfen für seine Sache einsetzen sollte, doch viele bekamen inzwischen mehr und mehr Zweifel an diesem Befehl. Man wolle lieber leben, als den letzten

Blutstropfen herzugeben. Schlimmer konnte es nicht mehr werden, nur wieder besser. In dieser Situation erinnerte sich Thurnbrück auch an seine früheren Pläne und arbeitete an seinem Lebenslauf. Ihm war klar, dass es Leute geben könnte, die das Gleiche mit ihm machen könnten, was er ihnen angetan hatte. Er hatte Angst vor der Rache der Sieger.

Heinrich und der ehemalige Gegner

Heinrich war nicht der Einzige, der sich so entschieden hatte. Mit ihm kletterten weitere Soldaten mit erhobenen Händen vom Lastwagen. Soldaten auf dem letzten Wagen ihres Konvois versuchten noch einer Gefangenschaft zu entgehen und starteten den erfolglosen Versuch, mit ihrem letzten Dynamit eine Art Feuerwerk zu veranstalten. Munition war kaum noch vorhanden, deshalb warfen sie mit den Dynamitstangen, die sie noch hatten. Doch das Feuerwerk blieb harmlos, die feindlichen Soldaten schossen und viele der Feuerwerker sahen ihr nahes Heimatland nie wieder. Heinrich und die anderen, die sich ergeben hatten, wurden in ein Gefangenenlager abtransportiert. Er hatte für sich wieder einmal eine gute Entscheidung getroffen.

Die Fahrt in das Gefangenlager dauerte nicht lange. Heinrich kam schneller zum Rhein, als er gedacht hatte. Auf einer großen Wiese nahe beim Fluss wurden er und seine Kameraden hinter einem hohen Zaun eingesperrt. Anfangs hatten sie weder Zelte noch Baracken. Es gab wenig zu essen, viele wurden krank. Erst nach Ende des Winters wurde Heinrich in eine Barackenstadt gebracht. Damit begannen für ihn erst einmal fast erholsame Tage. Sie befanden sich hinter Stacheldraht. Wer aber wollte hier weglaufen angesichts des nahen Kriegsendes? Nach Tagen des Wartens begannen die Verhöre. Laut Befehl ihres Führers durften gefangene Soldaten nicht kooperativ sein. Doch Heinrich sah angesichts des sozusagen verlorenen Krieges in diesem Befehl keinen Sinn mehr. Einige Mitinhaftierte ächteten ihn dafür: Sie trugen eine schwarze Uniform als Zeichen der Treue zu ihrem Führer. Heinrich hingegen wusste seine vormilitärische Vergangenheit in antinationalen Bildern so darzustellen, dass die Verhörspezialisten ihm glaubten, dass er nie Nationalsozialist war. Die Verhörspezialisten glaubten ihm, dass er in der Kommunistischen Partei gewesen war – er konnte ihnen sogar seine Parteibuchnummer nennen. Heinrich erzählte nichts von der Messerstecherei, die zu seiner Flucht in die Reichswehr geführt hatte, er erzählte nichts von seinen Kontakten zu dem Gestapo-Mann Thurnbrück, er erzählte auch nichts von den Erschießungen in Süd-Russland. Geschickt ließ er den Teil seiner Soldatenzeit aus, der zu weiteren Fragen hätte führen können.

Er richtete sich auf das Lagerleben ein. Er konnte sich endlich wieder richtig waschen und bekam regelmäßig Essen. Es war nicht viel, er wurde aber einigermaßen satt. Ihm wurde es zwar langweilig hinter Gittern, ihm war aber klar, dass der Krieg bald vorbei sein würde. Für ihn war er schon zu Ende und der Feind war jetzt in der Lage, mehr und mehr intakte Brücken zu erobern. Doch Heinrich dachte nicht mehr an den Krieg, der jetzt seine Heimat Königsberg erreicht hatte, sondern an sich selbst. Er hatte überlebt und war einigermaßen gesund. Wenn der Krieg vorbei ist, wird sich alles schon ergeben, dachte er.

Es wurde Frühling und überall sprossen die Blumen. Heinrich gefiel das. Die Natur war hier schon viel weiter als in seiner alten Heimat, beobachtete er; in Ostpreußen gab es zu dieser Zeit noch keine Blumen. Und die Berge beiderseits des Rheins gefielen ihm ebenfalls. Heinrich lag auf einer Bank und blinzelte in die Sonne.

Der Führer und „Größte Heerführer aller Zeiten" Adolf Hitler hatte seinem Leben ein Ende gesetzt. Noch ein kurzes Aufbäumen, dann gab die deutsche Armee auf, sie kapitulierte bedingungslos. Was sollte sie auch anderes tun? Was hätte das Land denn noch in der Hand gehabt? Die Armee war besiegt, das gesamte Land besetzt. Nach sieben langen Jahren schwiegen jetzt die Waffen. Nicht nur die Sieger freuten sich über das Ende des Krieges. Endlich ist Ruhe, dachte nicht nur Heinrich.

Erst Jahre später zählte man die Toten: sechzig Millionen. Heinrich Wilkowsky war nicht unter ihnen; er hatte überlebt. Er hatte sich nicht besonders hervorgetan. Er war kein Held. Er war kein Soldat, wie es sich der ehemalige Führer und seine Partei vorgestellt hatten, er opferte sein Leben nicht für irgendeine Sache. Er hatte getan, was sein Beruf von ihm verlangte. Er war Soldat, weil er es sein wollte. Niemand sollte später sagen, dass er seine Pflicht nicht erfüllt hatte. Solche Leute werden immer gebraucht: Sie erfüllen ihren Dienst.

So sahen es die Offiziere der ehemals feindlichen Armee auch und stellten Heinrich ein. Das war nicht neu: Armeen in früheren Jahrhunderten bekamen die Soldaten, für die sie besser zahlten. Letztendlich prügelten Menschen unterschiedlichster Länder im Namen einer Flagge auf andere ein.

Heinrich zog Bilanz. Damit hätten wir diesen Krieg auch wieder hinter uns gebracht, dachte er und musste schmunzeln. Es waren Vaters Worte aus der Zeit in Königsberg. Was war wohl aus ihm und den Brüdern geworden? Heinrich dachte an die vielen Toten, die er gesehen hatte, und daran, dass er wahrscheinlich viele seiner Freunde nie mehr sehen würde. Aber noch mehr Gedanken machte er sich darüber, was er später tun sollte, wenn er nicht mehr bei den Franzosen arbeiten könnte oder wollte. Er hatte das Tischlerhandwerk gelernt. Jetzt, wo der Krieg aus ist, werden auch wieder Tischler gebraucht, überlegte er. Alles war kaputt und sollte bald wieder aufgebaut werden. Viele Fenster, Türen, Tische und Stühle waren kaputt und mussten neu hergestellt werden. Ob er das noch konnte?

Nach Kriegsende sollten Heinrich und seine ehemaligen Kameraden bald entlassen werden. Die Freude darüber wurde allerdings von der Frage überdeckt, wie sie nach Hause kommen sollten. Ein Teil des Landes war von der russischen Armee besetzt. Wollten sie wirklich freiwillig dorthin zurück? Andere fragten sich, wo ihre Familien wären. Heinrich verschwendete keinen Gedanken an seine Frau und seine Tochter.

Bevor die Gefangenen aus dem Lager entlassen wurden, war ein Gespräch des Lagerkommandanten mit jedem Einzelnen angesetzt. Heinrich erwartete Verhaltensregeln und eine Bescheinigung über die Lagerzeit. Doch zu seiner großen Überraschung fragte ihn der Kommandant, ob er in ihrer Armee als Reparaturspezialist arbeiten wollte. Er bekäme dann allerdings eine blaue Uniform und würde somit zu den Blauen gehören. Heinrich freute sich sehr über dieses unverhoffte Angebot, nahm an und durfte nach wenigen Wochen den Bereich hinter dem Stacheldrahtzaun verlassen.

Nun brauchte er nicht mehr zu schießen und zu sprengen. Er reparierte und pflegte von jetzt an die Fahrzeuge und Maschinen des ehemaligen Feindes. Heinrich konnte sich auf dem Kasernengelände frei bewegen, durfte es aber zunächst nicht verlassen. Waffen bekam er nicht, er musste – wie alle – dem Führer abschwören, und er wurde ständig kontrolliert. Französisch lernte er nicht. Der für ihn verantwortliche Offizier sprach Deutsch. Heinrich fühlte sich wieder als Soldat. Er konnte es kaum glauben: Er brauchte Befehle zum Leben.

Der Krieg war vorbei und die Sieger besetzten Deutschland. Sie sahen ihre Aufgabe jetzt darin, wichtige Industrien ab- und im eigenen Land wieder aufzubauen. Reparation, Wiedergutmachung hieß das.

Heinrich wurde einem Bataillon zugeteilt, das in Todtnauberg untergebracht wurde, und marschierte in seiner blauen Arbeitsuniform mit in den Schwarzwald. An die Bergwelt musste er sich erst gewöhnen: Berge statt flaches Land, Tannenwälder statt Sümpfe, Wasserfälle statt Seen. Heinrich traf erneut eine für ihn wichtige Entscheidung: Da die Russen sein Königsberg besetzt hatten, wollte er lieber in den Bergen bleiben. Er saß auf einer Bank und schaute auf die Berge und Täler vor sich. Der Krieg ist vorbei, dachte er. Ich bin ein freier Mann, zwar nur Hilfssoldat, aber Soldat. Das habe ich schon einmal geschafft. Viel mehr, als ein Soldat zu sein habe ich in meinem Leben nicht gemacht. Die meiste Zeit in Schützengräben gelegen oder marschiert. Oft gehungert. Jetzt habe ich wieder eine Unterkunft, habe Essen und etwas Geld. Wer kann schon so etwas in dieser Zeit vorweisen? Den meisten geht es doch schlechter.

Was ist aus dem Thurnbrück geworden?, kam ihm in den Sinn. Ob der überlebt hat? Oder haben die Alliierten ihn als ehemaligen Gestapo-Mann gefasst und in den Knast gesteckt? Heinrich beschäftigte sich allerdings nicht länger mit dieser Frage. Meine Zukunft ist erst einmal gesichert, stellte er fest. Und später wird sich auch wieder etwas anderes finden.

Wenn Heinrich das so sah, geschah es auch irgendwann einmal. Schon oft hatte das Schicksal in seinem Sinne gehandelt. Mit oder ohne seinen „Schutzengel". Ein Problem wartete allerdings noch auf seine Lösung: Hannelore und Tochter Gerlinde passten nicht mehr in sein Leben. Bewusst wurde ihm das, als Hannelore ihn fand. Nicht persönlich war sie auf der Suche nach ihm gegangen, sondern der Suchdienst des Roten Kreuzes hatte diese Arbeit für sie erledigt. Hannelore fragte sich, warum ihr Mann nicht nach ihr und seiner Tochter gesucht hatte. Schon nach seinem letzten Besuch hatte sie eine Vorahnung gehabt. Wie würde Heinrich das zweite Kind aufnehmen, das sie inzwischen geboren hatte?

Heinrich fühlte sich nicht nur frei, sondern mit seinen dreiunddreißig Jahren auch noch jung. Er war gesund, kein Invalide, gut gebaut, und er bekam für die jetzige Zeit ein gutes Essen. Was ihm noch zu seinem Glück fehlte, war das körperliche Vergnügen mit einer Frau. Mit geübtem Blick hatte Heinrich schon bei seinen Wochenendausflügen in die umliegenden Städte festgestellt, dass es viele Frauen, aber nur wenige Männer auf den Straßen gab. Mit dem Brief vom DRK-Suchdienst war ihm klar geworden, dass Hannelore immer noch da war und wie ein Klotz an seinem Bein hing. Aber er brauchte jetzt weder Kinder noch eine Ehefrau! Für ihn musste eine Entscheidung her, eine Entscheidung, die ihm zum Vorteil gereichte. Mit diesem Vorsatz machte er sich auf die Reise nach Norddeutschland, wo Hannelore und Gerlinde inzwischen untergekommen waren.

Heinrich bekam wieder einmal eine Lösung frei Haus geliefert. Er war überrascht, dass Hannelore ihm mit einem weiteren Kind auf dem Arm entgegenkam. Sie hatte ein weiteres Kind zwischen seinem letztem und seinem heutigen Besuch geboren und gab ihm den Namen Rudolf. Heinrich, des Rechnens und der Erinnerung mächtig, begriff sofort, dass dieses Kind nicht durch ihn entstanden sein konnte.

„Du warst ja nie da", stammelte Hannelore.

Er sah sofort seine Chance zur Lösung seines Familienproblems.

„Ich bin mit einer Hure verheiratet!", schrie er sie an. „Dann sollst du auch so weiterleben. Wir sind keine Familie mehr. Ich füttere doch nicht auch noch diesen Bastard durch. Das hast du dir wohl so vorgestellt. Ich werde mich von dir scheiden lassen." Heinrich brauchte nicht lange in seinem verbalen Schatzkästchen zu suchen. Er fand schnell die Worte, um seine Frau zu demütigen. Seiner Tochter Gerlinde widmete er keinen Blick, denn auch sie würde ihn bei seinen neuen Abenteuern stören.

Frohen Mutes reiste er zurück in den Schwarzwald. Für ihn war nun auch dieses Problem aus der Welt geschafft. Nicht lange, und ein Richter verfügte seine neue Freiheit – Heinrich tauchte mal wieder ab. Seine Tochter Gerlinde sollte er nie wiedersehen. Diesen Verlust hatte der Soldat Heinrich Wilkowsky als Kollateralschaden mit einkalkuliert.

Zweites Buch

Mareike beißt sich durch

Schon während des Krieges hatte Mareike Mittel und Wege gefunden, sich und ihre Kinder gut durchzubringen. Vom großen Führer hielt sie nichts, sagte es aber auch nicht zu laut. Angesprochen von Männern in den langen Ledermänteln, machte Mareike ihnen klar, dass auch jemand die Arbeit zu Hause tun müsste, und ließ sie einfach stehen. Mareike hatte vier Kinder zur Welt gebracht. Im Sinne der Partei hatte sie das gut gemacht – Soldaten für die Armee des Führers geboren. Sie dachte aber nicht im Geringsten daran, ihre Kinder auf das Schlachtfeld zu schicken.

Sie hatte ihre vier gut im Griff. Die zwei Jungs und zwei Mädchen wurden kurz vor dem Krieg oder während des Krieges geboren. Sie waren von vier verschiedenen Männern. Außer dem ersten, Heinrich Wilkowsky, waren alle tot. Jetzt hatte sie wieder einen an der Hand, aber noch ein Kind mehr wollte sie auf keinen Fall. Mareike hatte einen starken Willen. Nie war sie eine Ersatzmama für ihre Männer, die mussten sich schon selber versorgen können. Vielleicht hätte sie mit dem einen oder anderen zusammenleben können. Doch alle, außer dem ersten, verschwanden irgendwo im Krieg. So blieben ihr ihre zehnjährige Marie-Louise, der achtjährige Sebastian, die sechsjährige Hilde und der vierjährige Bernd. In drei Fällen hatte Mareike die Ereignisse um ihre Schwangerschaft geplant. Sie wollte die Kinder haben. Über ihre Väter erzählte Mareike den Kindern nur wenig. Wie sollte sie auch? Sie kannte sie ja selber gar nicht richtig.

Mareike steckte ihren Bereich immer klar ab. Zu Hause und bei den Kindern hatte sie das Sagen. Sie hatte gelernt, ihre Stimme so einzusetzen, dass ihr keiner ihr Revier streitig machen wollte. Nicht laut, aber direkt, nicht aufgeregt, aber gezielt machte sie ihren Standpunkt klar. Das ist mein Gebiet, dachte sie immer wieder. Kein Gast, kein Lebenspartner oder Kind wagte es, ihre Anweisungen infrage zu stellen. Auch nicht die Männer in den langen Ledermänteln. Marie-Louise und Sebastian waren zur Zeit des Kriegs schon fünf und sieben Jahre alt. Im Auftrag des Nationalen Führers hatten beide Kinder zur Nationalen Erziehung ins Sommerlager gehen sollen. Doch Mareike hatte sich breitbeinig vor den SA-Mann hingestellt und ihm ein klares „Nein" entgegengeschleudert. Die Wirkung war durchschlagend: Der Mann tauchte nie wieder auf. Die Kinder blieben während der Sommerferien bei der Mutter.

Während der Kriegsjahre arbeitete Mareike als Schreibkraft auf dem Rathaus. Aber das Geld reichte manchmal nicht. Angesichts der leeren Kriegskasse des Führers blieb den Menschen im Land nicht viel Geld übrig und die Rathäuser konnten kaum etwas verteilen. Mareike fand jedoch einen Weg, wie sie an Unterstützung kam – mit ihrer Methode: Der Beamte lehnte ab? Er wurde nach Hause zu Mareike eingeladen, durfte unter die Decke und bekam anschließend Mareikes Argumente zu hören. Eine Woche später war das Geld da. Das war ihre erfolgreiche Methode.

Jetzt, zwei Jahre nach dem Ende des großen Krieges des noch größeren Führers, war das Leben hart. Für Mareike war von Anfang an klar, dass der übergroße Führer tief stürzen würde. Dass er dabei sein Volk mit in die Tiefe riss, konnte sie nicht ahnen. Vielleicht hätte Mareike ihn einmal persönlich treffen und ihm die Leviten lesen sollen.

„Ihr habt den Tisch wieder nicht abgewischt! Habe ich euch nicht schon oft gesagt, dass ich die Küche in einem tadellosen Zustand vorfinden möchte, wenn ich nach Hause komme?" Mareike war ärgerlich. Einerseits trat sie als resolute Frau auf, andererseits sah sie mit ihren 34 Jahren attraktiv aus und verstand es, sich auch in der Nachkriegszeit gut zu kleiden. Mit Durchsetzungskraft, aber auch mit viel Glück hatte sie ihre Kinder durch die Kriegszeiten gebracht. Das Mietshaus war nicht zerstört worden und sie konnten ihre kleine Wohnung behalten. Sie war nicht in der schlechten Situation wie Millionen von Flüchtlingen, die aus den Ostgebieten kamen oder ausgebombt worden waren, wie die Leute sagten. Die zehnjährige Marie-Louise erzählte viel von ihren Freundinnen und Klassenkameraden, die zu Hause oftmals hungrig vom Tisch aufstehen mussten. Mareike kannte die Situation aus ihrem Umkreis, sie sah genug Menschen, die hungerten. Doch Mareike schaffte es immer wieder, regelmäßig Essen für ihre hungrigen Kleinen zu besorgen. Wenn es in der Stadt nichts mehr gab oder ihr die Lebensmittelmarken schon frühzeitig ausgegangen waren, trug sie ihren Leiterwagen aus dem Keller zur Straße hinauf und machte sich mit ihren Kindern auf den fünfzehn Kilometer langen Weg in das nächste Dorf. Die Bauern hatten immer etwas zu essen. Mareike hatte eine entfernte Tante auf dem Land, auch die half bereitwillig.

Jetzt waren sie wieder auf dem Weg zur Tante. Schon frühmorgens waren sie aufgebrochen. Schnell kam der kleine Tross nicht voran. Vor allem der vierjährige Bernd konnte eine so lange Strecke nicht selber laufen. Einen großen Teil des Weges setzte Mareike ihn in den Wagen. Protest der Älteren verstummte schnell unter Mareikes strengem Blick. Jeder wusste, dass es vielen Kindern schlechter ging. Während der ersten Kriegsjahre gab es auf dieser Straße viel Verkehr und Mareike war oft mit dem Bus zur Tante gefahren. In den letzten Kriegsjahren fuhr der immer seltener, jetzt gar nicht mehr. Selten begegnete ihnen ein Auto, meistens ein Wagen der Besatzer. Gegen Mittag kamen sie bei der Tante an. Tante Gerti war schon vor dem Krieg in diese Gegend gekommen und hatte den Bauern Hubert geheiratet.

Schnell bereitete sie ein Essen für Mareike und die hungrigen Kinder. Dann legten sich die Kleinsten schlafen. Die beiden Frauen tauschten die letzten Neuigkeiten aus. Eine Zeitung gab es nicht mehr, der Rundfunk sendete nur selten. Für das Radio brauchten sie Strom, den gab es nicht immer. Am späten Nachmittag wurden Kartoffeln, Gemüse und Obst auf den Leiterwagen gepackt, zudem ein Brot, das die Tante schnell noch gebacken hatte. Über das Ganze breiteten sie eine Decke, damit nicht jeder die Lebensmittel sehen konnte. Der kleine Bernd durfte auf Gemüse und Obst Platz nehmen. Absichtlich hatte sie so geplant, dass sie erst in der Dunkelheit zu Hause ankamen. Der eine oder andere Nachbar könnte neidisch werden, wusste Mareike. Hamsterkäufe waren verboten, Käufer und Verkäufer konnten Schwierigkeiten bekommen. Mareike wusste allerdings auch, dass so mancher durch Freunde oder Beziehungen an Holz, Kohle oder auch Essbares kam. Verschwiegenheit war wichtig. Das bläute Mareike ihren Kindern ein.

Müde, manch einer der kleinen Familie schlief bereits, kam der Treck zu Hause an. Allen taten die Füße weh. Schnell legte Mareike den kleinen Bernd in sein Bettchen, packte die Sachen in die Wohnung und ließ den Leiterwagen wieder im Keller verschwinden. Mit einem kleinen Sack Kartoffeln, Gemüse, Äpfel und Birnen würden sie die nächsten zwei Wochen über die Runden kommen. Die Kinder waren schnell in ihren Betten. Der Sonntag war vorbei. Morgen früh mussten die drei Größeren wieder in die Schule.

Heinrich und Mareike

Viele Städte lagen in Trümmern. Die meisten Menschen waren bedrückt, nicht weil der große Führer weg war, sondern weil sie schon wieder einen Krieg verloren hatten. Dass der Führer den Krieg begonnen hatte, sahen die wenigsten so. Der Führer war demokratisch gewählt worden. Aber von wem? Keiner sagte jetzt, dass er ihm seine Stimme gegeben hatte. Auch später blieben die meisten seiner Unterstützer für immer unauffindbar.

Mareike stand an der Straßenbahnhaltestelle neben einem stolz aussehenden Mann mit schickem dunkelbraunem Anzug und Hut. Dieser Mann kam ihr bekannt vor. Die Bahn näherte sich auf den inzwischen freigeschaufelten Gleisen zwischen den Häuserruinen. Mareike lief etwas nach vorne zur Straße, wurde aber rüde zurückgedrängt.

„Haben Sie sämtliches Benehmen im Krieg verloren?" Mareike war empört.

Heinrich setzte sein bestes Lächeln ein, sagte nichts und wartete, bis Mareike an ihm vorbei in die Straßenbahn stieg. In der Bahn wartete er, bis sie einen Platz gefunden hatte, und setzte sich neben sie. Langsam zuckelte die Straßenbahn los.

„Sie können sich ja doch benehmen?" Mareike begutachtete den noch jugendlichen Mann. Aber ganz so jung war er wohl doch nicht mehr.

„Bist du nicht Heinrich? Was für eine Überraschung!" Mareike war sehr erstaunt. „Wie viele Jahre ist es jetzt her, dass wir und nicht mehr gesehen haben?"

„Es war 1937. Zehn Jahre", rechnete Heinrich nach. „Noch vor dem Krieg. Da hast du noch in der kleinen netten Wohnung in Königsberg gewohnt. Und beide haben wir den Krieg überlebt."

Mareike war aufgefallen, dass Heinrich für diese Zeit recht kurz nach dem Krieg gut gekleidet war. „Wie schick du aussiehst. Du scheinst Geld zu verdienen. Wo arbeitest du?"

„In der französischen Armee."

„Und wie schafft man das?" Mareike wurde neugierig. Diese Behauptung konnte sie kaum glauben.

„Ich war bei der Wehrmacht bis zur Gefangennahme." Heinrich meinte ein bestimmtes Lächeln bei Mareike wiederzuerkennen. Er fühlte sich wieder zu ihr hingezogen. „Nach Ende des Krieges wurde ich gefragt, ob ich in einer Reparatureinheit arbeiten wolle. Angesichts der Lage in unserem Land nahm ich die Stelle an. Ich habe eine warme Unterkunft, Essen und ein Gehalt. – Wo geht es denn hin?" Heinrich wollte mehr wissen. Die Straßenbahn hielt an der nächsten Haltestelle.

Mareike kannte diese Art zu fragen von vielen Männern. Es war dieses leichte Lächeln und der Ton in der Stimme. Sie wollten alles bekommen und nichts geben … Sie kannte das schon von Heinrich.

„Ich fahre ins Rathaus, zur Arbeit."

„Da hast du auch Glück, dass du Arbeit hast. Wahrscheinlich auch bezahlte."

Mareike ging nicht darauf ein. Andere Fahrgäste, die in der Nähe saßen, beinahe alles Frauen, verfolgten das Gespräch mit Interesse. Sie beneideten Mareike. Sie hatten keinen Mann, das Angebot war nicht groß – es waren nicht mehr viele da. Und einen solch großen Fisch gab es schon gar nicht jeden Tag. Wenn die da ihn nicht will, nehme ich ihn, dachte die eine oder andere. Mareike verstand die Blicke der anderen Frauen genau.

Ich will mehr über seine Vergangenheit wissen, sagte sie sich. Wie hat er wohl den Krieg überstanden? Und danach? Die Bahn näherte sich ihrer Haltestelle.

„Ich steige jetzt aus. Hier ist das Rathaus, oder was davon übrig geblieben ist. Ein paar Büros gibt es."

Heinrich verließ, ohne zu zögern, ebenfalls die Straßenbahn und folgte ihr.

„Wann hast du frei?"

„Musst du nicht zu deiner Einheit?" Mareike versuchte, ihn zurückzuweisen.

„Ich habe ein paar Tage frei. Ich kann dich abholen."

„Morgen. Morgen habe ich mehr Zeit." Mareike verschwand hinter der zerschossenen Fassade des Rathauses.

Er freute sich einerseits darüber, Mareike wiedergetroffen zu haben, andererseits war er sich doch nicht so sicher. Wollte er tatsächlich mit dieser Frau eine Beziehung eingehen oder wieder nur ein paar Nächte mir ihr verbringen? Er wusste um ihre Ausstrahlung und Stärke. Sie konnte mit diesem starken Willen aber auch ganz schön anstrengend sein. Diese Frau ist immer schon selbstbewusst gewesen. Suchte er die Herausforderung? Was ihn unsicher machte, war die Möglichkeit, dass er verlieren konnte. Er wollte aber nicht verlieren, nie. Schon mehrmals war er von ihr auf die Straße gesetzt worden, aber das war zehn Jahre her. Eine Unterordnung, außer beim Militär, kam für ihn nicht infrage. Auch dieses Mal nicht. Sollte er das Risiko eingehen? Heinrich war hin-

und hergerissen. Er trottete weiter durch die Stadt. Abriss- und Renovierungsarbeiten hatten überall begonnen. Er konnte den nächsten Tag kaum abwarten.

„Du bist pünktlich. So gehört es sich für einen Soldaten." Mareike, in ihrem besten Kleid, kam aus dem Büro.

Heinrich war geschmeichelt.

„Was machen wir jetzt? Cafés und Kneipen gibt es leider im Moment nicht." Mareike wirkte anziehend, sehr anziehend für Heinrich.

Sie liefen durch die freigeschaufelten Straßen, kamen zum Stadtpark und fanden eine Bank. Je nachdem, in welche Richtung sie schauten, konnten sie vergessen, dass die Stadt in Trümmern lag. Die meisten Bäume hatten wieder Blätter bekommen, trotz der Feuerstürme bei den Bombenangriffen. Heinrich erzählte von seinen langen Reisen nach Osten und Westen, vergaß, seine Ehe und sonstige Bekanntschaften zu erwähnen, und zeichnete für Mareike das Bild eines ehrhaften Mannes, der dringend eine Familie gründen wollte. Er brachte, wie oft in solchen Situationen, seinen gesamten Charme ins Spiel. Dass er so etwas noch konnte, verblüffte ihn selber. Er hatte diese Schauspielerei schon länger nicht einsetzen können.

Mareike war ihrerseits vorsichtig mit den Erzählungen aus ihrer Vergangenheit. Auch sie erzählte nicht alles. Sie war neugierig und erinnerte sich an seine Vorzüge. Heinrich nahm die Einladung in ihre Wohnung dankbar an. Die Kinder hatte sie bei Freunden untergebracht und alles für eine kuschelige Nacht mit ihm vorbereitet.

Heinrich hatte schon länger nicht mehr die Annehmlichkeiten einer schön eingerichteten Wohnung gesehen. Wie vor dem Krieg, dachte er. Seither waren viele Jahre vergangen, in denen er in Kasernen, auf Schlachtfeldern und wieder in Kasernen lebte. Ein schwacher Wunsch kam in ihm auf, in solch einer Wohnung zu Hause zu sein.

Dem Pionier war eine Brücke gebaut worden und trotzdem fühlte er eine Art Niederlage. Er merkte, dass nicht er der Erobernde war. Er hatte diese Schlacht bereits verloren. Diese Frau war ihm immer noch, oder vielleicht wieder, fremd. Er fühlte die Stärke von Mareike. In seinem tiefsten Inneren hatte bereits beschlossen, dass der Pionier die Brücke nur noch sprengen konnte. Angesichts der angenehmen Stunden dachte Heinrich aber nicht an einen sofortigen Rückzug. Sie wärmten sich gegenseitig in der Nacht.

Der Morgen meldete sich im Zimmer mit Sonnenschein und einem Wecker. Mareike war sofort wach, sah die Unordnung der letzten Nacht und weckte Heinrich. Ein kurzer Kuss und Mareike traf ihre morgendlichen Vorbereitungen. Sie musste ins Büro. Heinrich hatte sie in diesen Ablauf schon mit einbezogen.

Ich gebe ihm eine Chance, hatte sie während der Nacht beschlossen. Falls er sich in mein Leben einfügt, kann er bleiben. Alles andere wird er nicht erfahren. Zumindest jetzt noch nicht.

„Kannst du bitte Kaffee machen? Es ist zwar nur Malzkaffee da, aber besser als gar nichts."

Solch eine Anweisung entgegenzunehmen gehörte nicht in Heinrichs Repertoire.

„Du kannst gerne für ein paar Tage hierbleiben. Die Kinder kommen nach der Schule. Bitte koche ihnen Kartoffeln und Kohl. Beides ist unten im Schrank." Mareike wusch sich am Küchenbecken.

Heinrich erinnerte sich der Jahre zuvor und wollte diese und auch die vorherigen Anweisungen nicht verstehen. Sie passten nicht zu seinem Verständnis im Zusammenleben von Mann und Frau. Langsam erhob er sich aus dem Bett, zog sich an und setzte sich auf einen Küchenstuhl. Mareike kannte diesen Heinrich; sie machte Feuer im Küchenherd und setzte Wasser auf.

„Wenn das zwischen uns etwas werden soll, wirst du dich ranhalten müssen. Ich mache hier nicht alles alleine und bediene auch noch dich."

Mareike wirbelte in der kleinen Küche herum. Ihre Aussagen waren klar und deutlich.

Für ihn waren das äußerst befremdliche Worte. Er konnte damit nicht umgehen. Kerzengerade und bewegungslos saß er auf seinem Stuhl. Langsam begann sich sein Innerstes gegen diese Situation zu wehren. Mareike machte deutlich, entweder Heinrich akzeptiert oder er geht. Er sollte das verstehen. Das war Mareikes Leben und ihr Reich. Er merkte, dass er hier nichts zu melden hatte. Sie war der Offizier. Also: Unterwerfung oder Flucht. Heinrich wählte die zweite Option, nicht ohne vorher dieser Frau seinen Standpunkt klargemacht zu haben. Wie in einer plötzlichen Abwehrsituation stand er von seinem Stuhl auf und brüllte in lautem Kasernenton:

„Was bildest du dir ein, wer du bist? Eine Frau kann einem Mann", er meinte sich, „nichts vorschreiben! Ich bin hier der Mann. Du kannst machen, was du willst, aber ohne mich. Suche dir doch einen Dummen, der auch noch deine Gören großzieht!"

Damit hatte Heinrich die Brücke gesprengt. Wütend knallte er die Tür hinter sich zu, marschierte das Treppenhaus hinunter und auf die Straße der Sonne entgegen. „Das sind mir die richtigen Weiber, die auch noch über die Männer bestimmen wollen. Glück gehabt", murmelte er vor sich hin. „Noch die Kurve gekriegt, bevor es brenzlig wird. Die Nacht mit ihr war gut. Und ich habe keine Verpflichtungen. Das hätten wir hinter uns gebracht." Seine Laune besserte sich mit jedem Schritt, mit dem er sich von Mareikes Haus entfernte. Er hatte noch zwei weitere freie Tage. Er war zufrieden mit sich. Er war gerade noch rechtzeitig vom Haken gesprungen.

Mareike, im Übrigen, wollte auch Heinrich nicht als Vater für ihre Tochter Marie-Louise oder ihre anderen Kinder.

Der Soldat ist in seinem Element

Heinrich lernte die Umgangsformen der französischen Armee schnell. Zwei Jahre hatte er während der Kriegsgefangenschaft dazu Zeit gehabt. Mit preußischem Stechschritt marschierte er morgens von der

Baracke in die Reparaturwerkstätten. Manch französischer Soldat konnte es nicht lassen, diesen Schritt unter dem Gelächter seiner Kameraden nachzumachen.

Militär ist Militär und überall gleich, sagte Heinrich sich und reparierte Lastkraftwagen, Panzer und Kanonen. Der Krieg war zu Ende und das Verhältnis der Soldaten untereinander war entspannt. In seinem zerstörten Heimatland gab es jetzt wenig bezahlte Arbeit. Und an Essen mangelte es an allen Orten. Für Heinrich stand die Entscheidung fest: abtauchen, bis es im Heimatland wieder besser aussah. Da war ihm der Vorschlag gerade recht gekommen, als Hilfssoldat in der französischen Armee zu arbeiten. Die fremde blaue Uniform störte ihn wenig. Er ging seinen Pflichten nach und reparierte Armeefahrzeuge und seine französischen Vorgesetzten waren zufrieden mit ihm. Auf seinen Ausflügen in sein Heimatland sah er die zerstörten Häuser und die hungernden Menschen. Er hingegen hatte genug zu essen, ein Bett in der Kaserne und auch seine Freizeit.

Nach dem Morgenappell gingen die Blauen in die Werkstätten. Es war beinahe ein freundschaftliches Verhältnis, das nach Kriegsende weiter ausgebaut werden durfte. Ab und zu schritten Heinrich und seine blaue Kolonne ehemaliger deutscher Soldaten über den Rhein. Erhobenen Hauptes und im Stechschritt marschierten sie durch die Dörfer und Weiler, stets begleitet von einer Einheit der französischen Armee. Und Heinrich zeigte, was er konnte. Er führte die kleine Gruppe an, seine Leute waren gut gedrillt. Der eine oder andere Passant wunderte sich, andere schüttelten nur den Kopf über diese seltsame Aufführung. Am Abend ging es wieder zurück über den Rhein in die Kaserne.

An seinen freien Tagen, gestärkt von einem guten Essen und einem Glas Rotwein, verließ er die Kaserne und begab sich über den Rhein in das andere Land. Ein Paar Nylonstrümpfe und eine gute Wurst im Gepäck waren seine Lockvögel. Zu seinem preußischen Charme mixte er noch eine Prise französischer Anteile. Diese Mixtur erwies sich als wirkungsvoll, besonders während der warmen Sommerzeit. Mit seinem Anzug und seinem Hut kam er gut bei den Mädchen an. Überall in den Dörfern begannen zaghaft wieder die Sommerfeste. Die Lebenslust kehrte zurück. Heinrich war dabei. Nach ein paar Tänzen mit der Auserwählten endeten seine Spaziergänge im Zimmer der jungen Frau, wo sie zur Belohnung die Nylons und die Wurst zur Stärkung bekam. Mehr wollte er nicht, auch nicht auf Dauer. Seine Abschiedsworte waren vage, um nicht zu sagen, für ihn war es ein Abschied für immer. Nur nicht zu viel Nähe riskieren. Das Vergnügen stand für ihn im Vordergrund, nicht der Wunsch nach einer Familie.

Die ersten Jahre nach dem Verlust des großen Krieges gingen ins Land. Heinrich reparierte weiterhin fleißig Kriegsausrüstung. Ihm ging es gut. Eigentlich gab es für ihn keinen Grund, etwas zu verändern. Dennoch suchte er die Veränderung. Er wusste zu diesem Zeitpunkt noch nicht genau, was er suchte. Er bemerkte lediglich eine innere Unruhe. Wollte er tatsächlich seine Zukunft selber gestalten? Bislang war jeder Wandel erzwungen gewesen. Nun blickte er nach vorne. Zumindest versuchte er es.

Es sollte einer der wenigen Augenblicke sein, an denen Heinrich Überlegungen zu seiner Zukunft anstellte. Er lag auf einer Wiese am Rheinufer und guckte in den Sommerhimmel.

Ich will eine richtige Familie mit Frau und Kind, dachte er. Und zwar für immer. Eine Familie, die mein Eigen ist. Und dazu gehört natürlich auch ein Sohn. Ich habe einen Beruf und damit kann ich eine Familie versorgen.

Er, Heinrich, wollte eine Familie durch dick und dünn führen. Nur vor einer wie Mareike wollte er sich in Acht nehmen. Ob er auf dem Land oder in der Stadt leben würde, war ihm momentan egal. Ein Haus am Wasser wäre eine schöne Sache, würde aber erst einmal ein Traum bleiben. Vielleicht später einmal. Heinrich war da schon realistisch. Er fasste einen Entschluss und schmiedete einen Plan: erst die Frau, dann die Familie, dann die Wohnung. Später eine andere Arbeit. Mit diesen Vorsätzen ging er auf die Suche und begann seinen Plan in der nächsten Stadt umzusetzen.

Die Eroberung

Sie war hübsch, hatte mittellange blonde Haare und war aus Preußen, so wie er. Ihre Bewegungen waren nicht zu selbstbewusst, was Heinrich als Experte sofort erkannte. Ihre Kleidung dezent, wenn man das zu dieser Zeit überhaupt einschätzen konnte. Sie hatte vermutlich keine teuren Kleider, das war für ihn wichtig. Sie war wohl sparsam, was für Heinrich noch wichtiger war. Und wenn sie jetzt noch häuslich lebte, wäre das für ihn das höchste der Gefühle. Sabine hieß sie, wollte sich aber nicht in der Straßenbahn ansprechen lassen, schon gar nicht von einem Fremden. Die Straßenbahn suchte sich ihren Weg durch die zerstörte Innenstadt. Der Schutt war größtenteils weggeräumt. Mauern ehemaliger Häuser machten schon neuen Gebäuden Platz. Die Stadt zügig wieder aufzubauen war für die Stadtväter wichtig, um den Krieg und seine Zerstörung so schnell wie möglich vergessen zu machen. Das Leben auf den Straßen begann wieder zu pulsieren. Noch standen überall Menschen mit ihren letzten Habseligkeiten, die sie gegen etwas Essbare tauschen wollten. Neues Geld gab es schon, aber die wenigsten hatten genug davon, um leben zu können.

Heinrich war auf Eroberung aus. Er sah Sabine, lächelte sie an, als sie die Straße überqueren wollte, und folgte ihr mit Abstand. Er spürte ihr Zögern, aber auch das Interesse dieser Frau und lief weiter in ihre Richtung. Sabine ging in ihr Büro, Sachgebiet Wiedereingliederung. Heinrich folgte ihr, betrat das provisorische Verwaltungsgebäude und versuchte, die junge Frau nicht aus den Augen zu verlieren. Der Geruch, die Amtsmöbel, wie früher!, kam es ihm in den Sinn.

Heinrich klopfte an die Tür.

„Guten Tag, ich suche die Passstelle.“

„Da sind Sie hier falsch", entfuhr es Sabine spontan. Sie sah auf und spürte ihr Herz klopfen. „Da müssen Sie in den dritten Stock."

„Sind Sie sicher? Ist das nicht in diesem Stockwerk?" Er suchte das Gespräch.

„Nein, nein, im dritten Stock."

„Können Sie mir das bitte zeigen? Ich verlaufe mich sonst sicherlich." Heinrich wagte den ersten Schritt und gewann.

„Kommen Sie mit."

„Wohnen Sie in dieser schönen Stadt – oder was davon übrig geblieben ist?" Er versuchte, mit der blonden Frau Kontakt aufzunehmen.

„Ja. Und was wollen Sie sonst noch von mir wissen?" Diese lakonische und als abweisend gedachte Antwort wollte Heinrich in einer anderen Art verstanden wissen.

„Eine ganze Menge, liebes Fräulein. Ich finde Sie nämlich äußerst nett." Diese Bemerkung erreichte ihr Ziel. Heinrich blickte zur Seite, erblickte eine Röte in Sabines Gesicht, eine große Verlegenheit.

„Hier sind wir in der Passstelle. Brauchen Sie denn einen Pass? Man kann doch kaum verreisen." Sabine hatte angebissen.

„Ich lebe und arbeite in Frankreich. Ich darf aber dort nicht reisen. Ich will mich mal hier erkundigen. Vielleicht ziehe ich um."

„Hierher?" Sabine hatte sich inzwischen den freundlichen, nicht mehr ganz so jungen, aber gut aussehenden Mann genauer angeschaut.

„Wenn ich eine hübsche Frau wie Sie finde, die ich heiraten kann, bleibe ich gerne hier."

„Woher wollen Sie wissen, dass ich nicht verheiratet bin und Sie interessant finde?"

„Sie tragen keinen Ring und ich darf Sie heute Nachmittag auf einen Kaffee einladen." Heinrich war voller Hoffnung. Alles schien wieder einmal gut zu laufen.

„Sie dürfen mich einladen. Ob ich komme, weiß ich noch nicht."

„Ich weiß, dass Sie kommen werden", antwortete er mit seiner besten sonoren Stimme und setzte das schönste Lächeln auf, das ihm zur Verfügung stand. Inzwischen hatte sich eine Gruppe Wartender an der Bürotür eingefunden. Sabine dreht sich um, nicht ohne ihm ein leichtes Lächeln zu schenken, und ging zurück in ihr Büro. Nein, sie hatte einen leicht schwebenden, tanzenden Gang. Heinrich wartete, schaute seiner Eroberung nach und verließ befriedigt das Gebäude.

„Das gehört sich nicht", musste sie sich bei ihrem nächsten Besuch von ihrer Mutter anhören. „Du sollst dich nicht auf der Straße von einem wildfremden Mann ansprechen lassen!"

Sabine, im gleichen Alter wie dieser „Ersatz-Soldat", wie ihn ihre Mutter nannte, hatte gleichwohl den Wunsch, eine Familie zu gründen. Als Kriegswitwe, kinderlos, fehlte Sabine etwas. Bislang hatte sie eine gute Arbeit in der Verwaltung und etwas Geld zusammengespart. Als Angestellter der französischen Armee hat er ein Einkommen, dachte sie. Es ist kein Krieg mehr und folglich wahrscheinlich nicht demnächst ein Verlust zu beklagen.

Ein Richter unter Druck

Aus Sigmund Thurnbrück, dem Gerichtsschreiber, wurde Sigmund Thurnbrück, der Richter in Mainz. Der junge Staat brauchte ausgebildete Leute in Verwaltung und Justiz. Die Sieger waren erst einmal mit der Aburteilung der wichtigsten Gehilfen des ehemaligen Führers zufrieden. Einige von ihnen hatten sich in weit entfernte Länder abgesetzt, wo sie im Schutz eines anderen Tyrannen so gut wie sicher waren. Die vielen „kleinen" Ausführenden des totalitären Staates mussten jetzt nichts befürchten. Jeder wurde zum Aufbau des neuen Staates gebraucht. Hinter den Kulissen formierte sich so manch alte Seilschaft von Neuem.

Nur wenige Monate hatte Thurnbrück benötigt, um die erforderlichen Zeugnisse von der Universität und Nachweise seiner Tätigkeiten während des Krieges zu besorgen. Die Freunde aus vergangenen Tagen waren bei diesen Angelegenheiten immer hilfsbereit. Zum Aufbau des neuen Staates gehörte auch ein funktionierendes Gerichtswesen, denn Diebe, Gauner und sonstige Verbrecher gingen unabhängig von der Staatsform ihrem Gewerbe nach. Zur Aufrechthaltung der Ordnung wurden Richter benötigt. Einige waren aus dem Krieg nicht mehr zurückgekehrt. Andere durften aus allzu offensichtlichen politischen Gründen ihren Beruf tatsächlich nicht mehr ausüben. Stellen gab es viele, aber zu wenig Fachleute. Das machte die Anstellung von Thurnbrück leichter. Bei der Einstellung wurde nicht so genau nach seiner Vergangenheit gefragt. Außerdem hatten während des Krieges andere Gesetze gegolten, rechtfertigten sich viele, und sie hatten sich an diese Gesetze gehalten. Jetzt wollten sie den neuen Regeln gemäß mitspielen und, falls notwendig, ihre Vergangenheit verschweigen. Einige Zeit lang ging das gut, denn der Schock des Krieges und der Verhaftungen steckten noch vielen Menschen in den Knochen. An das Neue, an etwas Schönes wollten die Menschen jetzt denken. An eine Aufarbeitung der NS-Zeit dachten die wenigsten.

Dennoch kam es immer wieder zu Anklagen gegen Personen, die in Gräueltaten während der Zeit des Führers verwickelt waren. Das eine oder andere Opfer öffnete tatsächlich seinen Mund. Thurnbrück hatte Angst vor diesem Tag. Als Richter ahnte er, dass er kommen würde.

Ein solcher Kläger stand jetzt vor ihm. Der ehemalige Soldat Viktor Franke war des Diebstahls angeklagt und stand vor Thurnbrück dem Richter, weil er eine LKW-Ladung Kohle gestohlen hatte. Beim Durchsehen der Anklageschrift war Thurnbrück der Name nicht aufgefallen. Woher sollte er auch sämtliche ehemalige Soldaten mit Namen kennen? Er erkannte Viktor im Gerichtssaal aber sofort. Er flehte zum Himmel, dass *er* nicht erkannt würde.

Falls er sich doch an mich erinnert, hält er hoffentlich den Mund, betete Thurnbrück. Doch es kam anders. Viktor Franke, erst zögerlich, noch voller Respekt vor dem Richter, nahm all seinen Mut zusammen und brüllte es dann heraus: „Ich kenne Sie! Sie sind derjenige, der 1943

Zivilisten in einem Dorf in Russland erschossen hat. Ich habe es gesehen!"

„Wo soll das gewesen sein? Ich kenne Sie nicht", log Thurnbrück. „Sie stehen hier vor Gericht wegen Diebstahls."

„Ich habe Ihr Bild ganz genau vor mir."

Richter Thurnbrück ging nicht weiter auf die Beschuldigung ein und schloss die Verhandlung mit einem gnädigen Urteil. Er wollte den Fall schnell los sein. „Ich verurteile Sie zu drei Monaten Haft auf Bewährung."

Der Reporter Fritz Kasper schrieb eine kurze Notiz, die in der Zeitung erschien. Genau genommen waren es drei Sätze: *Der wegen Diebstahls angeklagte Viktor Franke beschuldigte im Gerichtssaal den Richter Sigmund Thurnbrück, in Russland Zivilisten erschossen zu haben. Richter Thurnbrück bestritt, den Angeklagten persönlich zu kennen sowie jegliches Wissen über den Vorfall. Der Angeklagte wurde zu drei Monaten Haft auf Bewährung verurteilt.*

Die Zeit war noch nicht reif, so schien es, dass sich die Menschen ausgiebig mit der Vergangenheit beschäftigten. Doch ein junger Student der Politologie, Wilfried Höhnweis, der der Gerichtsverhandlung mehr oder weniger zufällig beigewohnt hatte, nahm sich Viktor Frankes an. Viktor Franke erzählte ihm seine Geschichte, Wilfried Höhnweis schrieb sie auf.

Höhnweis war in einer Kleinstadt aufgewachsen, die bis zum Kriegsende wenig von den Kampfhandlungen in Mitleidenschaft gezogen wurde. Die Mutter verdiente als Hausangestellte beim Bürgermeister ein wenig Geld, der Vater war schon zu Kriegsbeginn eingezogen worden. Zweimal kam er zum Fronturlaub nach Hause, zwei Jahre später galt er als verschollen. Der sechsjährige Wilfried bekam nur wenig von der Zeit des sogenannten Dritten Reiches mit. Seine Mutter hielt ihn und seine

Schwester Anita stets so weit wie möglich von der Staatspartei und ihrer Ideologie fern.

Nach dem Ende des Kriegs hatte die Familie immer noch keine Informationen über den Verbleib des Vaters. Wilfried kam in die Schule. Die Lehrer erzählten in den folgenden Jahren selten etwas über den vergangenen Krieg, über Gräueltaten und Flucht. Der Junge hörte genau zu, wenn neue Flüchtlinge in die Stadt kamen. Die Flüchtlinge erzählten Geschichten, die Wilfred erst Jahre später verstand. Die Mutter lernte einen früheren Soldaten kennen, mit dem sie ab und zu ausging. Wenn der bei ihnen zu Hause war, schilderte er nicht nur seine Zeit als Soldat, sondern erzählte auch von den Sonderkommandos, die von Männern in langen braunen Ledermänteln geleitet worden waren. Die Mutter versuchte, ihn in Gegenwart des Jungen in seinen Erzählungen zu unterbrechen, doch Wilfried hörte durch die angelehnte Tür weiter zu. Er kannte diese Männer in langen braunen Ledermänteln nur als nette und hilfsbereite Menschen. Einer kam während des Krieges ab und zu vorbei, er brachte Essen und für ihn Schokolade und lud seine Mutter ins Kino ein.

Jetzt, nachdem Wilfried als Student Viktor Franke im Gerichtssaal getroffen hatte, ging ihm diese Begegnung nicht mehr aus dem Kopf. Er wollte der Angelegenheit irgendwann einmal nachgehen. Was die Zeitung berichtet hatte, wurde nicht von vielen gelesen. Die, die es gelesen hatten, schüttelten nur den Kopf. „Das war doch im Krieg", sagten die meisten. Doch tatsächlich nahm sich ein Staatsanwalt dieser Sache an.

„Herr Kollege, ich muss Ihnen leider diese unangenehmen Fragen stellen. Wir alle hatten schwere Zeiten. Ich weiß das aus eigener Erfahrung. Waren Sie bei diesen Erschießungen dabei, derer Sie beschuldigt werden?" Das Verhör war für beide Seiten unangenehm, Staatsanwalt Behringer war selber während der NS-Zeit als Richter tätig gewesen.

„Ich kann mich an die angesprochenen Ereignisse überhaupt nicht erinnern", gab Thurnbrück zu Protokoll. Er erzählte einige harmlose Geschichten vom Krieg und die beiden Juristen plauderten anschließend, bis der Nachmittag vorbei war. Doch Thurnbrück verlor mit dem Verlust des alten Systems seine Selbstsicherheit.

Ein falsches Alibi

Heinrich wollte nicht mehr an die Vergangenheit denken, vor allem nicht an die schlechte Vergangenheit, wie er sie nannte. Aber manchmal kam die Erinnerung zurück und dann dachte er viel nach. Und immer wieder musste er an Thurnbrück denken, den Mann im langen braunen Ledermantel, den Mann von der Gestapo. Heinrich erinnerte sich an das Auto, nachdem er den SA-Mann niedergestochen hatte, an das erste Verhör mit dem seltsamen Spruch von Thurnbrück, an die Skatabende, an die Diskussionen mit dem Militärpfarrer, den versuchten Mord an diesem Pfarrer, an die Lastwagenfahrt aus der eingeschlossenen Stadt und an den Auftrag zum Erschießen der Dorfbewohner.

Sie hätten die Partisanen unterstützt. Das war Vergeltung für die getöteten Soldaten, hörte er Thurnbrück bei einem späteren Treffen sagen. Er, Thurnbrück, habe das alles im Namen seines Führers getan. Das war das Gesetz und der Führer war das Gesetz. Er, Thurnbrück, habe aber auch Heinrichs Leben gerettet. Als dessen Schutzengel hatte er sich bei der Flucht bezeichnet. War das auch im Willen des Führers, damals, als die Stadt beinahe vollständig eingekesselt war?

Heinrich empfand etwas Seltsames, als er die kurze Notiz in der Zeitung las. Er kannte das Wort „Gewissenskonflikte" nicht, aber das war es, was er spürte. Es war eine Situation, die sich für ihn nicht gut anfühlte. Sollte, wollte er Thurnbrück helfen? Heinrich brachte eine schlaflose Nacht hinter sich. Am Ende überwog die Dankbarkeit für den „Schutzengel". Die großen Kriegsverbrecherprozesse lagen schon einige Jahre zurück, doch Personen wie Thurnbrück wurden immer wieder für viele Jahre ins Gefängnis geschickt. Heinrich wollte nicht, dass Thurnbrück ins Gefängnis kam. Er wollte ihn retten. Jetzt wollte er, Heinrich Wilkowsky, Dankbarkeit zeigen.

Er machte sich auf den Weg nach Mainz zu Staatsanwalt Behringer und sagte für Thurnbrück aus. Nein, der konnte zu der fraglichen Zeit gar nicht an jenem Ort in Russland gewesen sein. Zu dem Zeitpunkt waren wir beide in Polen. Ob Heinrich den Namen des Anklägers kenne, fragte der Staatsanwalt.

„Ich erinnere mich nicht an ihn, ich kenne ihn nicht", gab Heinrich zu Protokoll. Der Staatsanwalt war merklich erleichtert über diese Aussage und Thurnbrück durfte weiter ungestört Richter sein.

Sollte Heinrich einmal Hilfe benötigen, so wisse er ja, wo er sie finden würde. Thurnbrück war sichtlich dankbar.

Damit sind wir quitt, dachte Heinrich und wollte Thurnbrück aus seinen Erinnerungen für immer verdrängen.

Sabines langes Warten

Sabine war des Wartens müde. Das ging nun schon seit Jahren so. Sie hatte während des Krieges voller Hoffnung den Offizier Waldemar Wesseling geheiratet. Sie kannten sich schon einige Jahre. Sie hatte ihre kleine Wohnung nach seinen Wünschen eingerichtet. Er war als Kaufmann für Herrenbekleidung oft unterwegs und Sabine wartete ständig auf ihn. Dann kam der Krieg und Waldemar Wesseling war weiterhin abwesend. Noch zweimal kam er nach Hause und brachte Beutegut aus besetzten Ländern mit. Sabine wartete wieder ein, zwei Jahre. Wenige Wochen vor Kriegsende kam die Meldung über seinen Tod. Für sie brach eine Welt zusammen. Den Mann verloren und um ihre Heimat sah es nicht besonders rosig aus. Ihre kleine Wohnung in Stettin überstand die Zerstörungen aus der Luft bis zum Schluss, doch um das Haus herum war alles kaputt und man sprach über Flucht. Im Winter 1944/45 wurde die Situation immer bedrohlicher. Die russische Armee näherte sich der Stadt schneller als erwartet.

Sabine vergrub, wie viele andere, ihr wertvolles Geschirr schon einmal im Hinterhof. Hier sollte es einen möglichen Luftangriff und die Zeit bis zu ihrer Rückkehr überstehen – auf die sie hoffte. Mit zwei Koffern ging sie auf die Flucht. Als Verwaltungsangestellte wusste sie, dass Dokumente so wichtig waren wie warme Kleidung. Die Erinnerungen an ihre Familie und vergangene schöne Jahre waren in vier Fotoalben geklebt. Ein Schiff der Marine nahm sie auf und stampfte über die Ostsee in Richtung Dänemark. Den feindlichen Fliegern zum Trotz erreichte das Schiff den sicheren Hafen. Die Flüchtlinge auf diesem Schiff waren natürlich nicht die einzigen, die hier strandeten. Mehrere Tausend wurden unter Protest der Bevölkerung des besetzten Landes in Schulen und anderen Gebäuden untergebracht.

Die Lebensbedingungen waren nicht gut und wurden noch schlechter, nachdem die Besatzer das Land verlassen hatten. Das Ende des Krieges führte nicht automatisch zu einer Verbesserung der Lage, Mangelernährung führte zu Krankheiten. Die alliierten Regierungen verboten die Ausreise der deutschen Flüchtlinge.

Erst nach mehr als einem Jahr verließ Sabine das Lager und erreichte schließlich den Süden von Deutschland. Die Heimat war besetzt, ihr Mann war im Krieg gefallen. Das Leben muss weitergehen, sagte sie sich und ordnete ihr Leben neu. Das Warten auf einen liebenden Mann trat in den Hintergrund. Anzukommen in der neuen Umgebung, eine Wohnung und eine Stelle zu finden, das war für sie jetzt das Wichtigste. Sabine dachte auch über ihr Alter nach. Sie war jetzt Ende dreißig, hatte keine eigene Familie und langsam schien ihr die Zeit davonzulaufen. So manche Freundin war nicht mehr allein, sie hatten einen der wenigen Männer an sich binden können. Sabine suchte und fand nichts Geeignetes. Langsam beschlich sie Panik. Panik macht blind.

Bescheidenheit und Gehorsam, die hatte sie während der Zeit des Führers gelernt, zudem Sparsamkeit: Das waren Sabines Eigenschaften, die Heinrich immer suchte und bei ihr fand. Diese Frau war die Richtige für seine Zukunftsplanung. Sie suchte einen Mann und akzeptierte seine „Stärke". Er hatte das gespürt, bestimmte von Anfang an, und Sabine gehorchte. Jeder wie er es gelernt hatte.

Heinrich setzte in unregelmäßigen Abständen gewisse Mittel ein, um klarzustellen, wer Herr im Hause war. Seine Devise war: Eine Familie muss wie ein Bataillon geführt werden. Der Untergebene muss bestraft und beleidigt werden und darf keine Freiheiten haben. Sabine verschloss die Augen vor dem Charakter ihres künftigen Ehemanns. Warnungen ihrer besorgten Freundinnen und Eltern sowie ihres Bruders, die Heinrich durchschauten, schlug sie in den Wind. Es war die Panik, allein alt zu werden, die sie blind machte. Sabine nahm alles in Kauf und heiratete Heinrich Wilkowsky. Sie tat noch viel mehr für ihn: Weil eine Ehefrau von Heinrich nicht arbeiten durfte, gab sie ihren gut bezahlten Beruf beim Staat auf. Nach alter Sitte zeigte ihr Mann damit nach außen, dass er eine Familie ernähren konnte. Sehr bald machte Heinrich seinen Standpunkt zum Thema Ehe auch Sabine gegenüber klar:

„Eine Frau hat sich um den Haushalt und die Kinder zu kümmern und sich den Anordnungen des Ehemannes zu fügen!" Wenn er, Heinrich, schon seine Freiheit für eine Familie aufgab, dann war die Unterwürfigkeit das kleinste Entgegenkommen der Ehefrau. Als Soldat hatte er hier klare Vorstellungen. „Auf andere Art und Weise kann eine Familie nicht funktionieren", war seine Meinung und er vertrat sie auch vor jedem, der es hören sollte.

Weil Heinrich bei seinem Bataillon in den Bergen blieb, musste Sabine auch dort hinziehen. Sabine liebte das weite Land, das Meer, aber nicht die Berge und den Schnee. Zu allem Überfluss jagte ihr Mann sie im Winter auf Skiern die Hänge hinunter. Sabine fiel alle paar Meter hin, Heinrich machte sich über ihre Unfähigkeit lustig, so wie er sich gerne über Unfähigkeiten von schwächeren Personen lustig machte. Er hatte sich bald die Rolle eines Tyrannen zurechtgeschneidert. Der Haushalt, die Familie wurden sein Tyrannenreich. Sabine schrubbte, kochte, machte sämtliche Arbeiten im Haushalt. Heinrich beobachtete, befahl, aß und schlief, wie es ihm passte. Er saß auf dem Sofa, sah durch das

Fenster, wie sich die Tannen im Wind bewegten, und dachte vor sich hin:

Sabine macht ihre Arbeit gut. Sie fügt sich wunderbar. Ich werde sie ab und zu zurechtweisen, damit sie nicht aufmüpfig wird. Mit Mareike wäre so eine Familie nicht möglich gewesen. Die hat sich nichts sagen lassen. Außerdem hätte ich vier Bastarde von vier verschiedenen Männern am Hals gehabt. Er war hochzufrieden mit sich selbst und ein leichtes Lächeln glitt über sein Gesicht.

Sie lebten mit Soldaten der französischen Armee in einem Haus. Heinrich beobachtete mit Argusaugen, dass keiner seiner Sabine schöne Augen machte. Meinte er etwas gesehen zu haben, stellte er nicht den Mann zur Rede, sondern verbot seiner Frau den Umgang mit ihm. Sabine gehorchte, wie sie es gelernt hatte.

Heinrich arbeitete auch intensiv an seinem vorerst letzten Ziel: Ein Sohn musste gezeugt werden. Volle Unterstützung bekam er dabei von Sabine, die sich auch ein Kind wünschte. Gegenmittel hätte sie bei ihm auch nicht anwenden dürfen, wenn sie kein Kind gewollt hätte. Doch sie wollte. Die beiden waren nicht mehr die Jüngsten. Und so lief alles nach Plan. Heinrich wurde Vater eines Sohnes, dem er den Namen Wolfgang gab. Für Heinrich war klar, auch dieser Sohn sollte, sobald wie möglich seine Herrschaft anerkennen.

Sabine wurde sich mehr und mehr bewusst, in welche Lage sie sich mit dieser Heirat gebracht hatte. Alles Heulen und Verdrießen halfen nicht mehr. Ihre Erziehung zum Gehorsam ließ es nicht zu, sich von diesem Tyrannen wieder zu trennen. Das viele Warten hatte sich für sie nicht gelohnt.

Heinrich festigt sein Reich

Heinrich konnte zufrieden sein. Er hatte jetzt eine Familie und eine Frau, die ihm gehorchte wie ein Rekrut. Die wenigen Ansprüche, die sie hatte, hatte er ihr schnell ausgetrieben. Sabine kochte und wusch für ihn, machte den Haushalt und kümmerte sich um den Sohn. Heinrich brauchte nur noch nach dem Rechten zu sehen. Damit seine Autorität nie angezweifelt wurde, fand er genug Gründe, seine Frau immer wieder zurechtzuweisen. Er tat es gerne mit kleinen Dingen, die aber wehtaten. Das Essen schmecke nicht, sie sehe ungepflegt aus. Er sagte das nie leise, sondern laut. Alle sollten hören, dass er derjenige war, der hier bestimmte. Sein Vater hatte es nicht anders gemacht, Heinrich war in seine Fußstapfen getreten. Sabine weinte in der stillen Ecke, sobald ihr Mann die Wohnung verlassen hatte. Was hatte sie alles für ihn getan! Sie hatte ihren Beruf aufgegeben, sie hatte sich ihm untergeordnet. Sie gehorchte allen seinen Befehlen. Sie hatte ihm einen Sohn geboren. Warum tat er das nur? Sie hätten mehr Geld zur Verfügung, wenn sie noch arbeiten würde. Ihr Ehemann verbot es ihr.

„Die Nachbarn sollen sehen, dass ich, Heinrich Wilkowsky, genug Geld verdiene. Meine Familie ist nicht auf das Geld meiner Frau angewiesen." Sie hätten das Geld bitter nötig gehabt.

Heinrichs Bataillon war wieder aus dem Schwarzwald zurück nach Frankreich, nahe der Grenze, verlegt worden. Auch die junge Familie musste deshalb umziehen, suchte und fand eine Unterkunft in Freiburg: eine Sozialwohnung in einem Neubau, der nach dem Krieg schnell hochgezogen worden war. Sabine hatte zwar die vorherige Wohnung im Schwarzwald gemocht, nicht aber die langen Winter. Sie hatte dort fürchterlich gefroren.

Jetzt also lebten sie unten in der Stadt, erst einmal in 1,5 Zimmern: Schlafzimmer, Bad und Wohnküche. Sämtliche Räume konnten mit Kohleöfen beheizt werden. Was für ein Luxus! Die Miete war erschwinglich, das Geld reichte allerdings nicht für Neuanschaffungen. Die Möbel waren noch von Sabines Erspartem gekauft worden. Das tägliche Essen sollte „erlaufen" werden: Sabine wurde angewiesen, die Läden mit den billigsten Lebensmitteln zu finden. Das Haushaltsbuch, das sie führen musste, wurde am Ende jedes Monats auf das Genaueste von

Heinrich überprüft. Sabine hatte über jede Ausgabe Rechenschaft abzulegen.

Sabine war in der neuen Umgebung nicht mehr alleine. Viele dieser Wohnungen waren für Menschen gebaut worden, die der Krieg aus anderen Teilen des Landes vertrieben hatte. Mit manchen dieser Nachbarn unterhielt Sabine sich gern, denn sie hatten die gleichen Themen: die verlorene Heimat, wie sie es nannten, die wirtschaftlichen Verhältnisse, die Berufe. Eine Art Solidarität entwickelte sich zwischen ihnen. Heinrich fand nicht in Ordnung, dass seine Frau so viele Kontakte pflegte. Sie sollte sich der Familie und dem Haushalt widmen und nicht herumtratschen, war seine Anweisung. Den nachbarschaftlichen Austausch vollständig zu verhindern gelang ihm allerdings nicht. Hier stieß Heinrich an die Grenzen seiner Beaufsichtigung. Andererseits nutzte auch er selbst die räumliche Nähe zu den Bewohnern zu einem Gedankenaustausch, wie er es nannte.

Für Heinrich hatte die Lage der neuen Wohnung erst einmal keinen Vorteil. 30 Kilometer waren täglich zu fahren, hin und wieder zurück. Fast eine Stunde war er bis zur Kaserne unterwegs. Sein ganzer Stolz für die nächsten Jahre wurde ein gebrauchtes DKW Motorrad, das er günstig erstand. Ob Sommer oder Winter, Heinrich brauste täglich die Strecke zu seiner Kaserne. Am Wochenende verfrachtete er seine Frau Sabine auf den Sozius-Sitz und seinen Sohn Wolfgang vor sich auf den Tank. Sabine klammerte sich ängstlich fest und bangte gleichzeitig um ihren Sohn. Heinrich trug seine Verantwortung mit stolzer Miene. Er hatte alles unter Kontrolle.

Er hatte seine Welt für sich perfekt organisiert. Er ließ Frau und Sohn zum Appell antreten. Er verließ pünktlich um sieben Uhr das Haus und war pünktlich um sechs Uhr zurück. Pünktlich um 6 Uhr 30 hatte das Abendessen auf dem Tisch zu stehen. Pünktlich um zehn rief Heinrich zur Nachtruhe und Sabine lag bereit für den Verkehr, die ehelichen

Pflichten. Befriedigt über den guten Tag und dessen Ende warf er sich ab, drehte sich um und schnarchte dem Morgen entgegen.

Weihnachten wie früher

Heinrich war stolz auf sich. Er hatte eine Familie, eine Frau und einen Sohn, eine so komfortable Wohnung, wie er sie noch nie gehabt hatte, und er war Soldat. Seine Frau gehorchte seinen Anordnungen und der Sohn würde auch gehorchen lernen. Jetzt stand Weihnachten vor der Tür. Für Heinrich war es klar, wie dieses Fest gefeiert werden musste: wie zu Hause in Königsberg. Der erste Schritt war der Tannenbaum. Weihnachtsbäume gab es damals in den Wochen vor dem Fest noch nicht an jeder Straßenecke. Er fand einen Kollegen, der eine Lösung hatte: Zwei Tage vor dem Heiligen Abend gingen sie gemeinsam in den Wald. Bewaffnet mit einer Axt suchten sie ein geeignetes Exemplar. Heinrich wurde fündig, setzte die Axt an und fällte den gut gewachsenen Baum; die Frage nach der Größe beschäftigte ihn erst einmal nicht. Er band die Zweige möglichst eng am Stamm zusammen und schulterte den Baum. Erst ging es zu Fuß zurück an den Waldrand, dann fuhr er auf seinem silberfarbenen Fahrrad schwankend, aber stolz nach Hause.

„Der Baum braucht Wasser", sagte Heinrich und ordnete damit an, dass Sabine einen Eimer Wasser zu holen hatte. Nun stand der stolze Baum im Eimer auf dem Balkon. Die Nacht war kalt, das Wasser gefror und Heinrich sah sich am nächsten Morgen einem Problem gegenüber. Wie konnte er den Baum im Zimmer aufstellen? Sabine musste Wasser zum Kochen bringen. Er begoss den vereisten Eimer mit dem heißen Wasser. Es geschah nicht viel. Das Eis verweigerte sich Heinrich. Er suchte nicht lange den Schuldigen für diese Misere: Es war Sabine, die den Eimer bis an den Rand gefüllt hatte.

„Du blöde Kuh, ich habe dir gesagt, du sollst den Baum ins Wasser stellen, nicht den Eimer bis oben mit Wasser füllen!"

„Du hast gesagt, der Baum muss ins Wasser", verteidigte sich Sabine.

Heinrich fiel nun seine Axt ein und er schlug wie ein Wilder auf dem Eis herum. Seine Muskeln arbeiteten, sein Kopf wurde röter, seine Laune immer schlechter. Das Eis verweigerte weiterhin die vollständige Freigabe des Baumes. Nun lag er samt Eimer auf dem Balkon. Heinrich änderte seine Strategie. Er holte seine Säge aus dem Keller, mit der er den Stamm oberhalb des Eimers absägte. Der Eimer bekam noch einen Tritt und flog gegen die Hauswand.

„Mach den Eimer nicht kaputt, den brauchen wir noch", hielt ihm Sabine entgegen.

„Halt deinen Mund", war Heinrichs Antwort, als er ungestüm die untersten Äste absägte. Er stellte auch fest, dass der Stamm zu dick für den Ständer war. Fluchend setzte er die Axt an und bearbeitete die Tanne, bis sie in den Ständer passte.

„Passt der Baum denn überhaupt ins Zimmer?", wollte Sabine wissen. „Vielleicht solltest du ihn noch etwas kürzen."

Heinrich stellte den Baum in die Senkrechte. „Halt den Mund, der ist nicht zu hoch." Er bugsierte den Baum samt Ständer durch die Balkontür und stellte ihn auf den Boden. Traurig bog sich die Baumspitze unter der Zimmerdecke.

„Hab ich dir doch gesagt. Der Baum ist zu groß", wiederholte Sabine.

Heinrich nahm den Baum, zerrte ihn erneut nach draußen und warf ihn auf den Boden. Die Schrauben des Ständers, von Heinrich tief in den Stamm gedreht, weigerten sich erst einmal, wieder gelöst zu werden. Heinrich stellte fest, dass dies nicht sein bester Tag war. Der Soldat aber sagte ihm, dass er diese Schlacht durchziehen musste. Am Ende gewann er sie und der Baum stand etwas mitgenommen im Zimmer. Sabine bekam die Aufgabe, den Baum zu schmücken. Zehn Kerzen sollten am Abend entzündet werden. Bis dahin begab sich Heinrich in den Keller und ward bis zum Abend nicht gesehen.

Er hatte die Weihnachtsbescherung auf das Genaueste vorbereitet. Sie sollte wie in seiner Kindheit vonstattengehen. Sabine war mit dem

Schmücken des Baumes fertig, hatte das Lametta, das sie von ihrer Nachbarin geschenkt bekommen hatte, an den Baum gehängt und sich dann pflichtbewusst an den Herd begeben. Heinrich hatte angeordnet, dass es traditionsgemäß eine Weihnachtsgans zu geben hatte. Andere Leute feierten mit einem Karpfen oder mit Würstchen und Kartoffelsalat. Nein, Heinrich ordnete eine gebratene Weihnachtsgans an. Den Kauf solch einer Gans traute er Sabine nicht zu, sondern nahm diese Handlung selbst vor. Wo er dieses Tier erstanden hatte, ließ er nie verlauten. Vielleicht über irgendwelche Beziehungen. Das gerupfte Tier mit Hals und Kopf lag nun vor Sabine auf dem Küchentisch. Sie hatte nicht viel Ahnung, wie sie nun weiter vorgehen sollte. Klar, die Innereien und wahrscheinlich auch der Kopf mussten entfernt werden. Aber wie? Sie traute sich nicht, ihren Mann zu fragen. Hilfe fand sie bei einer Nachbarin, die nicht nur ein Kochbuch mit Gänsebratenrezepten besaß, sondern ihr auch beim Ausnehmen des Vogels zur Hand ging. Glücklicherweise tauchte Heinrich während dieser Zeit nicht in der Wohnung auf. Da wäre eine Schmachrede auf seine Frau fällig gewesen. So briet die Gans gemächlich im Ofen und Sabines Nervosität legte sich. Sie machte sich an das Putzen des Gemüses und schälte die Kartoffeln. Dann deckte sie den Tisch.

Heinrich entstieg dem Keller und nahm mit Zufriedenheit den Geruch von Gänsebraten bereits im Treppenhaus wahr.

„Das riecht ja wunderbar." Es ließ sich tatsächlich zu solch einer Äußerung herab. Er war weihnachtlich gestimmt.

Hoffentlich bleibt er bei seiner guten Laune, dachte Sabine.

„Wann können wir essen? Um acht Uhr machen wir die Bescherung. Bis dahin sollte alles wieder abgeräumt sein", ordnete er an.

„Ich denke, um sechs." Sabine sah auf die Uhr und kam ins Schwitzen. Die Zeit lief. Heinrich begab sich ins Badezimmer.

Pünktlich um sechs Uhr setzte sich Heinrich an den Tisch. Sabine klapperte in der Kochecke mir Geschirr und Besteck und beinahe pünktlich erschien sie mit der gebratenen Gans auf einem großen Teller. Dann brachte sie die Beilagen.

„Möchtest du einen Schenkel?"

„Ich nehme einen Schenkel", stellte Heinrich fest. Sabine schnitt das Gänsebein ab und legte es auf seinen Teller. Heinrich nahm sich Gemüse und Kartoffeln und begann sofort zu essen. Sabine schnitt einen Teil von der Gänsebrust ab, zerlegte erst kleine Stücke für den kleinen Wolfgang, der in seinem Hochstuhl langsam unruhig wurde, und stellte den Teller vor ihn hin. Dann nahm sie sich, worauf sie Appetit hatte. Heinrich unterließ bei diesem Essen sämtliche unfreundlichen Kommentare. Die drei hatten schon lange kein so gutes Essen gehabt.

„Wir sollten so was öfter machen", stellte Sabine fest.

Heinrich knurrte, nagte das restliche Fleisch vom Gänsebein und machte nur eine Bemerkung: „Dafür haben wir kein Geld. Einmal im Jahr reicht." Dann schaufelte er sich noch einmal eine Portion Kartoffeln auf den Teller.

„Gib Wolfgang auch noch etwas, damit er groß und stark wird", ordnete er an.

Doch Wolfgang wollte nichts mehr. Ihm schmeckte die Gans nicht. Heinrich warf einen vorwurfsvollen Blick auf die beiden, unterließ aber sämtliche Kommentare.

Nachdem jeder satt war, hatte Sabine nicht viel Zeit, um das Geschirr beiseite zu räumen und die restlichen Gänseteile zur Aufbewahrung auf den Balkon zu verfrachten. Anschließend begab sie sich mit Wolfgang in das Schlafzimmer. Pünktlich um acht Uhr erschienen beide und warteten. Sabine trug ihr bestes Kleid; Sohn Wolfgang hatte sie seinen Matrosenanzug angezogen. Der war zwar noch viel zu groß, in der eigenen Wohnung sollte das aber nicht stören. Unterdessen war Heinrich in dunkler Hose und Pullover in die Wohnküche verschwunden, hatte zwei Pakete, eingewickelt in Packpapier, unter den Baum gelegt und die zehn

Kerzen am Baum entzündet. Dann nahm er eine Glocke, die er irgendwo erstanden hatte und die seiner Meinung nach die Bescherung einzuleiten hatte, und ließ sie bimmeln. Das war das Zeichen für Sabine und seinen Sohn, dass sie eintreten durften.

„War der Weihnachtsmann schon da?", fragte Wolfgang.

„Der ist gerade zur Balkontür hinaus", erklärte Heinrich lächelnd. Wolfgang rannte zum Fenster und meinte noch den Weihnachtsmann auf der Straße laufen zu sehen.

„Der Weihnachtsmann hat Geschenke für euch mitgebracht." Aus dem Radio hörte man Kirchenglocken läuten. Wolfgang rupfte am Papier, um sein Geschenk auszupacken, und legte ein Blechauto frei. Zufrieden stellte Heinrich fest, dass er sich über das Spielzeug freute.

„Das Päckchen ist für meine Frau."

„Wirklich? Womit habe ich das verdient?" Sabine traten beinahe Tränen in die Augen. Sie packte ein Paar Lammfellhandschuhe aus.

„Die sind ja wunderschön! Und halten warm. Danke, mein Schatz. Darüber freue ich mich sehr. Ich habe aber auch etwas für dich." Sie eilte ins Schlafzimmer und holte ein kleines Päckchen.

„Das ist für dich."

Heinrich fühlte, stellte fest, es musste etwas aus Stoff oder Ähnlichem sein und packte ein Paar gestrickte Strümpfe aus.

„Danke, die halten sicherlich warm."

„Habe ich selber gestrickt", stellte Sabine stolz fest.

„Wenn du den Kleinen ins Bett gebracht hast, hole doch zwei Weingläser heraus. Du hast doch von deiner Mutter neulich ein paar bekommen."

Sabine war perplex. Sie hatte die Gläser gut im Schrank versteckt; sie wollte nicht, dass ihr Mann über alles Bescheid wusste. Sie hatte es satt, ständig kontrolliert zu werden. Jetzt verschwand sie im Schlafzimmer und legte den Sohn in sein Bettchen. Währenddessen stieg Heinrich in den Keller und holte die Flasche Wein herauf. Es war der Wein, den er von seinem vorgesetzten Offizier zu Weihnachten geschenkt bekommen hatte. Großzügig wollte er ihn heute mit Sabine teilen, die noch mit Wolfgang beschäftigt war. Er setzte sich auf einen Stuhl neben den Weihnachtsbaum.

Leise spielte das Radio Weihnachtslieder. Es war für ihn die erste „richtige" Weihnacht seit seiner Jugend in Königsberg. Nach seinem Eintritt bei der Reichswehr hatte er nie wieder im Kreise der Familie gefeiert. Nach über zwanzig Jahren hatten zum ersten Mal wieder ein Gänsebraten auf dem Tisch gestanden und Geschenke unter dem Weihnachtsbaum gelegen. Er dachte an die Weihnachtsnacht in Stalingrad, als die russische Armee zum Gegenangriff überging. Eine Träne lief über seine rechte Wange. War es die Erinnerung oder war es das Glück, das er verspürte, die Tradition seines Vaters hier weiterführen zu können?

Sabine stellte zwei Weingläser auf den Wohnzimmertisch.

„Woher hast du denn den Wein? Das ist ja wunderbar. Wie lange habe ich schon keinen Wein mehr getrunken."

Heinrich hatte Flasche und Flaschenöffner in der Hand. Ohne zu zögern, zog er den Korken heraus.

Der macht das nicht zum ersten Mal, dachte sie. Sie hatte Recht damit. In Frankreich bekam Heinrich ab und zu eine Flasche Wein in die Hand. Das erzählte er ihr aber nicht.

„Na, dann Prost auf dieses Weihnachten", sagte er. „Ab jetzt werden wir immer so Weihnachten feiern können." Beide hatten nicht vergessen, dass sie die ersten beiden Feste zusammen mit den französischen Soldaten gefeiert hatten. Heinrich schenkte ihr ein. Sie setzten sich auf das kleine Sofa, das sie vor wenigen Wochen geschenkt bekommen hatten. Der Wein wirkte rasch. Heinrich legte seinen Arm um Sabine. Sabine legte ihren Kopf an seine Schulter.

Warum kann es nicht immer so sein, dachte sie. Warum ist er meistens so ein Tyrann? Aber auch Tyrannen zeigen manchmal ein weiches Herz, solange alles nach ihrem Willen läuft. Der Wein löste ihre Zungen.

Lange sprachen sie über die Vergangenheit, bis Heinrich abrupt das Thema wechselte.

„Das ist alles vorbei. Die alte Heimat ist weg, wir sind jetzt hier zu Hause. Der Junge wird hier aufwachsen. Schluss mit diesem Thema." Er meinte das ernst, für sich. Sabines Gedanken hingegen wanderten oft in ihre alte Heimat und ihre glücklichen Jahre.

„Na, dann haben wir Weihnachten wieder hinter uns gebracht." Heinrich schmunzelte, als er diese Worte seines Vaters vor sich hinsprach. „Dann lass uns mal ins Bett gehen." Sabine kannte diese Bemerkung. Es war eine Ankündigung. Meistens machte ihr Mann die aber nicht. Seine Frau musste im Bett immer für ihn bereit sein. Das war ihre eheliche Pflicht, das hatte sie schon in jungen Jahren gelernt.

Man darf wieder wählen

Obwohl er tagsüber in Frankreich arbeitete, bemerkte Heinrich, wie sich die Welt in seiner neuen Heimat veränderte. Freiburg wurde wieder aufgebaut, neue Stadtteile entstanden. Etliche Nachbarn hatten inzwischen besser bezahlte Arbeitsplätze gefunden. Nur Heinrich war immer noch Soldat und fuhr täglich bei jedem Wetter über die Grenze. Die ersten Jahre war er damit zufrieden. Was Sabine wollte, interessierte ihn nicht.

Es kam der Tag, an dem er doch wieder eine Veränderung suchte. Überall wurden Arbeitskräfte gesucht. Heinrich erinnerte sich daran, dass er schließlich Schreiner war. Ein Sonntagsspaziergang, bei dem sie an der Klinikschreinerei vorbeikamen, gab ihm eine Eingebung. Die Idee, sich dort zu bewerben, wurde beflügelt durch viele hübsche Krankenschwestern, die über das Klinikgelände liefen.

Er hatte Glück, die Schreinerei suchte einen Mitarbeiter und er fand dort seine neue Stellung. Das Soldatenleben war vorbei, vorerst. Zur

Vervollständigung seines Neuanfangs ordnete Heinrich einen Wohnungswechsel von 1,5 Zimmer auf zwei Zimmer an. Der Sohn brauchte noch kein eigenes Zimmer. Dafür erlaubte er sich den Luxus eines echten Wohnzimmers mit Blumentapeten. So etwas hatte Heinrich vor dem Krieg bei Leuten, für die seine Mutter die Wäsche gewaschen hatte, gesehen. Endlich war dieser Wohlstand bei ihm eingekehrt. Als weiteren Punkt der Neuordnung beschloss er, einen Schrebergarten zu pachten. Sein Plan war, den chronischen Mangel an frischem Gemüse und Obst selbst zu beheben. Gemüse, Obststräucher und Blumen sollten in Reih und Glied nach seinem Willen gedeihen.

Mit Politik wollte Heinrich nichts mehr zu tun haben, seit 1933 hatte er sich nicht mehr dafür interessiert. Er hatte an die Bolschewistische Revolution und Karl Marx geglaubt. Als die Massen nicht der Kommunistischen Partei nachgelaufen waren, sondern der des späteren Führers Adolf Hitler, und seine Freunde ins KZ gesteckt wurden, hatte Heinrich sämtlichen Glauben an die Politik verloren. Zu guter Letzt hatte man auch noch von ihm verlangt, gegen das Land der Bolschewistischen Revolution in den Krieg zu ziehen! Er hatte genug von der Politik: „Die sollen machen, was sie wollen, und mich in Ruhe lassen."

Nun arbeitete Heinrich seit ein paar Monaten wieder in seinem angestammten Beruf als Schreiner. Und siehe da, es gab sie wieder, die Parteianhänger und Gewerkschaftler, die für besseren Lohn und mehr Gerechtigkeit kämpften. Auch in seiner Umgebung. Heinrich hörte zu, hielt sich aber mit seiner Meinung zurück.

Die Aversion gegen Kapitalisten – das waren für ihn alle Arbeitgeber – steckte ihm immer noch im Blut. Aber auf eine Parteiveranstaltung ging er nicht mehr. Er wollte sich nicht verraten, ging es ihm durch den Kopf, daher gab er seine Stimme auch nicht den Kommunisten. Ganz traute er diesem Staat nicht, es könnte ihn jemand anschwärzen. Heinrich beließ es bei den Sozialdemokraten als wählbare Partei. Die CDU kam für ihn nicht infrage, schon allein aus dem Grund, dass die katholische Kirche diese Partei unterstützte.

„Die Pfaffen predigen von der Kanzel, man soll die Christsozialen wählen. Die Pfaffen haben in der Politik nichts zu suchen", konnte man Heinrich dazu sagen hören. Auf die Frage, ob er nicht in die Kirche gehe, antwortete er regelmäßig: „Ich brauche nicht in die Kirche zu gehen. Meine Kirche ist die Natur und mein Garten." Ein wenig politisch war er wohl doch.

Es sollte der dritte Bundestag gewählt werden. Die westlichen Siegermächte hatten darauf bestanden, dass Nachkriegsdeutschland eine parlamentarische Demokratie wurde. In der von Russland besetzten Zone wurde die Deutsche Demokratische Republik ausgerufen. Die Besatzer stellten allerdings sicher, dass es im Osten im Wesentlichen nur eine Partei gab, die die russischen Belange vertrat: die Sozialistische Einheitspartei.

Samstags gehört Vati mir. Heinrich sah das Plakat des Deutschen Gewerkschaftsbundes und dachte: Vati hin, Vati her; am Samstag frei zu haben ist eine gute Sache. Ich kann mich mehr um meine Sachen kümmern. Die SPD unterstützt den DGB und dessen Forderungen. Vielleicht sollte ich doch wählen gehen. Aber in die Gewerkschaft trete ich auf keinen Fall ein. Die wollen doch auch Geld von mir.

Seit 1933 war Heinrich nicht mehr wählen gegangen. Er ließ sich nicht von irgendwelchen Ansichten überzeugen.

„Die SPD ist für soziale Gerechtigkeit und Friedensverträge", meinte ein Kollege, der das Parteiprogramm gelesen hatte. Heinrich schwieg dazu. Er erzählte nichts über seine klassenkämpferische Vergangenheit, dann machte er: „Jaaa." Er beließ es bei dieser nichtssagenden Antwort. Was sollte er schon zum Thema Gerechtigkeit und Friedensverträge sagen? Heinrich hörte zu, ließ von Zeit zu Zeit ein Jaaa einfließen, um Zustimmung zu signalisieren, aber bloß nicht in eine Diskussion gezogen zu werden.

„Sie gehen doch wählen?", fragte sein Gegenüber. Heinrich traute sich nicht, dies zu verneinen.

„Jaaa", denn kontrollieren konnte es zum Glück niemand. Schließlich rang er sich durch, doch zur Wahl zu gehen.

Gartenwelt

Ich habe eine eigene Familie, sagte Heinrich sich. Ich lebe mit dieser Familie in einem Mietshaus, so gut wie noch nie in meinem Leben. Zu meinem Glück brauche ich jetzt noch ein Stück Land. Mit einem Häuschen darauf. Denn ich mag nicht immer in dieser engen Wohnung sitzen. An einem See ist das nicht möglich, denn hier gibt es keine Seen. Er saß auf dem Balkon und träumte. Im Wohnzimmer rollte Sabine den Teppich aus, den sie gerade auf der Teppichstange im Hinterhof ausgeklopft hatte. Der Teppich war schwer, doch Heinrich sah keinen Grund, ihr dabei zu helfen. Er hatte schließlich Feierabend. Der Teppich war ihre neueste Errungenschaft. Ein vorbeiziehender Straßenhändler hatte nicht nur neue Teppiche angeboten, sondern auch gebrauchte.

„Der sieht wie neu aus und kostet beinahe gar nichts." Heinrich, der schon immer von einem Teppich geträumt hatte, kaufte ihn.

Er beugte sich über das Balkongeländer und stellte befriedigt fest, dass sein Sohn im Sandkasten mit den anderen Kindern fleißig Burgen baute. Seine Gedanken kreisten weiter um das kleine Häuschen auf dem Stück Land. Er würde Obst und Gemüse anbauen. Seine Familie hätte Gesundes zu essen und er wäre Herr über das Land. Es wäre niemand da, mit dem er sich herumstreiten müsste.

Wenige Tage später saß Heinrich dem Vorsitzenden eines Schrebergartenvereins gegenüber. Ja, eine Parzelle stünde zur Verfügung, erklärte ihm der Vorsitzende. Allerdings handle es sich um einen recht großen

Garten, der an einem Bach liege, und die Pacht sei entsprechend hoch. Heinrich sah sich die Parzelle an und war sofort Feuer und Flamme. Dass der Garten ungepflegt war und keine Gartenlaube hatte, fand er nicht schlimm – schließlich war er Schreiner. Dass die Pacht im Voraus zu zahlen war, sollte auch kein Problem sein. Sabine muss eben am Essen sparen, beschloss er.

„Aber du hast doch erst grade diesen Teppich gekauft! Die Hälfte des Geldes für diesen Monat ist schon weg. Und jetzt nimmst du noch einmal Geld. Wovon sollen wir denn leben?" Sabine war schockiert.

„Stell dich nicht so an. Dann werden wir jeden Tag eine Kartoffel weniger essen."

„Und auf das Fleisch verzichtest du auch?"

„Ich nicht. Du kaufst die Hälfte. Das reicht für mich und Wolfgang. Es macht nichts, wenn du etwas abnimmst." Das war wieder eine der gemeinen Bemerkungen, um Sabine zu verletzen und zum Schweigen zu bringen. Für Heinrich war damit das Thema beendet.

Wenige Tage später rückte er mit Axt, Säge und Nägeln in seinem Garten an. Gartengeräte hatte der Vorgänger hinterlassen – ein Glück, sonst hätte Sabine den Gürtel noch enger schnallen müssen. In den kommenden Wochen und Monaten sah man Heinrich Sträucher und Bäume schneiden, Beete anlegen, den Zaun reparieren. Zudem legte er einen Platz frei: der erste Schritt für den Bau einer Hütte. Er schaffte mit seinem Fahrrad einen Zementsack nach dem anderen sowie Kies herbei, baute daraus ein Betonfundament, brachte schließlich mit der Hilfe eines Kollegen und dessen Kleinlaster Holzpfosten und -latten in seinen Garten, sägte und hämmerte jede freie Minute. Langsam aber stetig entstand eine stattliche Hütte. Sie hatte einen kleinen Vorbau mit Sitzbank, einen Innenraum mit Tisch und Stühlen und einem Fenster. In einem Nebenraum war Platz für das Gartengeschirr. Den Abschluss seiner Arbeiten besorgte er mit Farbe und Pinsel. Die Wände wurden grün, das Dach rot gestrichen. Heinrich war zu Recht stolz. Das war sein Haus. Er hatte es gebaut. Ganz allein.

Der Garten hatte ebenfalls bald Form angenommen. Was zuvor recht wild und ungezähmt gewesen war, beugte sich unter Heinrichs energischer Hand und wuchs nun in Reih und Glied an kleinen Wegen oder in Beeten. Jedes hatte seinen Platz. Nichts erlaubte sich aus der Reihe zu springen. Jedes nicht vorgesehene Pflänzchen wurde sofort entfernt, verbannt aus Heinrichs Reich.

Heinrich lag im Liegestuhl in seinem Garten und ließ die Wolken am Himmel vorbeiziehen. Seine Gedanken schweiften zurück in seine Heimat.

Es ist nicht der gleiche Himmel wie in Ostpreußen, dachte er, dieser unendliche tiefblaue Himmel mit diesem Licht, das ich hier noch nie gesehen habe. Es fehlen die Birkenwälder rund um die Seen, die sich mit den Kiefernwäldern nahe der Ostsee abwechseln. Wie oft bin ich schnell ins Wasser gesprungen und geschwommen. Stundenlang konnte ich durch Heide und Wälder laufen oder mit dem Fahrrad über eine Chaussee fahren, ohne ein Dorf oder einen Menschen zu sehen. Bäume auf beiden Seiten. Hinter manchem Hügel zwischen den Kornfeldern duckte sich hier und da ein kleiner Bauernhof oder es tauchte ein großes Landgut auf. Auf der Koppel standen die stolzen Trakehner-Pferde. Oft lag ich unter diesen hohen alten Birken und Kiefernbäumen und hörte dem Rauschen der Blätter zu. Und die Mädchen waren anders: Hübsch waren sie und schön anzusehen, wenn sie das Heu zusammenrechten oder das Korn schnitten. Und am Abend …

Das Klappern der Gartentür und der Ruf von Sabine „Heinrich, bin jetzt da" brachten ihn in die Gegenwart zurück. Schnell hatte er seine Erinnerungen beendet, fand ebenso schnell in sein übliches Verhalten und kommandierte:

„Wenn du dich umgezogen hast, kannst du gleich mit dem Pflücken der Erdbeeren beginnen."

Weder Sabine noch Wolfgang waren irgendwelche Freiheiten in Heinrichs zweiter Welt erlaubt. Sabine hatte an Samstagen und Sonntagen und natürlich auch an Feiertagen den Kaffee in einer Thermoskanne und den Kuchen auf einem Teller in den Garten zu bringen. Heinrich, Herrscher über dieses Stück Land, ließ sich bewirten und erlaubte auch Frau und Kind, das eine oder andere zu pflücken und zu ernten. Die großen Mengen an Obst und Gemüse transportierte er abends im neu erworbenen Fahrradanhänger nach Hause. Sabine hatte keine Wahl: Alles, was aus dem Gartenreich kam, musste verarbeitet werden. So stand sie in der Sommerhitze in der dampfenden Küche, entsaftete und kochte ein. Sie war oft verzweifelt.

„Wir haben so viel davon! Kannst du nicht etwas verschenken?" Das waren leider die falschen Worte.

„Bist du verrückt! Wir haben nichts zu verschenken. Uns schenkt auch niemand etwas", brüllte er sie an. „Du bist wohl zu fein, diese Arbeit zu machen? Du faules Stück! Ich plage mich jede freie Minute ab und du willst alles wegwerfen."

Damit war die Diskussion beendet. Sabine stand weiterhin schwitzend und heulend am Herd. Die gefüllten Flaschen und Einmachgläser stapelten sich im Keller. Heinrich betrachtete sie mit Wohlwollen.

„Es wird Zeit, dass du kommst. Ich hatte fünf Uhr gesagt", begrüßte Heinrich seinen Sohn. „Hole dir zwei Gießkannen. Die Tomaten und der Salat müssen als Erstes gegossen werden." Heinrich bestellte Wolfgang mehrmals die Woche zum vormilitärischen Drill. Nach den Hausaufgaben hatte er um 5 Uhr – wenn sein Vater von der Arbeit kam – vor dem Gartentor strammzustehen. Heinrich war der Meinung, dass nur unter seinen Befehlen aus seinem Sohn etwas Vernünftiges werden könne.

„So kommt er erst gar nicht auf dumme Gedanken. Er lernt, was Arbeit bedeutet. Und ein paar Muskeln schaden ihm gar nicht", entgegnete Heinrich auf Sabines Bitten, Wolfgang doch mit seinen Freunden spielen zu lassen. Und so scheuchte er seinen Sohn mit der Gießkanne von Beet zu Beet, und danach – unter Aufsicht – zu ernten. Wolfgang sehnte sich danach, dass es bald dreiviertel sieben wäre und schaute immer wieder zur Kirchturmuhr, die in einem Kilometer Entfernung zu sehen war. Heinrich hatte seine Armbanduhr. Er konnte die Kirchturmuhr nicht mehr entziffern. Gemeinsam, Heinrich mit seinem Rad und dem beladenen Anhänger voraus, ging es zwischen dreiviertel sieben und sieben Uhr nach Hause. Pünktlich um sieben hatte Sabine das Abendessen auf dem Tisch stehen zu haben. Wurden die Tage länger, gestattete Sabine dem Knaben, dass er noch einmal zum Spielen in den Hof durfte. Die anderen Kinder hatten den ganzen Nachmittag draußen spielen dürfen. Heinrich war das egal.

Ein Reporter gibt nicht auf

Thurnbrück erinnerte sich immer wieder an Heinrich Wilkowsky. Ein seltsames Gefühl überkam ihn, wenn er an diesen Mann dachte. Sie hatten sich gegenseitig geholfen.

Manchmal dachte auch Heinrich an die Zeiten, als Thurnbrück in sein Leben getreten war. Warum habe ich ihm ein Alibi verschafft? Diese Frage beschäftigte ihn immer wieder. Ob sie jetzt quitt waren?

Auch Thurnbrück war sich nicht sicher. Hatte Heinrich ihn in der Hand? Könnte er ihn eines Tages erpressen?

Denn es hatte weitere Vorkommnisse während des Krieges gegeben: Erschießungen, Verschleppungen, alles im Namen des Führers. Sie gingen Thurnbrück nicht aus dem Kopf. Es war sicherlich nicht das schlechte Gewissen, das in ihm erwachte; er war immer von seinem Auftrag überzeugt gewesen. Nein, er hatte Angst, seine Stellung zu verlieren und selbst vor dem Richter zu landen. Er hatte auch allen Grund, Angst zu haben.

Wilfried Höhnweis wollte sich nicht damit abfinden, dass der ehemalige Pionier Wilkowsky dem offensichtlichen Mörder Thurnbrück ein Alibi gegeben hatte. Zu präzise waren die Aussagen von Viktor Franke über das Gemetzel im ehemals besetzten Gebiet. Höhnweis, inzwischen ein junger Reporter beim Abendkurier, war ehrgeizig. Nachdem er seinem Chef die Geschichte über den jetzigen Richter als früheren Schlächter anbot, wurde er erst einmal zum Lokalreporter degradiert. „Zu unglaubwürdig." Aus solchen Sachen solle er sich gefälligst heraushalten.

Doch Höhnweis ließ nicht locker. Er suchte in seiner Freizeit nach Zeugen und Überlebenden des Massakers. Viktor Franke unterstütze ihn tatkräftig.

Wilfried Höhnweis wuchs während des Kriegs und in den Nachkriegsjahren auf. Seit er als junger Student zufällig die unerwartete Anschuldigung des Richters Thurnbrück miterlebt hatte, beteiligte er sich an der Aufarbeitung der braunen Vergangenheit. Wilfried Höhnweis hörte zu, fragte, suchte und fand die Fakten.

Er studierte Politologie. Er traf sich mit anderen Studenten und sie diskutierten, prangerten Professoren an, die zu Kriegszeiten der nationalsozialistischen Partei angehört hatten und jetzt einen Lehrstuhl innehatten. Sie prangerten Richter und Verwaltungsleute an, die ihren Beruf ebenfalls wieder ausüben durften. Die Beschuldigten verteidigten sich, sie hätten nichts mit dem alten System zu tun gehabt. Sie hätten nur ihren Beruf ausgeübt und Befehlen gehorcht.

Jetzt, einige Jahre später, hatte Wilfried Höhnweis Viktor Franke nach langem Suchen wiedergefunden. Franke wohnte und arbeitete in seinem erlernten Beruf als Elektriker in Fürth – er glaubte nach wie vor an die Gerechtigkeit. Es brauchte nicht viel Überredungskunst, um Franke zu einem Treffen mit seinen alten Kameraden zu überzeugen. Er war noch mit ihnen in Verbindung, seit sie aus der Kriegsgefangenschaft entlassen worden waren. Einige waren Zeuge jener Tat gewesen, wollten aber nicht gegen Thurnbrück aussagen. Sie waren froh, diesen Krieg hinter sich gelassen zu haben. Zu viele Grausamkeiten hatten sie erlebt und wollten nicht daran erinnert werden. Außerdem saß die Angst vor den Männern in den langen Mänteln immer noch tief in ihnen. Gerüchte kursierten, diese Männer, jetzt in neuen Positionen, besäßen immer noch Macht. Sie seien in geheimen Bünden vernetzt und schützten sich gegenseitig. Wenn es sein musste, mit Gewalt.

Sie trafen sich beim ehemaligen Kameraden Martin Nowak in Bornheim bei Bonn. Viktor Franke hatte noch vier weitere ehemalige Kameraden zu diesem Treffen überreden können. Die meisten hatten eine längere Fahrt hinter sich. Das Hallo war groß. Die ersten zwei Stunden gingen vorüber, ohne dass über den eigentlichen Grund ihres Treffens gesprochen wurde. Die Zeit verging mit Berichten über das eigene Leben seit dem Ende des Krieges. Jeder hatte eine Art des Überlebens gefunden. Martin Nowak saß in seinem Rollstuhl und schwieg die meiste Zeit. Er war noch am Ende des Krieges auf eine Mine getreten, die ihm beide Beine abriss. Es war eine Mine, die von den eigenen Leuten vergraben worden war. Martin Nowak hatte sich schon auf das Ende des Krieges gefreut und war glücklich, ohne Blessuren davongekommen zu sein. Nun saß er in seinem Rollstuhl, war Mitte vierzig und konnte seinen erlernten Beruf als Automechaniker nicht ausüben. Er beteiligte sich nicht an den Geschichten der anderen über ihre Erlebnisse.

„Erinnern Sie sich an den Thurnbrück? Der war damals als Gestapo-Mann tätig." Die Unterhaltung wurde durch Wilfrieds Frage abrupt unterbrochen. Die Runde schwieg. Nur langsam konnte Wilfried Höhnweis die ehemaligen Soldaten dazu bringen, etwas über die Morde von Thurnbrück zu erzählen. Die meisten wollten oder konnten nicht.

„Ich werde den Teufel tun und gegen einen Geheimdienstmann vor Gericht aussagen. Das erfahren dann alle anderen und die machen dich fertig."

„Finden Sie denn nicht, dass er vor Gericht muss, und viele andere auch?"

„Auf jeden Fall", war der Kommentar von Viktor. „Wer aber bringt das zustande? Die haben immer noch ihre Seilschaften. – Und bringen die um, die etwas sagen", fügte er noch hinzu.

Wir werden nichts sagen, war das Credo der Gruppe. Höhnweis versuchte sein Bestes. Immer wieder ließ er sie über ihr jetziges Leben erzählen und versuchte, eine Verbindung zur Vergangenheit zu knüpfen. Jedes Mal erstarb die Konversation.

Inzwischen war es spät geworden. „Wenn ihr mehr Bier wollt, holt euch das in der Küche." Martin Nowak war ansonsten sehr schweigsam gewesen. Eine ganze Batterie leerer Flaschen stand auf dem Wohnzimmertisch. Doch die Müdigkeit machte sich bei allen breit und der eine oder andere machte Anstalten aufzubrechen. Wilfried Höhnweis schaute Viktor Franke enttäuscht an. Der blickte müde in sein Bierglas.

„Der Thurnbrück war nicht nur bei diesem Gemetzel dabei." Alle drehten sich zu Martin Nowak um. Er hatte den Kopf gehoben und war aus seiner Lethargie erwacht. „Ich war dabei, als er diese Erschießungen anordnete und durchführte. Ich habe auch gesehen, wie er Monate später wahllos Soldaten erschoss, die krank waren und nicht zurück an die Front wollten. Als die Russen näher kamen, wurden sämtliche Unterlagen über das Lager und vermutlich über andere Schandtaten hektisch verbrannt. Später wurde gemunkelt, dass einer der Flüchtenden Unterlagen mitgenommen hätte."

Alle in der Runde waren plötzlich wieder hellwach. Aber keiner sprach. Wilfried Höhnweis war ganz aufgeregt nach diesem bislang erfolglosen Abend.

„Sind Sie ganz sicher, dass es Thurnbrück war?", wandte er sich an Martin Nowak. Als Reporter musste er absolut sicher sein.

„Ich war mir schon ganz sicher, als Sie mir das Foto des Richters Thurnbrück zeigten – und ich bin immer noch ganz sicher."

Und damit war der Damm gebrochen. Nowak erzählte detailliert, was er erlebt hatte. Viktor und ein weiterer Kamerad stimmten zu. Wilfried schrieb fleißig mit. Spät am Abend löste sich die Runde auf. Wilfried Höhnweis hatte jetzt eine gute Basis, von der aus er seine Recherchen weiterführen konnte.

„Ich werde diesen Thurnbrück kriegen", sagte er beim Abschied.

Thurnbrück erhält eine Mitteilung

Sie hielten zusammen wie Pech und Schwefel, als sie noch die langen braunen Ledermäntel trugen. Ursprünglich bestand ihre Gruppe aus zwanzig Kameraden, die die Spezialausbildung für den Einsatz in den eroberten Ostgebieten abgeschlossen hatten. Viele kamen im Krieg um, einige setzten sich nach Südamerika ab, eine kleine Gruppe von sechs Leuten versuchte ihr Glück mit einer neuen Identität im Nachkriegsdeutschland. Sie hatten vereinbart, dass Kontakt nur in den dringendsten Fällen aufgenommen werden sollte.

Ein solcher Fall war jetzt eingetreten. Ein Mitglied dieser Sechsergruppe war Bernd Lauderer, der als Staatsanwalt in Köln tätig war. Er traf sich, wie an jedem Freitagnachmittag, mit ein paar Freunden zum Tennis. Er nahm sich diese Zeit, auch wenn es die Arbeit eigentlich nicht erlaubte. Sie spielten mal zu viert, mal auch nur zu zweit. Diese Nachmittage waren vergnüglich, erlaubten zudem, die eine oder andere Information auszutauschen. Wichtig für Bernd Lauderer war vor allem der Kontakt zu Ralf Kienzler. Ralf war Zeitungsverleger, ihm gehörte der Abendkurier. Das war schon so während des Kriegs gewesen, nach '45 tauchte er unter, war aber seit zehn Jahren wieder der Chef. Demnächst würde er seinen Posten aus Altersgründen abgeben. Sie tauschten sich über dies und jenes aus, behielten jedoch für sich, was sie erfahren hatten.

Ralf setzte zu einem Aufschlag an, machte noch die Bemerkung:

„Einer unserer Reporter sucht Leute, die im Krieg zu viel herumgeschossen haben." Der Ball flog in Richtung Bernd. Der spielte den Ball zurück.

„Jemanden Speziellen?"

„Einen Thurnbrück. Richter soll der sein. War wohl bei Erschießungen von Zivilisten beteiligt."

Ralf spielte den Ball zurück, Bernd haute den Ball ins Netz, Ralf machte den nächsten Aufschlag, Bernd schlug daneben.

„Was ist los mit dir? Nicht besonders konzentriert?"

Bernd war in der Tat erschrocken. Die Vergangenheit war wieder da. Jetzt nahm er sich zusammen.

Sie duschten und saßen anschließend bei einem Bier zusammen. „Alles in Ordnung? Du bist so stumm heute." Ralf stellte sein Bierglas ab.

„Ich hatte überlegt, ob ich diesen Thurnbrück kenne. Aber ich glaube nicht", log Bernd. Für ihn war die Erwähnung von Thurnbrück im Zusammenhang mit der Suche durch einen Reporter äußerst wichtig. „Erzähl mal weiter. Vielleicht fällt mir doch noch etwas ein."

Ralf Kienzler erzählte von dem Reporter Wilfried Höhnweis, der Überlebende der Gruppe suchte, die an Erschießungen beteiligt waren. Außerdem interessierte er sich für den von Thurnbrück verurteilten Dieb, der im Gerichtssaal Thurnbrück als einen der Leute erkannt haben wollte. Bei Bernd Lauderer läuteten die Alarmglocken. Thurnbrück musste das so schnell wie möglich erfahren, damit er sich in Sicherheit bringen konnte. Bernd wusste: Eine ins Rollen gekommene Lawine ist nicht mehr aufzuhalten. Die Zeiten hatten sich geändert, vor allem junge Menschen verlangten Aufklärung. Wie schnell könnten sie alle hier mit reingezogen werden! Auch wenn es gefährlich war, er musste Thurnbrück warnen. Er wechselte schnell das Thema. Sie saßen noch eine Weile zusammen, sprachen über ihre Urlaubspläne und ihre Kinder und verabschiedeten sich ins Wochenende.

„Hallo Sigmund, ich bin es, Bernd Lauderer. Ich würde dich nicht anrufen, wenn es nicht äußerst dringend wäre. Könnten wir uns bald treffen? Es ist in deinem Sinne." Bernd legte bald wieder auf.

Thurnbrück ahnte, worum es ging. Sie trafen sich zu einem Waldspaziergang in der Nähe von Koblenz.

„Wie geht es dir, lieber Sigmund? Es sieht so aus, als ob die ruhigen Zeiten vorbei wären. Ein Reporter hängt sich an deine Fersen. Er hat sich mit diesem Viktor Franke getroffen. Du erinnerst dich, der ehemalige Soldat, der dich damals im Gerichtssaal beschuldigt hat. Über einen Freund habe ich erfahren, dass er versucht, an alte Unterlagen heranzukommen."

„Welche Unterlagen meinst du?"

„Irgendjemand erzählt wohl, dass bei unserem überstürzten Abzug aus dem Lager in Südrussland ein paar Unterlagen nicht verbrannt, sondern mitgenommen worden sind."

„Aber die hatten wir doch alle verbrannt! Wir haben alle verbrannt, bevor wir abgezogen sind. Erinnerst du dich? Du warst dabei." Sigmund war äußerst aufgeregt.

„Vielleicht sind aber tatsächlich ein paar Unterlagen mitgenommen worden", überlegte Bernd. „Vielleicht sind einige vergessen worden?"

„Dann sind sie in der Hand der Russen. Die rücken nichts raus.

Außerdem wissen wir doch gar nicht, was das für Unterlagen sind. Vielleicht sind die wertlos", versuchte sich Thurnbrück zu beruhigen. „Es kann natürlich ebenso brisantes Material dabei sein. Es wurde schließlich genau Buch geführt, über alles …"

„Richtig", bestätigte Bernd. „Da können Listen von Erschießungsbefehlen dabei sein."

„Und wenn das stimmt, dann ist es durchaus möglich, dass die Unterlagen mit den Befehlen auch noch existieren."

„Gab es nicht von allen Unterlagen Durchschriften? Die Formulare hatten immer Blaupapier auf der Rückseite. Möglicherweise sind die separat aufbewahrt worden und nicht verbrannt."

Thurnbrück sah den Weg nicht mehr, auf dem sie gingen. Er hatte die Situation von damals vor Augen, als völlig unerwartet der Befehl zum Abzug kam.

„Ist alles in Ordnung? Du bist kreidebleich." Bernd nahm seinen Freund am Arm und sie setzten sich auf eine Bank.

„Gibt es einen Weg, zu verhindern, dass dieser Reporter die Unterlagen findet? Wie können *wir* sie finden und vernichten?" Thurnbrück war übel. Er sah seine Karriere beendet, sah sich im Gefängnis. Eine Schande für seine Familie.

„Jetzt mal ganz ruhig", sagte Bernd. „Es gibt mehrere Möglichkeiten. Erstens, es gibt keine Listen. Zweitens, es gibt die Listen. Falls der Reporter sie hat, gibt es vielleicht Möglichkeiten, sie ihm abzunehmen. Falls das nicht gelingt, haben wir wiederum zwei Möglichkeiten: Erstens du stellst dich der Anklage oder zweitens du setzt dich ab."

„Würdest du dich absetzen und alles hier stehen und liegen lassen?", fragte Thurnbrück. Er schüttelte den Kopf. „In ein Land auswandern, dessen Sprache ich nicht spreche und wo ich nicht aufgewachsen bin? Und meine Familie?"

„Du wärst dort nicht alleine. Du weißt, dort leben einige von uns. Hilfe ist dir sicher. Aber bleiben wir erst einmal bei der jetzigen Situation. Wie bekommen wir heraus, ob es diese Unterlagen wirklich gibt?"

Bernd versuchte die Diskussion sachlich zu führen. Sie erhoben sich und spazierten langsam den Waldweg entlang. Am Wochenende waren hier, von wo die Wanderer wunderbare Ausblicke in die Täler und Berge der Umgebung hatten, zahlreiche Menschen unterwegs. Jetzt waren sie alleine. Thurnbrück hatte diesen Weg bewusst gewählt. Von den Schönheiten der Natur sahen sie in diesem Moment wenig.

„Wir müssten alle fragen, die noch am Leben sind. Das wird allerdings schwierig, da wir nur die Namen aus unserer Gruppe kennen. Können wir nicht ein geheimes Treffen organisieren? Ich denke, das geht uns alle an", stellte Thurnbrück fest. „Falls die Unterlagen gefunden worden sind und sich in der Hand des Reporters befinden, wird es schwer sein, sie ihm wieder abzunehmen. Falls er dabei ums Leben kommt, wird die Polizei auf uns kommen. Dann wird es nicht mehr möglich sein, abzuhauen. Ich werde mich mit den anderen in Verbindung setzen."

Sie trennten sich in der Absicht, sich bald wieder zu treffen. In Thurn-brück drehte sich alles. Er versuchte, klar zu denken. Die Kinder waren schon erwachsen und selbstständig. Aber mit seiner Frau würde er reden müssen, überlegte er auf der Heimfahrt.

Auf der Suche nach den Listen

Wilfried Höhnweis hatte seine fünfzehn Jahre alten Notizen und den Zeitungsausschnitt über Viktor Franke vor sich liegen. Er las die An-schuldigung von Viktor Franke und die Gegenaussage von Heinrich Wil-kowsky. Außerdem hatte er jetzt den Augenzeugenbericht von Martin Nowak, der allerdings nie vor Gericht aussagen würde. Wie würde er an weitere Informationen gelangen? Er musste mit Wilkowsky sprechen. Warum hatte der falsch ausgesagt? Oder war das gar nicht falsch? Und was wusste er über die verschwundenen Unterlagen? Wie sollte er an seine Adresse kommen? Nur ein Hinweis in den Neuesten Nachrichten bestätigte seinen Namen: *„Der Zeuge Heinrich Wilkowsky gab Sigmund Thurnbrück ein Alibi. Damit wurde die Anklage fallen gelassen.“* Wilfried erfuhr bei den Neuesten Nachrichten, dass der damalige Repor-ter Wilhelm Sauterer in den Ruhestand gegangen war. Telefonisch konnte er ihn nicht erreichen. Wilfried besuchte ihn. Er klopfte an die Tür eines älteren Einfamilienhauses. Vorsichtig wurde ihm die Tür ge-öffnet. Wilfried nannte den Grund seines Besuches. Der Reporter im Ru-hestand war erst sehr skeptisch. Doch nachdem Wilfried glaubhaft ma-chen konnte, dass auch er Reporter sei, wurde er eingeladen, einzutreten.

Hunderte von Büchern in drei Regalen empfingen den Gast. Wilfried zeigte sich neugierig und sah sich um. Neben Werken bekannter Schrift-steller fand er eine Menge Bücher über andere Länder.

„Waren Sie auch im Ausland tätig?“, fragte Wilfried neugierig.

„Vor dem Krieg habe ich aus mehreren Ländern berichtet. Als der Krieg hier losging, bin ich in Amerika geblieben. Erst ein paar Jahre da-nach kam ich wieder zurück.“ Wilhelm Sauterer bot Wilfried einen Platz am runden Tisch an.

„Und bekamen die Stelle bei den Neuesten Nachrichten", ergänzte Wilfried.

„Das stimmt. Ich wollte nicht mehr in die weite Welt hinaus. Ich war lange genug dort."

„Warum waren Sie damals im Gerichtssaal?"

„Ja, das war eine komische Geschichte. Ich war zufällig da. Wegen so einer Lappalie schickt man normalerweise keinen Reporter ins Gericht. Es ging hier um Diebstahl. Der Zeuge, wie hieß er doch gleich wieder?"

„Viktor Franke."

„Richtig. Dieser Viktor Franke machte auf mich einen ehrlichen Eindruck. Allerdings war seine Geschichte sehr emotional, so, als ob er eine spezielle Rechnung zu begleichen hätte."

„Sie meinen, dass er vielleicht unglaubwürdig war?"

„Nein, gerade das Gegenteil. Ich glaube ihm. Dagegen stand allerdings die Aussage von diesem Wilkowsky. Der behauptete, dass Thurnbrück zu jenem Zeitpunkt gar nicht in Südrussland war. Damit stand Aussage gegen Aussage."

„Und weitere Zeugen gab es nicht?"

„Der Staatsanwalt hat keine gesucht und damit war der Fall für ihn erledigt."

„Und Thurnbrück blieb weiterhin Richter. – Wie lief das eigentlich im Einzelnen ab? Heinrich Wilkowsky war während der Verhandlung doch gar nicht da?"

„Das stimmt. Viktor Franke wurde von Richter Thurnbrück zu drei Monaten Haft auf Bewährung verurteilt. Er war aufgebracht, aber nicht wegen der Bewährungsstrafe."

„Weil er Thurnbrück erkannt hat, richtig?", wollte Wilfried noch einmal bestätigt haben.

„Eindeutig. Er verließ den Gerichtssaal und ich lief hinter ihm her. Er erzählte mir in Kurzform die Geschichte mit dem Erschießungskommando."

„Die Sie am nächsten Tag in der Zeitung brachten."

„Aber nur mit zwei Sätzen. Mehr sollte ich darüber nicht schreiben", erklärte der Reporter.

„Sie *durften* nicht?", wollte Wilfried wissen.

„Eigentlich hätte ich gar nicht davon berichten sollen. Es gab aber einige Zuschauer, die das mitbekommen haben, es konnte also nicht verheimlicht werden."

„Übrigens war ich einer dieser Zuschauer."

„Sie?", fragte Sauterer überrascht.

„Ja. Ich überlegte zu der Zeit, Jura zu studieren, und schaute mir ein paar Prozesse an."

„Und jetzt suchen Sie eine Geschichte und erinnern sich an diesen Fall."

„Nicht ganz. Die Geschichte ließ mich nicht mehr los. Jetzt, fünfzehn Jahre später, ist die Zeit reif, so etwas aufzuarbeiten."

„Hoffentlich gelingt es Ihnen", sagte Sauterer aus tiefster Seele.

„Die Resonanz auf diese beiden Zeilen war damals gleich null."

„Darf ich noch einmal auf die damaligen Zeiten zurückkommen? Niemand interessierte sich zu jener Zeit für diese Dinge. Der Krieg war erst einige Jahre her."

„Bis auf einen Staatsanwalt", wandte Höhnweis ein. „Wie haben Sie das herausgefunden?"

„Erst spät. Ich hatte nicht nachgefragt und ein paar Monate später gab die Staatsanwaltschaft eine kurze Pressemitteilung heraus, dass die Anklage wegen Gegenaussage fallen gelassen worden war. Ich kam dann dahinter, dass Wilkowsky Thurnbrück ein Alibi verschafft hatte."

„Sind Sie der Sache nicht nachgegangen?", wollte Wilfried wissen.

„Nein. Damals waren andere Themen von Interesse, der Wiederaufbau und die Wiederbewaffnung der Bundeswehr etwa."

„Haben Sie Viktor Franke noch einmal gesehen?"

„Nein. Und wieso interessieren Sie sich heute noch – und wieder – für diesen Fall?", wollte der alte Reporter wissen.

„Wir wissen, dass nach Gründung der Republik viele ehemalige Geheimdienstleute und Nationalsozialisten wieder eingestellt worden sind. Die Politiker argumentierten, dass ihre Kompetenz beim Aufbau von Verwaltung und Rechtsprechung benötigt wurde. Viele von denen hatten allerdings selbst Dreck am Stecken: waren für Deportationen, Ermordungen und Kriegsverbrechen verantwortlich. Es wurde ein Mantel des Schweigens darübergebreitet. Die Alliierten hatten in den Kriegsverbrecherprozessen einige der Oberen verurteilt und hingerichtet, die meisten Anhänger und Ausführenden der Befehle des ehemaligen Führers leben allerdings immer noch unter uns. In leitenden Positionen. – Und schützen und helfen sich gegenseitig", ergänzte er nach einer kurzen Pause.

„Haben Sie Hinweise auf diese geheimen Gruppen?", fragte Höhnweis.

„Nur bedingt. Man kommt nur über die Einzelnen selber dran. Die sind allerdings überaus vorsichtig. – Möchten Sie einen Kaffee?"

„Gerne."

„Ich gehe in die Küche und mache uns welchen."

Wilhelm kam mit zwei Tassen dampfendem Kaffee und Gebäck zurück.

„Greifen Sie zu."

„Recht herzlichen Dank. – Eine Schlüsselfigur scheint mir dieser Wilkowsky zu sein. Haben Sie eine Ahnung, wo der wohnt?"

„Wo er heute wohnt, weiß ich nicht. Damals arbeitete er noch für die französische Armee. Ich gebe Ihnen die Adresse. Viel Glück! Und lassen Sie mich wissen, was Sie herausfinden."

„Das werden Sie dann in der Zeitung lesen. Und vielen Dank für Ihre Hilfe."

Heinrich wird gesucht

Heinrich war schon vor Jahren bei der französischen Armee ausgeschieden. So blieben Wilfrieds Anstrengungen, ihn bei der ehemaligen Reparaturtruppe der französischen Armee zu finden, zunächst erfolglos. Die Nachforschungen wurden komplizierter und langwieriger, aber Wilfried gab nicht auf und war am Ende erfolgreich: Er fand den Wohnsitz von Heinrich heraus.

Mit ihm ins Gespräch zu kommen, erwies sich allerdings als schwierig. Wilfried versuchte es erst mit einem Brief, der unbeantwortet blieb, und auch auf einen zweiten Brief reagierte Heinrich nicht. Wilfried versuchte den direkten Weg. Heinrich lebte in einem nach dem Krieg schnell hochgezogenen Mietshaus in Freiburg. Viele dieser Wohnblocks waren wenige Jahre nach dem Krieg errichtet worden, um die vielen Flüchtlinge und die, die ihre Wohnungen verloren hatten, unterzubringen. Wilfried fing Heinrich an der Haustür ab.

„Guten Tag, Herr Wilkowsky. Mein Name ist Wilfried Höhnweis. Haben Sie meine Briefe erhalten? Ich würde Sie gerne etwas zu Herrn Thurnbrück fragen."

„Ich habe nichts zu sagen. Ich kenne Sie ja gar nicht." Heinrich war nicht nur abweisend, sondern sofort auch sehr erregt.

„Sie haben vor fünfzehn Jahren für Thurnbrück ausgesagt. Können Sie mir das bestätigen?"

„Sind Sie von der Polizei? Wenn nicht, gehen Sie." Heinrich wurde ärgerlich.

„Nein, ich bin nicht von der Polizei. Ich bin Reporter. Ich will Sie auch gar nicht zu Ihrer Aussage vor Gericht befragen, sondern zur Vernichtung der Lager-Unterlagen damals in Südrussland. Das ist eine ganz andere Geschichte." Wilfried wollte Heinrich erst einmal aus der Reserve locken. Er erwartete nicht, dass der freiwillig etwas zu dem Alibi sagen würde, das er Thurnbrück vor Gericht gegeben hatte.

Heinrich reagierte schnell. „Ich war nie dort. Ich weiß von nichts. Warum fragen Sie mich?"

„Es gibt Hinweise, dass nicht sämtliche Unterlagen verbrannt wurden. Ist das richtig?"

„Was für Unterlagen? Wieso verbrannt? Ich weiß nicht, wovon Sie reden."

„Sie waren dabei, als das Lager geräumt wurde."

„Was für ein Lager?"

„In Südrussland. Erinnern Sie sich an Kameraden wie Viktor Franke, Alfons Hofschmidt, Martin Nowak? Die sagen, Sie waren dabei."

„Kenn ich nicht. Und jetzt lassen Sie mich in Ruhe! Ich muss weg!"

„Sie haben Wache gestanden, als viele Unterlagen verbrannt wurden", Wilfried ließ sich nicht beirren. „Einer hat Papiere eingesteckt."

„Das kann sein, mehr weiß ich aber nicht."

Wilfried ließ nicht locker: „Wer könnte die haben?"

„Ich weiß nicht, wie der hieß …" Heinrich merkte zu spät, dass er sich verplappert hatte. „Ich habe keine Zeit mehr. Ich muss fort. Bitte belästigen Sie mich nicht mehr!" Heinrich setzte sich auf sein Fahrrad und radelte schnell davon.

Wilfried überlegte sich, was gerade passiert war. Wilkowsky wollte nicht mit ihm reden. Beim Thema verbrannte Unterlagen wurde er nervös und hatte indirekt bestätigt, dass jemand zumindest einen Teil mitgenommen hatte. Wilfried Höhnweis war sich sicher, dass er auf der richtigen Spur war.

Heinrich wollte gar nicht mit dem Fahrrad wegfahren. Jetzt war er froh, dass er es genommen hatte. Er fuhr ein paar Straßen weiter, bis er sicher war, dass dieser Reporter ihm nicht folgte.

Wieso will der das alles wissen? Ob das mit Thurnbrück zu tun hat? Wollte er ihm an den Kragen? Es gab so viele, die beteiligt gewesen waren. Warum Thurnbrück? Ja, ich habe ihm ein falsches Alibi gegeben. Das kann mir aber niemand beweisen. Schluss damit, dachte Heinrich. Nur – wie kriege ich den Kerl wieder los?

Für Heinrich war es mal wieder an der Zeit sich abzusetzen. Der Boden unter seinen Füßen wurde ihm zu heiß. Nur einer konnte ihm da schnell helfen: Thurnbrück.

Heinrich ging am nächsten Tag zum Gericht und erkundigte sich nach Thurnbrücks Arbeitsadresse, zwei Tage später saß er im Zug nach Mainz. Das Treffen war kurz. Heinrich berichtete vom Besuch des Reporters und was der wissen wollte. Mehr erzählte er nicht. Er wollte mit der ganzen Geschichte nichts mehr zu tun haben. Er bat Thurnbrück um Hilfe bei der Suche nach einem Unterschlupf.

Heinrich taucht wieder ab

Die Zeit und die Situation waren wie gemacht für Heinrich. Elf Jahre waren seit Gründung der Bundeswehr vergangen und zehn Jahre, seit Heinrich die Armee des früheren Gegners verlassen hatte. Trotzdem wurden immer wieder erfahrene ehemalige Soldaten und Offiziere für den weiteren Aufbau der Bundeswehr gesucht. Heinrich wollte wieder dabei sein. Und gleichzeitig hatte er einen Grund, eine Zeit lang von der Bildfläche zu verschwinden. Er müsste dort keine Angst wegen seiner Falschaussage und wegen seiner Kenntnis von den gesuchten Dokumenten haben. Für Sigmund Thurnbrück war es eine große Freude, Heinrich helfen zu können. Außerdem hatte er jetzt die Bestätigung, dass dieser Reporter Wilfried Höhnweis hinter ihm her war.

Heinrich war nun für Wilfried Höhnweis, den neugierigen Reporter, nicht auffindbar. Dank Thurnbrücks Kontakten verschwand er als Unteroffizier der Reserve erst einmal von der Bildfläche. Für den Dienst bei der neuen Armee musste eine vierteljährliche Ausbildung absolviert werden. Anschließend würde Heinrich wieder Schreiner sein. Ideal für ihn. Schon zwei Wochen später stand er in seiner neuen Uniform stramm. Die alten Seilschaften waren immer noch intakt.

Sabine war darüber nicht erfreut. Sie war zwar einerseits froh, dass sie den Haustyrannen mehrere Wochen los war, auf der anderen Seite wusste sie um seine Vorlieben. Heinrich hatte ihr nichts über den eigentlichen Grund erzählt, warum er zum Militär ging, denn wenn der Reporter wieder auftauchen würde, könnte sie ihm nichts erzählen.

Heinrich traf beim Militär viele ehemalige Kriegsteilnehmer. Den schon etwas älteren Herren ersparte man einen zweiten Grundwehrdienst mit Robben im Schlamm und ähnlichen Dingen. Sie gehörten zur Reserve und sollten im Notfall führen. Es war eine Armee eines demokratischen Staates gegründet worden. Heinrich hörte sich an, wie diese Armee den demokratischen Staat verteidigen sollte, dachte aber, Militär ist Militär, Waffen sind Waffen und Krieg ist Krieg. Außerdem werden beim Militär solche Männer wie ich gebraucht.

Heinrich beherrschte den Umgangston, Heinrich beherrschte den Stechschritt. Dazu bekam er noch eine neue Uniform. Kaum war er neu eingekleidet, schaltete sein Gemüt auf Glückseligkeit: Er war wieder Soldat. Er fühlte sich frei, frei auf seine Art, dafür hatte er gerne sein Bett zu Hause mit dem Kasernenbett getauscht. Er war nicht mehr jung und es sollte ja auch nur für eine begrenzte Zeit sein. Einige seiner Vorgesetzten waren auch nicht mehr die Jüngsten und freuten sich, jemand Erfahrenen wie Heinrich in ihrer Truppe zu haben, wenn auch nur für die Reserve. Man weiß ja nie, was die Zukunft bringt, hörte man den einen oder anderen Offizier sagen. In seiner neuen Uniform sollte Heinrich nicht mehr unter Stacheldraht hindurchkriechen. Auch dafür sei er zu alt. Dafür lernte er die Grundsätze der neuen Armee. Was daran so neu war, konnte er allerdings nicht sogleich erkennen. Befehlen und gehorchen, das macht das Militär aus, schloss er.

Er gewöhnte sich schnell wieder an das Leben in der Kaserne. Er vermisste zwar das warme Bett, das er zu Hause hatte, hier aber hatte er seine Ruhe. Er vermisste überhaupt nicht das Gerede von Sabine über die Nachbarn und die Krankheiten von Wolfgang. Genüsslich streckte Heinrich seine Beine auf seinem Bett aus und fühlte sich frei.

Thurnbrücks Plan

Sigmund Thurnbrück, Bernd Lauderer und Weiteren aus ihrer Gruppe war klar, dass sie auf alle Fälle an die Unterlagen, falls diese noch existierten, herankommen mussten. Könnte man außerdem die Zeugen einschüchtern? Wie viele waren es denn? Bei ihren Überlegungen kamen sie auf drei Personen. Nur eine kannten sie: Heinrich Wilkowsky. Der stand aber fest zu Sigmund und der war für sie nicht gefährlich. Sigmund hatte ihm schließlich gerade einen Unterschlupf beim Militär organisiert. Somit war Heinrich für den Reporter erst einmal nicht erreichbar. Für den Dienst bei der neuen Armee musste Heinrich eine vierteljährliche Ausbildung absolvieren. Sie waren sich einig, dass eine Aktion bis zu deren Ende gelaufen sein musste. Nur das Wie war ihnen noch nicht klar.

Rudi Strecker hatte zeit seines Lebens an den Nationalsozialismus geglaubt. Dazu gehörte die totale Unterordnung des Einzelnen. Rudi fühlte sich dazu berufen, diese für seinen Nationalen Führer zu überwachen und Volksverräter zu beseitigen. Er gehörte zwar zu den Leuten mit den langen braunen Ledermänteln, zur Tarnung war er allerdings oft in Zivilkleidung erschienen. So fiel er nicht auf. Menschen auszuhorchen war seine Spezialität. Das war sein Beruf. So mancher „Volksverräter" landete anschließend bei Thurnbrück und seinen Kameraden. Die meisten kamen nie wieder zurück. Rudi Strecker liebte seinen Beruf bei der Geheimpolizei. Er wurde ein gefragter Spezialist, wenn es um das Auffinden von Abweichlern ging. Sein Ruf eilte ihm voraus. Er fand immer seine Volksverhetzer, wie er sie nannte. Rudi Strecker liebte es, dass er Macht über andere ausüben konnte. Nach dem Krieg tauchte er erst einmal unter und verlegte seinen Wohnsitz in ein Gebiet ein paar Hundert

Kilometer weiter, wo er nie einen Einsatz gehabt hatte. Hier kannte ihn niemand. Jahre später eröffnete er eine Detektei in Düsseldorf.

Sigmund Thurnbrück, Bernd Lauderer und Rudi Strecker kannten sich gut und sie schätzten Rudis Arbeitsmethoden. Ihre politischen Ansichten hatten sie nie geändert und es würde hoffentlich wieder eine andere Zeit kommen, war ihre Meinung. Als Treffpunkt hatten sie ein abgelegenes kleines Hotel im Westerwald ausgesucht, das einem ihrer ehemaligen Kameraden gehörte. „Aus familiären Gründen" war es an diesem Wochenende geschlossen. „Sicher ist sicher", argumentierte der Hotelier.

Dass es um ihre Vergangenheit gehen könnte, war ihnen schon bei der Anreise klar. Trotzdem war das Hallo erst einmal groß. Die meisten sahen sich seit dem Ende des Krieges zum ersten Mal wieder. Mit immer noch schlanker Figur und kurz geschnittenem Haar standen sie sich in strammer Haltung gegenüber. Bei dem Toast mit einem Glas Champagner ließen die Anwesenden die alten Zeiten hochleben und beim gemeinsamen Abendessen begann der eine oder andere vom Small Talk abzuweichen und über die vermuteten Gründe dieses Treffens zu sprechen. Einer von ihnen werde wohl gejagt, hieß es.

Der Tisch war abgeräumt und Bernd Lauderer, der das Treffen organisiert hatte, löste die Spannung mit den Worten:

„Liebe Freunde, wie haben ein Problem. Eine alte Geschichte aus dem letzten Kriegsjahr bereitet uns Kopfzerbrechen. Vor Jahren fing ein Verräter an zu singen und jetzt geht ein überehrgeiziger Reporter der Geschichte nach", begann Bernd.

„Lass mich raten. Es ging um einen unserer Sondereinsätze", kam es von einem der Anwesenden.

„Ja, aber die eigentliche Geschichte ist folgende, ihr erinnert euch sicherlich: Wir mussten ein Lager in Südrussland schnell aufgeben. Der Russe war schon vor unserer Tür. Wie hatten nicht geglaubt, dass er es so schnell schaffen würde. Wir entschieden, sämtliche Unterlagen noch zu verbrennen, denn falls uns der Russe kriegen sollte, wollten wir nicht, dass sie bei uns gefunden würden. Weil wir es eilig hatten, wurden noch vier Mann vom Wachpersonal gerufen, die uns beim Heraustragen helfen sollten. Wir schafften es gerade so, und der letzte Stapel der Papiere landete im Feuer. Wie sich jetzt herausstellte, hat einer von den vieren einige Seiten heimlich eingesteckt. Das wissen wir inzwischen von einem Zeugen. Ich werde dessen Namen nicht nennen, weil er von uns geschützt wird. Er hat einem von uns schon mehrmals geholfen. Es gibt aber wahrscheinlich einen Zeugen, der den Namen des Lumpen kennt. Vielleicht auch zwei."

„Warum vielleicht auch zwei?", unterbrach Rudi.

„Da gibt es einen Reporter namens Wilfried Höhnweis. Der ist dem Sigmund schon seit Jahren hinterher. Es begann, als ein wegen Diebstahls angeklagter Soldat seinen Richter – das war Sigmund – angezeigt hat. Der von uns versteckte Zeuge hat ihm allerdings ein Alibi gegeben: So steht Aussage gegen Aussage. Sigmunds Hals war aus der Schlinge."

„Doch dieser Reporter geht der Sache weiter nach", schloss der Detektiv. „Er will Sigmund und die Story über ihn haben."

„Kann man dem nicht einmal klarmachen, wo es langgeht?", fragte ein Zwischenrufer.

„Genau", kam eine weitere Meinung. „Dieser Reporter gehört umgelegt!"

„Jetzt mal langsam", versuchte Bernd die Lage zu beruhigen. „Wir dürfen nicht groß auffallen, sonst sind wir enttarnt und dran. Also, ich berichte jetzt einmal weiter: Wie vermuten, dass der Reporter schon an einem der anderen Zeugen dran ist."

„Was erwartet ihr von mir? Ich soll die Unterlagen finden, richtig? Und was passiert mit den Zeugen?" Rudi Strecker erkannte langsam, was seine Aufgabe sein würde.

„Die Unterlagen, wenn die denn existieren, sind das Wichtigste", erklärte Lauderer. „Ohne die Unterlagen ist es schwer, uns zu belangen.

Und wenn die Beteiligten nicht aussagen, dann hat der Reporter nichts mehr in der Hand."

„Vielleicht wird es helfen, diesen Leuten den Ernst der Lage zu erklären."

„Du meinst, sie einschüchtern?"

„Eure Namen wirken bei vielen immer noch. Besonders bei den Älteren", fügte Rudi hinzu. „Was ist euch das Ganze wert? Ich muss ja auch leben. Es gibt kein Ministerium mehr, das mich bezahlt."

„Ich habe das mit den Freunden besprochen. Wäre mit 50.000 Mark alles abgedeckt?"

„Legst du den für dieses Geld auch um?", kam wieder ein Zwischenruf.

„Noch einmal: Dann haben wir ein vielleicht noch größeres Problem", stellte Thurnbrück klar.

„Ja, damit kann ich etwas anfangen. Wann soll es losgehen? Gibst du mir bitte die Details." Rudi plante schon, wie er vorgehen könnte.

„Anfangen? Sofort. Die Zeit drängt. Wir wissen nicht, wie weit der Reporter schon gekommen ist."

Rudi hatte also einen Auftrag, einen, der interessant zu versprechen versprach.

Ein großer Schritt weiter

Seit zwei Monaten kam Wilfried Höhnweis mit seinen Recherchen nicht mehr weiter. Nächtelang saß er an seinem Schreibtisch oder wälzte archivierte Zeitungen. Heinrich Wilkowsky war verschwunden. Seine Frau wusste nicht wohin. Wilfried hatte einen Besuch gewagt, aber nichts aus ihr herausbekommen. Befehl ist Befehl und Gehorsam ist Gehorsam. Heinrich konnte sich auf Sabine verlassen, er hatte sie gut erzogen. Wilfried Höhnweis lief die Zeit davon. Noch einmal wollte er Martin Nowak treffen. Möglicherweise war dieser Martin Nowak der Schlüssel für das ganze Rätsel? Vielleicht wusste er noch mehr von jenem besagten Tag, als die Gruppe Hals über Kopf das Lager verließ?

Wilfried schrieb Briefe, aber Martins ehemaligen Kameraden waren nicht noch einmal zu einer Verabredung bereit. Außerdem fehlte immer noch die Anschrift einer wichtigen Person, Alfons Hofschmidt. Dieser Name war bei dem letzten Treffen genannt worden. Schweren Herzens stimmte Martin Nowak einer weiteren Besprechung zu. Er litt an Albträumen, seit sie über diese Zeit geredet hatten. Schweißgebadet wachte er mit Erinnerungen aus den Kriegszeiten auf. Wenn er mehr darüber redete – würden die Träume dann aufhören?

„Wie geht es Ihnen?", fragte Wilfried Höhnweis zur Begrüßung. „Sie haben eine schöne Wohnung. Haben Sie eine Hilfe?"

„Dreimal die Woche kommt eine Nachbarin und hilft mir. Den Rest mache ich alleine."

„Haben Sie noch einmal über unseren letzten Abend nachgedacht?" Wilfried kam zum eigentlichen Punkt seines Besuchs. Hoffnungsvoll saß er Martin Nowak am Wohnzimmertisch gegenüber."

„Ich habe seit unserem letzten Treffen nicht mehr richtig schlafen können. Sogar tagsüber kommen die Kriegsbilder von damals zurück." Unruhig fuhr Martin in seinem Rollstuhl hin und her.

„Kann ich Ihnen einen Kaffee machen?" Martin fuhr mit seinem Rollstuhl in Richtung Küche. „Ich mache mir sowie einen."

„Gerne."

Wilfried half, die vollen Tassen aus der Küche ins Wohnzimmer zu bringen.

„Ich habe keine Ahnung, wie ich Sie noch weiter unterstützen kann", sagte Martin Nowak leise.

„Sie haben mir schon viel geholfen. Ich habe eine neue wichtige Information, die uns vielleicht weiterbringt. Jemand, der dabei gewesen ist, ich nenne seinen Namen nicht, weiß, dass ein Soldat beim Ausräumen der Unterlagen dabei war und sich am Schluss ein paar Seiten einsteckte. Haben Sie eine Ahnung, wer das gewesen sein könnte?" Wilfried beobachtete Martin Nowak genau. Ob er jetzt etwas verschwieg?

Martin Nowak zeigte sich erst einmal überrascht und begann zu überlegen.

„Sie haben Recht. Ich erinnere mich dunkel. Ein paar von uns bekamen den Befehl, in das Verwaltungsgebäude zu gehen und beim Einsammeln der Unterlagen zu helfen. Draußen brannte inzwischen ein großes Feuer. Alles, was gefunden wurde, wurde dort hineingeworfen. Es war eine hektische Situation. Die Russen kamen immer näher. Am hektischsten waren die Herren in den langen braunen Ledermänteln. Sie rannten wild hin und her. Aber wer waren die Soldaten vom Wachpersonal, die bei der Verbrennung helfen sollten?"

„War das jemand von denen, die das letzte Mal hier waren?"

„Nein, keiner von denen."

„Erinnern Sie sich an Namen aus der Gruppe?"

„Da gab es einen Alex, den Bernd, den Alfons", Martin Nowak zählte langsam die Namen von zehn Kameraden auf. „Der Heinrich war noch dabei. Der war im Haus."

„Erinnern Sie sich an seinen Nachnamen?"

„Winsky, nein, so ähnlich, Wilkowsky hieß er."

„Und wenn der drin war, wer waren die anderen?"

„Ich habe sie jetzt vor mir. Zwei, der Wolfgang und der Robert, leben nicht mehr. Die sind kurz darauf gefallen. Und es gab noch den Alfons Hofschmidt. Vielleicht hat der die Unterlagen. Ich weiß aber nicht, ob er noch lebt."

„Wie kommen Sie auf ihn? Haben Sie ihn dort mit den Unterlagen gesehen?"

„Nein, nein. Der Alfons hatte einen Hass auf diese Nazi-Schergen. Er fand ihr Handeln, ihr Morden und ihr Auftreten verabscheuungswürdig. Er hatte genug von dem Krieg. Er hat sich aber immer zurückgehalten. Nur wem er vertraute, dem sagte er es."

„Er hat Ihnen wohl vertraut."

„Kann sein. Nach unserer Freilassung aus dem Lager habe ich ihn nie wieder gesehen."

Und dann war es, als wäre bei Martin Nowak ein Ventil geöffnet worden. Er redete stundenlang. Wilfried Höhnweis hörte aufmerksam zu. Keine dieser Informationen war für seinen Fall wichtig. Er verstand aber mehr und mehr die Kriegszeiten und das Leiden der Menschen. Er war zufrieden. Er hatte einen Namen. Jetzt musste er diesen Alfons Hofschmidt nur noch finden. Was Wilfried Höhnweis nicht wusste, war, dass er inzwischen von einem Detektiv überwacht wurde.

Den Listen auf der Spur

Höhnweis hatte einen Namen, „Alfons Hofschmidt", und eine Vermutung. Sonst nichts. Er wusste nicht, ob Hofschmidt derjenige war, der die Unterlagen eingesteckt hatte, ob er noch lebte und wenn ja, wo. Wo sollte er anfangen? Er hatte noch seine Tätigkeit als Lokalreporter. Für seine Nachforschungen wandte er seine gesamte Freizeit auf. Seit dem Krieg waren jetzt mehr als zwanzig Jahre vergangen. Als Erstes arbeitete er sich durch das Archiv seiner Zeitung. Manche Nacht saß er dort. In den ersten Nachkriegsjahren waren die Namen der Kriegsheimkehrer veröffentlicht worden und Artikel über sie erschienen. Wilfried arbeitete sich durch. Nun hatte das Archiv natürlich nicht sämtliche Zeitungen des Landes gelagert und es wäre purer Zufall gewesen, wenn er auf diese Weise schnell zu einem Ergebnis gekommen wäre.

Wilfried Höhnweis fuhr erneut nach Bornheim. Martin Nowak hatte in der Tat auf ihn gewartet.

„Ich bin froh, dass Sie noch einmal vorbeikommen. Ich habe in meinen alten Unterlagen ein Bild vom Alfons gefunden!" Martin Nowak öffnete einen kleinen Karton und holte ein Foto heraus.

„Sehen Sie, der Zweite von links ist es."

Das Bild zeigte eine Gruppe von Soldaten, die vor einer Brücke standen. Wilfried drehte es um. Er fand keine Beschriftung.

„Haben Sie noch mehr von diesen Fotos?" Wilfried hoffte auf das Wunder.

„Sie können gern den gesamten Karton durchschauen. Ich habe das alles während der Kriegsjahre gesammelt. Viele von denen leben nicht mehr."

Wilfried Höhnweis nahm jedes Bild in die Hand, schaute sich die Rückseiten an und hoffte auf Hinweise. Er benötigte nur eine Andeutung. Das würde ihm vielleicht schon weiterhelfen. Außer den Bildern befanden sich einige Zettel in dem Karton.

„Darf ich mir die auch ansehen?"

„Natürlich. Vielleicht finden Sie etwas, was Sie brauchen können."

Wilfried wühlte weiter, las jedes Wort, das irgendwo stand. Bald lagen Bilder und Zettel auf dem ganzen Tisch herum. Da saßen sie am Tisch und schoben Bilder hin und her, schauten die Rückseiten an und steckten die meisten wieder in die Schachtel. Wilfried fand Adressen auf Bildern und Zetteln, aber ohne einen ersichtlichen Zusammenhang mit Alfons Hofschmidt. Die Zeit verstrich. Sie saßen jetzt schon mehr als zwei Stunden zusammen. Wilfried hatte die Bilder nicht gezählt. Es waren viele. Martin Nowak hatte in den Karton auch noch Fotos gelegt, die er nach dem Krieg aufgenommen hatte. Plötzlich entdeckte Wilfried einen Brief, der noch nicht geöffnet war.

„Na so was! Der ist an Alfons Hofschmidt adressiert!", Wilfried war ganz aufgeregt.

„Zeigen Sie mal her. Wie kommt der hierher?"

„Er lag beinahe ganz unten."

„Sie können ihn ruhig öffnen. Sehen Sie, auf der Rückseite steht ein Absender. Der Brief ist offenbar von seinen Eltern aus Engertsham. Das muss in Bayern sein, wie ich vermutet hatte. Alfons sprach einen bayrischen Dialekt."

Der Brief brachte keine weiteren Hinweise. Die Eltern schrieben, wie sie sich ohne den Buben durchkämpften, der Vater war wohl krank. Die Mutter machte die gesamte Landwirtschaft mit den Mädels alleine.

„Jetzt haben Sie eine Adresse, zumindest von den Eltern. Die hatten einen Bauernhof. Der Alfons erzählte immer wieder davon. Möglicherweise lebt er auch wieder dort? Vielleicht ein Volltreffer", schloss Martin Nowak.

„Ich danke Ihnen sehr, Herr Nowak! Das könnte ein wichtiger Hinweis sein."

Wilfried Höhnweis war glücklich.

Wenige Tage später saß er im Zug nach Bayern. Er hatte sein Kommen in einem Brief angekündigt, ohne genau auf den Grund einzugehen. Wilfried wollte sichergehen, dass er Alfons Hofschmidt auch antreffen würde. Nicht dass der sich verdrücken würde, wie ein Heinrich Wilkowsky. Die Adresse auf dem alten Brief war keine Garantie, dass Alfons auf dem Hof wohnte. Wilfried ging aber davon aus.

Es sollte eine längere Reise werden. Die Reiseauskunft errechnete eine Dauer von circa acht Stunden. Am Ende wurden es elf. Wilfried setzte sich schon um sechs Uhr morgens in den ersten möglichen Zug. Nach mehrmaligem Umsteigen und zum Teil längeren Aufenthalten von ein bis zwei Stunden auf verschiedenen Bahnhöfen erreichte Wilfried gegen Abend den Bahnhof in Engertsham. Er hatte es nun eilig. Er hatte Hunger, aber er wollte mit seinem Besuch nicht bis zum nächsten Tag warten. Später wird das Wirtshaus auch noch offen sein, dachte er, und ein Zimmer für die Nacht wird es auch noch geben. Das läuft mir nicht weg.

Der Hofschmidt-Hof war im Dorf bekannt. Schnell hatte Wilfried sich durchgefragt und erreichte das Anwesen zu Fuß. Es ist keiner dieser imposanten, großen Höfe, aber ein typisch bayrischer, dachte er, als er sein Ziel erreicht hatte. Sehr gepflegt sah er aus mit den vielen Blumenkästen vor den Fenstern. Wilfried lief gleich zur Eingangstür. Durch ein seitliches Fenster schimmerte Licht. Wilfried wagte einen Blick hindurch und sah einige Leute am Tisch sitzen. Die essen gerade zu Abend, ging es Wilfried durch den Kopf. Er klopfte behutsam an die Tür, und als niemand öffnete, heftiger. Eine Frau mittleren Alters, ihrer Kleidung nach Bäuerin, öffnete die Tür.

„Guten Abend. Ich bin Wilfried Höhnweis und Reporter beim Abendkurier. Ich würde gerne den Alfons Hofschmidt sprechen. Der wohnt doch hier? Haben Sie meinen Brief erhalten?"

„Haben wir, aber was wollen Sie?"

„Ich würde den Alfons Hofschmidt gerne etwas fragen."

„Der ist noch bei den Kühen. Gehen Sie in den Stall."

Wilfried stellte seinen Koffer vor der Tür ab und lief um die Ecke in den Stall. Alfons gab gerade den Kühen frisches Heu.

„Guten Abend. Sind Sie Alfons Hofschmidt?"

„Ja, was wollen Sie?"

„Ich habe Ihnen einen Brief geschrieben. Ich bin der Reporter vom Abendkurier, Wilfried Höhnweis. Ich möchte Ihnen ein paar Fragen zu Ihrer Zeit als Soldat in Südrussland stellen", platze Wilfried sofort mit seinem Anliegen heraus.

„Warum wollen Sie das? Warum interessiert Sie das? Wie haben Sie mich gefunden?" Alfons stützte sich auf die Heugabel.

„Gefunden habe ich Sie mit der Hilfe von Martin Nowak. Der hatte noch einen Brief von Ihren Eltern, der Sie aber nicht mehr erreichte. Martin Nowak hatte ihn an sich genommen und dann vergessen. Da stand die Adresse von Ihren Eltern drauf."

„Der Martin Nowak ..." Alfons wurde nachdenklich. „Wie geht es ihm? Ist der nicht noch verwundet worden?" Alfons überlegte.

„Er sitzt im Rollstuhl", erwiderte Höhnweis. „Er hatte sich die Zeit nach dem Krieg anders vorgestellt. Noch in den letzten Kriegstagen hat eine Mine seine Beine abgerissen."

„Der Martin war ein netter Kerl. Er hasste den Krieg, blieb aber immer besonnen. Man konnte sich in allen Dingen auf ihn verlassen. – Und was wollen Sie von mir wissen?"

„Erinnern Sie sich noch an den fluchtartigen Aufbruch aus dem Lager in Südrussland? Sie waren doch auch mit der Vernichtung von Dokumenten betraut."

Alfons Hofschmidt überlegte. Er stand immer noch über seine Heugabel gebeugt. Wilfried unterbrach ihn nicht.

„Das stimmt. Die Gestapo hatte Bammel bekommen, dass die Russen die Unterlagen finden. Sie konnten aber nicht alles mitnehmen. Und im Falle einer Gefangennahme hätte der Russe sie bei ihnen gefunden und sie wahrscheinlich gleich erschossen. Vier von uns wurden abkommandiert, zu helfen. Die anderen waren alle schon weg."

„Darf ich Sie fragen, ob Sie einige Unterlagen eingesteckt haben?"

„Warum wollen Sie das wissen? Für wen bräuchten Sie die?"

Wilfried Höhnweis erzählte die gesamte Vorgeschichte. Alfons warf noch einmal Heu zu den Kühen und beide setzten sich auf eine Bank im Stall. Nur eine Birne verteilte schummriges Licht. Draußen war es inzwischen dunkel.

„Alfons, wo steckst du?" Es war eine Frauenstimme, die da rief.

„Meine Frau. Sie macht sich wohl schon Sorgen. Ich hätte beinahe vergessen, dass noch weitere Kühe ihr Futter bekommen müssen. Können Sie morgen noch einmal wiederkommen?"

„Sicher. Können Sie mir einen Tipp geben, wo ich hier übernachten kann?"

„Im Ochsen. Die nächste Straße links. Nicht zu verfehlen."

Wilfried bedankte sich und lief zur Haustür. Alfons' Frau kam ihm entgegen – sie hatte Wilfried die Tür geöffnet. Wilfried nahm seinen Koffer und lief die paar Schritte zum Gasthof Ochsen, als ihm einfiel, dass er vergessen hatte, Alfons Eltern den alten Brief zu geben.

Der Gasthof war gut besucht. Am Stammtisch spielte man Karten, andere saßen einfach so zusammen und diskutieren mehr oder weniger lautstark. Wilfried fragte nach einem Zimmer, bestellte sich ein Bier, stillte seinen Hunger mit einem bayrischen Schweinsbraten und ging bald auf sein Zimmer. Niedrige Decken, ein großes Bett im Bauerstil. Es sah gemütlich aus, ihm gefiel das. Die Gedanken verfolgten ihn noch bis in den Schlaf.

Gleich nach dem Frühstück machte Höhnweis sich auf den Weg zum Hof. Alfons' Vater, noch rüstig, fuhr gerade mit dem Traktor davon. Er grüßte nicht. Alfons hatte Wilfried schon von Weitem gesehen und kam ihm entgegen.

„Gehen wir ein Stück. Haben Sie gut geschlafen?"

„Es geht. Alles zu aufregend. Und die lange Reise. Bevor ich es vergesse: Hier ist der Brief, den Ihre Eltern Ihnen in den letzten Kriegstagen geschrieben haben."

Alfons nahm den Brief und steckte ihn, ohne ihn zu öffnen, in seine Jackentasche. Schweigend liefen sie ein paar Meter nebeneinander her. Wilfried wollte Hofschmidt gerade nach den Unterlagen fragen, als dieser zu erzählen begann:

„Ich habe die Unterlagen versteckt. Ich dachte damals, es wird die Zeit kommen, da werden sie alle bestraft. Ich habe allerdings auch gesehen, dass viele von denen in ihre alten Berufe zurückgingen. Und nichts passierte. Keiner wagte es, gegen sie vorzugehen. Da habe ich diese Papiere im Versteck gelassen. Ich habe mit meiner Familie gestern Abend darüber geredet. Sie meinen, ich komme in Teufels Küche, wenn ich die Unterlagen herausgebe."

„Die Zeiten ändern sich, Herr Hofschmidt! Vielleicht bekommen Sie auch hier mit, was in den Städten, an den Universitäten gerade passiert! Die alte Garde wird bloßgestellt. Wir haben eine Chance. Und ich bin bei der Zeitung und kann darüber berichten."

„Aber die alten Seilschaften existieren noch. Sie haben es gestern Abend selber gesagt. Ich habe hier eine Familie und den Hof. Ich bringe uns womöglich alle in Gefahr."

„Wichtig ist, dass wir die Unterlagen dem Staatsanwalt geben und Sie später aussagen. Wenn alle im Gefängnis sind, besteht keine Gefahr mehr."

„Und was mache ich, wenn die herausbekommen, wer die Seiten mitgenommen hatte? Soll ich mich oder meine Familie erschießen lassen?", fragte Alfons halb ängstlich, halb ärgerlich.

„Es ist Ihre Entscheidung", räumte Wilfried ein. „Aber, wenn Sie die Unterlagen behalten, sind Sie auch nicht mehr sicher. Zu viele Personen wissen inzwischen Bescheid."

Alfons Hofschmidt überlegte. Er drehte sich um und lief langsam eine Weide entlang. Wilfried folgte ihm, wobei er einen moderaten Abstand wahrte. Nach hundert Metern blieb Alfons stehen, drehte sich um und wartete, bis er bei ihm war.

„Also gut. Ich gebe Ihnen die Unterlagen und hoffe, nie wieder etwas damit zu tun bekommen."

„Falls es zu einem Gerichtsverfahren kommt, würden Sie aussagen?"

„Ungern. Aber ich hole die Papiere jetzt. Warten Sie bitte hier."

Alfons verschwand im Haus. Wilfried vernahm, wie er mit seinen schweren Schuhen Treppenstufen hinaufschritt. Eine Tür knarrte. Jetzt war es still. Wilfried hörte das Vieh auf der Weide und ab und zu ein Huhn gackern. Er setzte sich auf die Bank vor dem Haus. Nach zehn Minuten kam Alfons wieder heraus.

„Hier ist es und viel Glück." Alfons reicht Wilfried eine schmale Hülle, drehte sich um und ging zurück in sein Haus. Die Tür fiel hinter ihm zu. Wilfried versteckte die Hülle wie einen Schatz tief in seinem Koffer. Für die Rückfahrt kaufte er eine Zugfahrkarte 1. Klasse. Als er alleine im Abteil war, schaute er sich neugierig die Unterlagen an. Es waren, fein säuberlich getippt, Exekutionsbefehle mit den Namen der verantwortlichen Gestapo- und SS-Offiziere. Er hatte jetzt viele Stunden Zeit, sie wieder und wieder zu lesen.

Gewissheit

Es war gut, dass er den Zug genommen hatte, stellte er fest, und damit fand er genügend Zeit, sich intensiv mit den Papieren zu befassen. Nur einmal stieg ein weiterer Passagier in sein Abteil. Wilfried steckte die Blätter in seinen Koffer und widmete sich der Zeitung. Mitunter zog er seine Thermoskanne aus der Ledertasche und trank den kalten Kaffee vom Vortag.

Ich hätte die Wirtin nach frischem Kaffee fragen sollen, dachte er, und während er am Kaffee nippte, waren seine Gedanken bei dem, was er gerade gelesen hatte. Es war eine Sensation! Eine Reihe von Gräueltaten war da mitsamt den Henkern aufgelistet. Die Frage war, wie sollte er jetzt vorgehen? Wie kamen die Unterlagen an den richtigen Staatsanwalt? Seine Gedanken wurden vom Halten des Zuges unterbrochen. Beinahe hätte er vergessen, an diesem Bahnhof umzusteigen. Schnell schob er Thermoskanne und Zeitung in seine Ledertasche, zog den Mantel über und verließ mit Tasche und Koffer den Zug.

Spät abends erreichte Wilfried seine Wohnung. Er war hungrig und müde. Ein Blick auf die Wohnungstür machte ihn stutzig – diese kleinen Kratzer neben dem Schloss hatte es vor zwei Tagen noch nicht gegeben. Vorsichtig öffnete er die Tür. Alles schien in Ordnung, bis auf einen kaum sichtbaren Abdruck eines Schuhes, der Schmutzränder auf dem Teppich hinterlassen hatte. Für Wilfried wurde es zur Gewissheit, dass hier jemand eingebrochen war und herumgeschnüffelt hatte. Er fand seine Unterlagen an ihrem Platz, so wie er sie zurückgelassen hatte. Nur der Notizblock mit der Adresse von Alfons Hofschmidt lag an einer anderen Stelle. Ihm wurde zur Gewissheit, dass noch jemand an den Listen interessiert war. Wer das war, konnte er sich denken: Es konnten nur die ehemaligen Gestapo-Leute sein. Und sie würden in der Wahl ihrer Methoden nicht zimperlich sein. Wilfried bekam es mit der Angst zu tun und entschied, am nächsten Morgen die Unterlagen in ein Schließfach zu bringen. Er verschloss seine Wohnung sorgfältig, schob den schweren Tisch vor die Tür und ging zu Bett.

Nach wenigen Stunden mit unruhigem Schlaf stand er um sechs Uhr dreißig auf, kochte sich einen Kaffee und machte sich auf den Weg zum Bahnhof. Er parkte seinen Wagen, schob den Ordner mit den Unterlagen in eine Aktentasche und lief schnell zu den Schließfächern, zog den Schlüssel Nummer 465 ab, vergewisserte sich, dass die Tür auch verschlossen war, und fuhr in sein Büro. Wilfried war einer der Ersten, der um kurz vor acht dort eintraf. Er schrieb alle wichtigen Punkte seiner Recherche auf, steckte das Blatt in einen Umschlag, klebte ihn zu, schrieb darauf: „Nur von Markus Sontheimer zu öffnen" und machte sich auf den Weg zum Büro seines Vorgesetzten.

„Sie können jetzt nicht hinein", stoppte ihn die Sekretärin. „Herr Sontheimer ist in einer Besprechung."

„Ich muss ihm einen wichtigen Brief geben", erklärte Wilfried, öffnete die Tür und lief direkt zum Schreibtisch von Markus Sontheimer. Etwas verwirrt schauten der Chefredakteur und seine Gäste auf den ungebetenen Besucher.

„Dies ist wirklich wichtig! Ich bin schon wieder weg ..."

Er zog die Tür hinter sich zu, verließ das Gebäude und machte sich auf den Weg zu Richter Thurnbrück. Er wollte ihn kennenlernen. Auch wenn das hieß, sich in die Höhle des Löwen zu wagen.

Ein Detektiv geht auf die Suche

Rudi Strecker wartete nicht lange. Sein Auftrag war klar: Die Listen mussten so schnell wie möglich in seine Hände fallen und vernichtet werden. Und das sollte ohne Verzögerung geschehen. Seine Hoffnung war, dass der Reporter sie noch nicht hatte. Rudi Strecker musste schneller sein. Noch am folgenden Tag war er in die Wohnung von Wilfried Höhnweis eingebrochen und hatte die Notiz mit der Adresse von Alfons Hofschmidt gefunden. Sofort hatte er sich in sein Auto gesetzt und war losgefahren. Seine Strategie war klar: Entweder dieser Alfons rückte sie freiwillig heraus oder er würde Gewalt anwenden.

Es wurde eine lange Fahrt. Erst vor wenigen Wochen hatte er sich das neue Auto gekauft. Er konnte jetzt um einiges schneller fahren und hatte keine Pannen zu befürchten. Sein alter Opel hatte in den letzten Jahren immer wieder schlappgemacht. Jetzt freute Rudi sich richtig, trotzdem würde er heute nicht mehr vor Einbruch der Dunkelheit sein Ziel erreichen. Und es war ihm auch klar, dass er nicht in der Dunkelheit auf den ihm unbekannten Hof schleichen wollte. Dieses Risiko wollte er heute nicht mehr eingehen. Er bezog eine Pension wenige Kilometer vom Wohnort des Bauern Alfons Hofschmidt entfernt.

Rudi Strecker stand früh auf und begab sich sofort in Richtung des Hofes. Geschützt hinter einer Gruppe von Bäumen und abseits hinter einer Kurve parkte er seinen Wagen. Aus sicherer Entfernung observierte er den Hof von Alfons Hofschmidt, bis er sich entschloss, direkt zum Eingang zu laufen. Entweder waren alle Anwohner im Haus oder waren unterwegs, schloss er. Die Türe war abgeschlossen. Rudi Strecker machte einen vorsichtigen Rundgang. Die Tür zum Stall stand offen, er sah aber niemanden. Er hörte keine Geräusche, die von Menschen verursacht sein konnten. Alles ausgestorben, dachte er bei sich. Er würde hier warten, bis sie zurückkämen.

Rudi Strecker hatte ein gutes Gehör und ein feines Gespür für vieles, bemerkte allerdings nicht, dass Alfons Hofschmidt auf dem Heuschober beschäftigt war. Der Bauer hatte den Detektiv kommen sehen und ahnte die Gefahr. Seit dem ersten Brief von Wilfried Höhnweis war er vorsichtig geworden. Dieser Schritt, diese Bewegung kamen Alfons Hofschmidt bekannt vor. Das konnte nur einer von den früheren braunen Schergen sein. Der Reporter war unvorsichtig gewesen, hatte offensichtlich eine Spur hinterlassen, überlegte Alfons. Jetzt waren sie hinter ihm her. Er war darauf vorbereitet und ging zum Gegenangriff über. Er schlich sich durch die Hintertür ins Haus, holte sein geladenes Gewehr hinter dem Wohnzimmerschrank hervor und wartete einen günstigen Moment an einer Hausecke ab. Als Rudi Strecker vorbeikam, hielt ihm Alfons Hofschmidt den Lauf des Gewehrs entgegen.

„Ziehen Sie langsam Ihren Mantel aus! Ganz langsam. Ich schieße sofort, falls Sie eine falsche Bewegung machen!"

Der Detektiv sah den gespannten Abzugshahn. Etwas tun konnte er nicht.

„Was wollen Sie hier?", fragte Alfons Hofschmidt. „Ihre Zeit ist rum. Also verduften Sie von hier, so schnell Sie können. Der Mantel bleibt hier. Und auch die Pistole darin."

„Sie haben damals entgegen einem Befehl einige Unterlagen nicht vernichtet. Die will ich jetzt haben."

„Die habe ich nicht."

„Nicht mehr? Haben Sie die dem Reporter gegeben?"

„Suchen Sie die in Russland. Und machen Sie, dass Sie jetzt verschwinden!"

Rudi Strecker entfernte sich einige Schritte und drehte sich noch einmal um.

„Falls die Unterlagen an falscher Stelle auftauchen, wird Ihr Hof brennen. Denken Sie darüber nach."

Der Detektiv hatte keine andere Wahl. Er lief als Verlierer vom Hof und hatte eine Mordswut im Bauch. So ein banaler Fehler hätte ihm nicht passieren dürfen! Mit Gegenwehr war in seinem Beruf immer zu rechnen. Das hatte die Vergangenheit gezeigt. Warum war er nur so naiv gewesen zu glauben, dass in diesem Fall die Leute auf ihn warteten und mit Freude entgegenkommen würden? Nun, geschehen ist geschehen, sagte er bei sich, und mit dieser Niederlage werde ich leben können. Es gibt noch andere Mittel und Wege, um an die Unterlagen zu kommen.

Rudi Strecker setzte sich in sein Auto und dachte über den möglichen Verbleib der Unterlagen nach. Lange brauchte er nicht zu kombinieren. Der Reporter war schon bei Alfons Hofschmidt gewesen. Der hatte ihm die Unterlagen ausgehändigt und sie befanden sich jetzt im Besitz von Wilfried Höhnweis. Wahrscheinlich versteckte er sie, aber sicherlich nicht zu Hause. Er würde das aus diesem Reporter herauskitzeln. Rudi Strecker machte sich an die Rückfahrt.

Die Redaktionskonferenz

Schon seit drei Tagen war von Wilfried Höhnweis nichts zu hören noch zu sehen. Trotz seiner speziellen Nachforschungen hatte er seine Berichte von regionalen Ereignissen immer zuverlässig abgeliefert. Der Chefredakteur hatte zwar Leute, die für Wilfried einspringen konnten, das ging aber auf Dauer nicht. Denn die Kollegen waren natürlich nicht erfreut, wenn sie Zusatzaufgaben erhielten.

Markus Sontheimer saß hinter seinem Schreibtisch und kramte in den unerledigten Dingen herum. Ein Umschlag mit Wilfrieds Handschrift fiel ihm in die Hände. Er erinnerte sich: Wilfried war vor drei Tagen kurz in sein Büro geplatzt. Sontheimer hatte gerade Besuch, Höhnweis hatte einen DIN-A4-Umschlag auf den Schreibtisch des Chefredakteurs gelegt und war wieder verschwunden.

„Das ist äußerst wichtig", hatte er im Hinausgehen gesagt. Sein Chef hatte die Begebenheit vergessen.

Markus Sontheimer hatte den Chefredakteursposten erst vor Kurzem übernommen, nachdem die alte Garde aus Altersgründen endlich abgetreten war. Diese hatte, gelinde gesagt, konservative Ansichten gehabt und Beziehungen der besonderen Art. Alles, was sozialpolitisch neu war,

war abgelehnt worden. Aber die Zeiten änderten sich und Markus hatte den Auftrag, die Ausrichtung dieser Zeitung zu verändern.

Markus nahm den Umschlag und öffnete ihn. Handschriftlich, offenbar schnell geschrieben, schilderte Wilfried die Ereignisse der letzten Tage:

Ich bin im Besitz der besagten Unterlagen. Es handelt sich um die Originallisten, auf denen die Namen der Menschen stehen, die erschossen werden sollten. Die Namen der Verantwortlichen sind ebenfalls aufgeführt. Außerdem habe ich zwei Zeugen gefunden, die bei den damaligen Ereignissen dabei waren. Ich fürchte, dass die ehemaligen Gestapoleute alles versuchen, damit die Unterlagen nicht in die Hände der Polizei gelangen. Meine Wohnung ist durchsucht worden. Die Unterlagen befinden sich in einem Schließfach im Bahnhof. Der Schlüssel liegt im Schreibtisch im leeren Büro nebenan."

Markus wurde nachdenklich. So langsam erfasste er die Lage. Nur halbherzig hatte er an die Recherchen seines Redakteurs geglaubt. Er setzte sich in sein Auto und fuhr zum Bahnhof. Im benannten Schließfach 465 fand er einen Ordner mit Unterlagen. Er nahm ihn ohne Zögern an sich, fuhr zurück in die Redaktion und begann zu lesen. Er kam aus dem Staunen nicht mehr heraus. Jetzt wurde ihm klar, dass Wilfried Höhnweis möglicherweise in Gefahr war. Falls die Verbrecher seinen Namen kannten, würden sie wissen, wo er arbeitete. Dann könnten sie auch hier auftauchen, schlussfolgerte Markus. Er schrieb die wichtigsten Punkte ab, schob die Unterlagen in einen Umschlag, klebte ihn zu und begab sich nach Hause. Unterwegs hielt er kurz bei einem Freund, erzählte ihm irgendeine Geschichte, die nichts mit dem Fall zu tun hatte, und bat ihn, den Umschlag bei sich zu aufzubewahren.

„Niemand darf ihn bekommen", schärfte er seinem Freund ein. Er war sehr beunruhigt. Falls Wilfried etwas zustößt, dachte er, lastet auch auf mir eine Schuld. Falls alles gut geht, haben wir eine Story.

Wilfried Höhnweis meldete sich noch am selben Abend bei seinem Chef.

„Wo hast du gesteckt?", fragte der besorgt.

„Ich habe versucht, Thurnbrück zu finden und zu interviewen. Die Fahrt war natürlich für die Katz. Der machte nicht einmal die Tür auf. Hast du die Unterlagen angeschaut?"

„Natürlich, aber erst gestern. Tut mir leid, aber der Umschlag war in einen anderen Stapel gerutscht. Nach den Befürchtungen, die du geäußert hast, habe ich sie jetzt an einem sicheren Ort. Das sind schon heiße Sachen ...“

„Abgesehen davon, dass wir die Mörder vor den Kadi bringen, haben wir eine klasse Story", sagte Höhnweis zufrieden.

„Du sprachst von Zeugen. Machen die auch mit?"

„Der eine ist Alfons Hofschmidt, der die Listen mitgehen ließ, die anderen sind Martin Nowak und Viktor Franke, die haben die Erschießungen gesehen. Viktor Franke ist derjenige, der vor fünfzehn Jahren vor Gericht stand und dort Thurnbrück erkannt hat. Wilkowsky hat dann ein falsches Alibi gegeben und will sonst nichts gesehen noch gehört haben. Er verweigert jegliche Auskunft. Martin Nowak weiß aber, dass Wilkowsky, zumindest bei der Vernichtung der Unterlagen, mit dabei war.“

„Ich würde gerne mit den Unterlagen und gemeinsam mit den Zeugen zur Polizei gehen. Kannst du das arrangieren?"

Überzeugungsarbeit

„Guten Tag, Herr Rückert. Mein Name ist Markus Sontheimer vom Tagesanzeiger. Das ist mein Kollege Wilfried Höhnweis. Wir haben vor zwei Tagen miteinander telefoniert.“

„Was kann ich für Sie tun? Ich habe schon vor ein paar Tagen ein Interview zu meiner Tätigkeit hier gegeben.“

„Herr Rückert, es geht hier um die Geschichte, die ich Ihnen am Telefon erzählt hatte. Wir haben Kenntnis darüber erhalten, dass der jetzige

Richter Thurnbrück als einer von verantwortlichen Gestapo-Leuten im Zweiten Weltkrieg die Erschießung von Zivilisten angeordnet und auch selbst durchgeführt hat. Wir haben nicht nur Zeugen dafür, sondern auch Originalunterlagen."

Markus und Wilfried berichteten nun vom gesamten Umfang ihrer Recherche und legten die Originallisten vor. Oberkommissar Horst Rückert warf einen kurzen Blick hinein. Mehr und mehr zeigte er sich interessiert. Neugierig machte ihn die Figur des Heinrich Wilkowsky.

„Obwohl Zeuge, will er dennoch kein Zeuge gewesen sein. Dann hat er Thurnbrück offensichtlich ein falsches Alibi gegeben. Das kann bedeuten, dass er entweder auch Dreck am Stecken hat oder dass er nach dem Prinzip lebt „eine Hand wäscht die andere". Dieser Richter Thurnbrück, sagten Sie, hat mit ziemlicher Sicherheit noch zu alten Kollegen der Gestapo Kontakt. Könnte es sein, dass er von Ihrer Untersuchung weiß?", wollte Horst Rückert wissen.

„Ich gehe davon aus", erklärte Wilfried. „Bei meiner Recherche gab es immer wieder Berührungspunkte. Außerdem habe ich vor einigen Tagen versucht, ihn zu interviewen. Er verweigerte von vornherein ein Gespräch, obwohl er überhaupt nicht wusste, worum es sich handelte. Des Weiteren hatte ich Heinrich Wilkowsky auf die Unterlagen angesprochen und wollte ihm Fragen dazu stellen."

„Wieso zu den Unterlagen?", unterbrach Horst Rückert.

„Weil wir von den anderen Zeugen wissen, dass Wilkowsky bei der Verbrennung dabei war. Somit wollte ich ihn erst einmal aus der Reserve locken."

„Und sagte er etwas dazu?", fragte Rückert.

„Er verplapperte sich und sagte, dass einer die Unterlagen an sich genommen hätte. Er bemerkte seinen Fehler und verschwand mit seinem Fahrrad. Worauf ich hinauswill: Ich vermute stark, dass Wilkowsky immer noch Kontakt zu Thurnbrück hat."

„Müssen wir davon ausgehen, dass Thurnbrück sich absetzen könnte?"

„Nach dem, was ich weiß, ist das durchaus möglich", meinte Sontheimer.

„Ich würde auf jeden Fall davon ausgehen. Nicht wenige haben sich in den letzten Jahren abgesetzt. Und nicht wenige nach Südamerika. Einige sind auch nach Ägypten verschwunden." Wilfried zog einige Zeitungsausschnitte hervor.

Horst Rückert legte alles Material vor sich auf den Schreibtisch. „Ich werde das noch einmal durchlesen und dann einen Haftbefehl beim Staatsanwalt beantragen. Ich melde mich, sobald ich Neuigkeiten habe."

„Was machen wir mit Heinrich Wilkowsky? Das ist der Mann mit dem falschen Alibi." Wilfried zog – „Darf ich?" – eine Kopie der damaligen Aussage aus dem Stapel hervor.

„Das werde ich mir auch noch einmal durch den Kopf gehen lassen", überlegte Horst Rückert. „Es muss nicht unbedingt eine Falschaussage gewesen sein", erklärte er. „Vielleicht war es auch nur eine undeutliche Wahrnehmung."

„Wenn die anderen Soldaten erklären, dass zu dem besagten Zeitpunkt dieser Thurnbrück die Erschießungen befehligt hat, muss es eine Falschaussage sein." Wilfried bestand auf seinem Standpunkt.

„Ich werde mir überlegen, ob ich mir diesen Wilkowsky einmal vorknöpfe. Also, Sie hören von mir."

Die Untersuchung

Oberkommissar Horst Rückert meldete sich bei Staatsanwalt Peter Gräulich an. In einer zweistündigen Sitzung gingen sie die Unterlagen und Aussagen durch und kamen zu dem Schluss, dass eine Festnahme schnellstmöglich durchzuführen sei. Ob Wilkowsky eine Falschaussage gemacht hat oder nicht, ist unerheblich, stellte der Staatsanwalt fest.

Dennoch machte sich Horst Rückert auf den Weg. Er bat bei der örtlichen Polizei um Unterstützung und suchte Heinrichs Wohnung auf. Sabine öffnete die Tür.

„Guten Tag. Wir sind von der Polizei und möchten gerne Ihren Mann sprechen."

Wie von Wilfried angedeutet, war Heinrich nicht zu Hause anzutreffen und seine Frau Sabine wollte keine Auskunft über seinen Verbleib geben. Sie war allerdings sichtlich nervös beim Anblick der Polizei.

„Ich weiß nicht, wo er ist", waren ihre ersten Worte, leicht stotternd. Die Polizisten bemerkten, wie sich ihre Gesichtsfarbe erst zu Rot, dann zu Weiß färbte. Sie ließen sich von ihrer Antwort nicht abweisen. Sie standen immer noch im Treppenhaus.

„Sie wissen genau, wo er sich befindet", machte Horst Rückert Druck. „Ihr Mann hat nichts angestellt", beruhigte er sie schon im nächsten Satz. „Es geht um eine alte Aussage Ihres Mannes. Das ist wichtig für uns. Ist es nicht besser für Sie, wenn Sie uns in Ihre Wohnung lassen? Schon der Nachbarn wegen?"

Sabine verstand die Anspielung und trat zur Seite.

„Wir können ihn auch suchen lassen, wenn Ihnen das lieber ist. Er hat Ihnen doch sicher gesagt, wohin er gefahren ist."

„Ich soll es niemanden sagen", stotterte Sabine.

„Also, wo ist er?" Die beiden Polizisten vom Ort traten von einem Bein auf das andere.

„Er hat sich freiwillig wieder zum Militär gemeldet. Er sagte mir aber nicht, wo er sein wird. Ich sollte es nicht wissen", plauderte Sabine nun doch ein wenig aus. „Bitte erzählen Sie ihm nicht, dass ich Ihnen das gesagt habe."

„Natürlich nicht." Die drei Polizisten sahen sich an. „Kommt er manchmal nach Hause?"

„Nein. Er wird drei Monate weg sein, sagte er."

„Vielen Dank. Sagen Sie ihm nicht, dass wir hier waren." Die Polizisten verabschiedeten sich. Sabine schloss nervös die Wohnungstür. Die Polizisten wussten, wie sie Heinrich finden konnten.

175

„Unteroffizier Wilkowsky – kommen Sie in den Besucherraum!" Der Befehl war klar, aber Heinrich konnte sich nicht vorstellen, wer ihn besuchen wollte. Hoffentlich war es nicht seine Frau. Er zog seine Uniform gerade, setzte sich seine Unteroffizierskappe auf und marschierte über den Kasernenhof zum Besuchsraum. Dort fand er zwei Personen vor, die auf ihn warteten.

„Herr Wilkowsky? Ich bin Oberkommissar Horst Rückert von der Kriminalpolizei in Mainz, und das ist mein hiesiger Kollege."

„Was führt Sie hierher?" Heinrich begann, wie immer bei unangekündigten Begegnungen mit den Behörden, zu schwitzen. Äußerlich blieb er die Ruhe selbst.

„Wir kommen in einer alten Angelegenheit. Genau gesagt, in zwei Angelegenheiten, und wir haben ein paar Fragen an Sie. Die erste gilt dem Alibi, das Sie vor fünfzehn Jahren Herrn Thurnbrück gegeben hatten. Sie erinnern sich?"

In Heinrich kochte es. Jetzt haben sie mich doch drangekriegt. Warum habe ich das bloß für den Thurnbrück getan? Woher wissen die überhaupt, wo sie mich jetzt finden? Hat Sabine ihren Mund nicht gehalten? Sein Gehirn arbeitete und seine Gedanken rasten hin und her.

„Erinnern Sie sich, Herr Wilkowsky?", hakte der örtliche Polizist nach. „Wir können Sie auch wegen Falschaussage anzeigen!"

Das saß. Er musste jetzt etwas sagen, irgendetwas.

„Ich habe keinen Meineid geleistet. Die damalige Beschuldigung war meiner Meinung nach falsch. Über etwas anderes habe ich nie geredet. Was der Thurnbrück sonst noch so gemacht hat, davon habe ich keine Ahnung." Heinrich hoffte, dass es keine weiteren Zeugen gab, die das Gegenteil behaupten konnten. Rückert hatte in der Tat keine Zeugen. Damit stand wieder Aussage gegen Aussage.

„Unsere zweite Frage betrifft die Verbrennung von Unterlagen im Lager in Südrussland. Da waren Sie doch dabei?"

Heinrich erinnerte sich, dass er diesem Reporter gegenüber schon einmal eine vage Andeutung gemacht hatte. Er hätte sich ohrfeigen können … Der hatte das wohl weitergegeben.

„Nur sehr dunkel. Ich stand recht weit entfernt. Ich habe keine Ahnung, wer da noch dabei war."

„Sagen Ihnen die Namen Alfons Hofschmidt, Viktor Franke oder Martin Nowak etwas?"

„Habe ich nie gehört", war Heinrichs schnelle Antwort. Für die Polizisten kam die Antwort wirklich zu schnell.

„Was soll mit ihnen sein?", fragte Heinrich heuchlerisch. Er kannte sie von damals, hatte aber keinen Kontakt mehr zu ihnen.

„Sollen Kameraden von Ihnen aus dem Krieg sein", warf Oberkommissar Rückert ein.

„Die meisten sind gefallen. Ich kann mich an diese Namen nicht erinnern", log Heinrich. Er suchte verzweifelt das offene Wasser.

„Vielen Dank, Herr Wilkowsky. Falls Ihnen doch noch etwas einfällt, melden Sie sich bitte bei uns." Die drei Polizisten stiegen in ihr Auto und fuhren zurück in die Stadt.

„Nichts gesehen, nichts gehört", meinte Horst Rückert zu seinen Kollegen. „Ich hatte auch nichts anderes erwartet."

Unteroffizier Wilkowsky nahm wieder Haltung an und marschierte zurück zu seiner Baracke.

„Nichts habe ich ihnen gesagt. Und den Meineid können sie mir auch nicht nachweisen", murmelte er vor sich hin. Er sah auf seine Uhr und ging Richtung Kantine, es war Zeit für das Abendessen. Er würde sich heute ein Bier gönnen.

Mareike sucht immer noch

Mareike war mit ihren dreiundfünfzig Jahren immer noch voller Lebenslust. Sie war zwar äußerlich älter geworden, was ihr, wie sie meinte, nicht unbedingt zum Nachteil gereichte, aber innerlich fühlte sie sich wie mit vierzig. Etwas rundlicher, die Haare nicht mehr blond, sondern grau, aber durch Nachbehandlung wieder in ihre ursprüngliche Farbe gebracht, machte Mareike für die Männer nach wie vor einen ansprechenden Eindruck. Ihre Kinder waren aus dem Haus. Sie leistete sich den Luxus, eine neue Zweizimmerwohnung zu beziehen. Das eine oder andere neue Möbelstück komplettierte ihren kleinen Wohlstand. Mehr konnte sie sich nicht leisten.

Mareike war nicht gezeichnet von Flucht und Entbehrungen. Sie hatte in dieser Beziehung viel Glück gehabt. Sie hatte es nicht schwer, den einen oder anderen für eine Nacht in ihr Bett zu bekommen. Großer Überredungskunst bedurfte es dazu nicht. Aber oft, schon bevor er die Hosen heruntergelassen hatte, identifizierte sie auch ihn als das nicht gesuchte Objekt. Sie vollzogen den Akt, ob angenehm oder nicht für Mareike, sie erhob ihre „Es-reicht-Stimme" und komplimentierte ihn aus der Wohnung. Alle akzeptierten Mareikes Wunsch und verschwanden. Mit zunehmendem Alter fühlte sie sich danach aber traurig und leer.

Die Nachbarn, vor allem die Nachbarinnen, hatten begonnen, sich über diese Männerbesuche zu entrüsten. Sie hatten sich in den Jahrzehnten nach dem Krieg wieder etabliert. Frauen fanden Männer zur Familiengründung und jetzt wurde die Moral wieder hochgehalten, zum Schutz der Kinder, wurde gesagt. Die Zeiten hatten sich geändert. Eine wie Mareike führt kein anständiges Leben, sagten sie. Nur die Jugendlichen begannen aus dieser Enge auszubrechen. Zum Verdruss der Eltern zogen sie in Kommunen, hörten laute Rock-Musik und ließen ihre Haare wachsen.

Mareike bekam das alles nicht so mit. Sie war mit sich selbst zufrieden. Sie hatte sich als Sekretärin bei ihrer Firma, wie sie zu sagen pflegte, innerhalb der letzten achtzehn Jahre etabliert und war eine angesehene Mitarbeiterin. Wie zu Hause hatte sie auch hier alles im Griff. Ohne ihr Einverständnis kam niemand zum Chef an ihr vorbei. Mareike bestimmte seinen Tagesablauf. Nicht zu seinem oder zum Nachteil der Firma, wie er und sie feststellten. Mareike hatte nie versucht, ihren Chef auf ihre private Seite zu ziehen. Er war interessanterweise als Mann für sie nicht attraktiv. So führte Mareike das Familienleben ihres Chefs auch nie in eine Krise.

Auf der anderen Seite suchte Mareike weiter. Deprimiert stellte sie immer häufiger fest, dass der Mann für sie noch nicht geschaffen worden war, ein Mann, der im Privaten sie als Chef akzeptierte.

Fluchtpläne

Der Richter Thurnbrück und sein ehemaliger Kamerad der Gestapo und jetzige Staatsanwalt Lauderer trafen sich seit den letzten Ereignissen häufiger. Spätestens seit sich der Reporter Wilfried Höhnweis aufgemacht hatte, die „Vollstrecker" des ehemaligen Führers zu finden und vor Gericht zu bringen, war ihnen klargeworden, dass ihr Leben im Nachkriegsdeutschland nicht mehr so weiterlaufen würde wie bisher. Beide Freunde bekamen genau mit, was mit ihren Kameraden passierte, wenn ihnen Verbrechen nachgewiesen werden konnten. Die Zeiten hatten sich geändert. Die jungen Leute und so mancher Ältere forderten Aufklärung über das, was vor und während der Kriegsjahre passiert war. Beide glaubten auch nicht mehr an einen Erfolg des Detektivs Rudi Strecker, die Listen an sich zu bringen. Thurnbrück und Lauderer hatten nur die Wahl, sich einem Gerichtsverfahren zu stellen mit dem Ausgang, dass sie ein paar Jahre im Gefängnis verbringen und danach keine Anstellung mehr erhalten würden – oder sich mit ihren Familien nach Südamerika oder in ein anderes sicheres Land abzusetzen. Die beiden Freunde wählten die zweite Möglichkeit. Sie brauchten das nicht lange zu diskutieren.

Längere Aussprachen gab es mit ihren Familien. Beide Männer erzählten vieles, aber nicht alles, was sie während und vor den Kriegsjahren gemacht hatten. Sie vermittelten ihren Familien den Eindruck, dass sie wegen Erschießungen von Partisanen gesucht würden. Mehrere Zeugen, die sie als Verräter einstuften, gönnten ihnen nicht, dass sie heute gute Positionen hatten. Die Ehefrauen, ebenso von der damaligen Zeit geprägt, standen hinter ihren Männern. Die Kinder standen diesen Taten schon kritischer gegenüber. Allerdings hinterfragten sie die Vergangenheit ihrer Väter nicht. Es waren schließlich ihre Eltern.

Die Kinder und Ehefrauen hatten nichts zu befürchten, erklärten Lauderer und Thurnbrück. Die Ausreise sei eine Vorsichtsmaßnahme. Sie würden jetzt noch nicht von der Polizei gesucht. Für die alten Dinge, wie sie es nannten, bräuchte die Justiz noch weitere Monate oder Jahre, bis sämtliche Zeugen beieinander wären. Beide Frauen willigten sofort ein, die BRD bald zu verlassen. Allerdings: Bernd Lauderer und Sigmund Thurnbrück irrten sich in der Einschätzung der Lage gewaltig.

Die Familien planten, in den nächsten Wochen von Frankfurt aus mit dem Flugzeug nach Buenos Aires und weiter nach Asuncion in Paraguay zu fliegen. Dort wären sie sicher. Die dortige deutsche Gemeinde würde sich um sie kümmern und für sie sorgen. Den Aufbruch tarnten sie mit einem Urlaub.

Selbstjustiz

Staatsanwalt Peter Gräulich stellte einen Haftbefehl gegen Richter Thurnbrück aus, dieser sollte gleich am nächsten Morgen festgenommen werden. Frühmorgens, noch bevor Thurnbrück sein Haus verlassen hatte, klingelte Horst Rückert an der Tür. Frau Thurnbrück war sehr überrascht, die Polizei vor ihrer Tür zu sehen.

„Polizeikommissar Rückert. Ist Ihr Mann zu Hause?"

Erst zögerlich, dann entschlossen öffnete sie die Tür und ließ Polizeikommissar Rückert und zwei seiner Polizei-Kollegen ins Haus. Die Kinder kamen gerade aus der Küche, beide waren bereit, in die Schule zu gehen. Frau Thurnbrück begleitete sie zur Tür und verabschiedete sie. Sie hatte böse Vorahnungen. Thurnbrück kam die Treppe aus dem Obergeschoss hinunter. Er erfasste die Situation sofort, machte aber erst einmal gute Miene zum bösen Spiel:

„Was kann ich für Sie tun?"

„Sind Sie Sigmund Thurnbrück? Mein Name ist Oberkommissar Horst Rückert. Das sind meine Kollegen." Horst Rückert warf einen Blick ins Wohnzimmer. Er erblickte sechs Koffer, die offenbar für eine Reise gepackt waren. Einer seiner Kollegen machte ihn darauf aufmerksam, dass am oberen Ende der Treppe gepackte Umzugskartons zu sehen waren.

„Wollen Sie ausziehen, Herr Thurnbrück?"

„Darf ich Sie fragen, was Sie überhaupt hier wollen?"

„Natürlich. Wir nehmen Sie wegen des Verdachts der Tötung von Zivilisten während des Krieges fest. Hier ist der Haftbefehl, der Sie sicherlich interessiert."

„Das muss ein Irrtum sein. Wir wollen in Urlaub gehen. Die Kinder bekommen Sonderferien in der Schule."

Horst Rückert sah sich kurz um. „Das sieht eher nach einem Auszug aus. Wohin sollte es denn gehen?"

„Auf den Kofferanhängern steht Asuncion, Paraguay, Herr Rückert", warf einer der Polizisten ein.

„Dann sind wir wohl gerade rechtzeitig gekommen, bevor sich der Herr Gestapo-Mann absetzen kann. Festnehmen!", ordnete Oberkommissar Horst Rückert an. Sein Kollege wollte die Handschellen richten, als Thurnbrück ihm einen Tritt gab, die Treppe hochrannte und sich in seinem Büro einschloss. Die beiden Polizisten eilten ihm nach und klopften energisch an die Tür.

„Öffnen Sie die Tür sofort, sonst brechen wir sie auf." Von innen war nichts zu hören.

„Sigmund, bitte mach auf. Lass das! Das ist sicherlich ein Irrtum." Irmtraud Thurnbrück rannte ebenfalls nach oben. Dann knallte ein Schuss.

„Nein, Sigmund, nein!", schrie Irmtraud Thurnbrück. Die beiden Polizisten brachen die Tür zum Büro auf und fanden die blutüberströmte

Leiche. Thurnbrück hatte sich mit einer alten Wehrmachtspistole in den Kopf geschossen.

Endlich frei

Heinrich war jetzt mehr als vier Wochen Soldat in der neuen Armee der BRD. Was hier außer Uniform, Helm und Gewehr neu sein sollte, war für ihn nicht so recht ersichtlich. Er hatte in der Reichswehr, dann in der Wehrmacht, in der Zeit vor der Machtübernahme der Nationalsozialisten, während des Krieges und bei den Franzosen gedient. Und jetzt sollte er als Unteroffizier der Reserve auf mögliche Ernstfälle vorbereitet werden. Heinrich erkannte, dass mit diesen paar Mann im Ernstfall sowieso nicht viel angefangen werden konnte. Die Bundeswehr wurde noch aufgebaut, das Sagen hatten die großen Armeen der siegreichen Alliierten. Heinrich lernte, dass es bis jetzt noch keinen Friedensvertrag gab und die neu gegründete BRD von den Westmächten kontrolliert wurde. Er machte dieses Spiel, wie er es nannte, gerne mit, und bei der Truppe kannte er sich aus. Als Unteroffizier war er Gruppen- und Truppführer, und er war Ausbilder. Er durfte allen dienstlich oder fachlich unterstellten Soldaten Befehle erteilen. Das war das Richtige für ihn. Stolz marschierte Heinrich in seiner Uniform durch die Straßen. Selbst während der Freizeit schob der seinen langen Hals möglichst weit aus dem Uniformkragen, streckte sein Rückgrat und spazierte kerzengerade durch Dorf und Stadt. Mit klarer, militärisch kurz gehaltener Sprache bestellt Heinrich sein Essen oder seinen Kaffee. Ließ das Essen zu lange auf sich warten, bekam der Kellner schon mal zu hören: „Herr Ober, nun machen Sie mal mit dem Essen voran!", wobei er das „R" besonders betonte. Jeder Ober wusste, woran er war. Weibliche Bedienungen kamen meistens besser davon: „Fräulein, Sie haben mich bestimmt nicht vergessen?" In der Regel verstanden die „Fräuleins" den dringlichen Unterton und warteten nicht auf eine weitere Rüge. Gestandene weibliche Bedienungen ließ Heinrich jedoch tunlichst in Ruhe. Da war er wieder, der Respekt vor einer bestimmten Art von Frauen. Ob in Uniform oder in Zivil, Heinrich kam aus dieser Haltung nicht heraus.

Der Unteroffizier Heinrich Wilkowsky kostete gerne seine freie Zeit aus. Die Kaserne, weitab von den Geschehnissen um die gestohlenen Papiere, gab ihm ein Gefühl der Geborgenheit. Er sah Parallelen zu 1933, als die Nazis ihm an den Kragen wollten. Am Abend schlenderte er gerne zur nahe gelegenen kleinen Stadt und suchte das Vergnügen, sein Vergnügen. Heinrich sah dies als sein Recht an, da er als Soldat dem Land diente. Auf der Straße ließen sich die Damen nicht mehr ansprechen, diese Zeiten waren vorbei. Abends an der Bar aber waren sie Heinrich schon zugeneigter. Dafür sollte er schon einmal den einen oder anderen Drink spendieren. Damit hatte Heinrich allerdings ein Problem – spendabel war er noch nie gewesen.

Am Wochenende plante er einen Ausflug zum nahe gelegenen Meer. Der Morgen war kühl, der Tag versprach aber warm zu werden. Bepackt mit Handtuch, Badehose und einem Vesper marschierte er in die kleine Stadt, um den Bus an die See zu nehmen. Große Zeitungslettern an einem Kiosk sprangen ihn an: *Richter als früherer Gestapo-Mann entzieht sich durch Selbstmord dem Zugriff der Polizei.* Heinrich war alarmiert, sein Puls schoss in die Höhe. Er kaufte sich sofort die Zeitung und hätte beinahe den Bus verpasst. Der Artikel beschrieb die versuchte Festnahme und deren Hintergründe, ohne ins Detail zu gehen. Doch es konnte sich nur um Thurnbrück handeln. Der Name des Journalisten Wilfried Höhnweis, der viel zur Aufklärung beigetragen hatte, war ihm natürlich bekannt. Aber das interessierte ihn schon nicht mehr. Heinrich fühlte sich in diesem Moment überglücklich. Er war frei von der Abhängigkeit von Thurnbrück. Heinrich wollte am liebsten im Bus aufstehen und tanzen – aber ein Soldat tat das nicht. Der Unteroffizier Heinrich Wilkowsky blieb sitzen.

Er lag in der Sonne und fühlte sich wie neu geboren. Wieder einmal war alles gut gelaufen, ohne große Anstrengung. Heinrich hatte einfach nur Glück. An so einem wunderbaren Tag kann man auch mal etwas springen lassen, fand er. Gegen Nachmittag mietete er sich in ein Zimmer des kleinen Seebades ein, nicht ohne sich vorher nach dem nächsten Rotlichtviertel erkundigt zu haben. Er nahm ein für seine Verhältnisse großzügiges Abendessen aus Rotbarsch, Kartoffeln und Salat ein und machte sich auf zum kleinen Bordell des Ortes. Nicht Champagner oder kulinarischen Annehmlichkeiten waren sein Ziel, sondern eine Dame, die mit ihrem Körper das ihre zu seinem Glück beitrug.

„Dann hätten wir auch dieses hinter uns gebracht", mit diesem Gedanken fiel Heinrich in einen verdienten Schlaf.

Zwei Monate später vertauschte er seine Uniform wieder gegen Zivilkleidung und fuhr nach Hause. In den ersten Tagen erlaubte er sich, als ein glücklicher Mensch aufzutreten. Sabine glaubte schon an eine Veränderung ihres Mannes. Doch kaum wurde Heinrich bewusst, dass er somit einen Teil der Macht über seine Familie verlieren könnte, kehrte er zum Kommandieren und Kritisieren zurück. Er war wieder in seinem Element.

Drittes Buch

Freiheiten suchen

Des eintönigen Familienlebens überdrüssig, besann sich Heinrich seiner vermeintlichen Stärken. Im Spiegel sah er einen 53-jährigen noch immer gut aussehenden Mann. Er stand gerade, die Zeit hatte ihm keinen Buckel hinterlassen und seine Arm- und Brustmuskeln konnten sich sehen lassen, durch seine Arbeit im Garten war er braun gebrannt. Heinrich schloss, dass er immer noch Chancen bei den Frauen haben könnte. Beim Anblick der hübschen Krankenschwestern dachte er nur noch an das Eine.

Das Stationszimmer der Inneren Medizin benötigte ein neues Regal. Heinrich würde es bauen. Schon beim Abmessen war Heinrich mehr bei den Beinen der Schwestern als beim Regal.

„Es macht richtig Spaß, bei euch zu arbeiten", stellte er in Gegenwart einiger Schwestern fest.

„Sonst nicht?", fragte eine, die gerade ihren Kaffee trank.

„Bei uns in der Werkstatt gibt es nicht so hübsche Frauen", Heinrich blinzelte hinter seinem Zollstock hervor.

„Da gibt es ja auch nur Männer", meinte lachend eine andere.

„Ich glaube, da gibt es auch hübsche Männer." Schwester Gabriela goss sich eine Tasse Tee ein. Ihr Blick ging in Richtung Heinrich. Heinrich, noch immer nicht in seine Arbeit vertieft, lächelte zurück. Sein Blut geriet in Wallung.

„Sie sollten jetzt mal die Maße für das Regal nehmen, sonst wird das nie fertig!" Eine Schwester in kirchlicher Tracht betrat den Raum. Für Heinrich war gleich klar, dies war die Vorgesetzte der Mädels. Und vor Nonnen hatte er Respekt. Er konzentrierte sich auf seine Arbeit, und als er sämtliche Maße hatte, war er alleine im Raum. Er sah sich nach Schwester Gabriela um, konnte sie aber nicht finden und ging zurück in die Werkstatt. Unruhig blickte er immer wieder auf die Uhr und hoffte, dass die Mittagspause bald kam. Punkt zwölf Uhr hängte er seine Schürze an den Nagel, ging schnellen Schrittes in Richtung Klinik und hoffte auf ein Zusammentreffen. Schwester Gabriela stand bei einem Patienten. Aufgeregt lief Heinrich auf und ab, bis sie ihn sah.

„Brauchen Sie etwas?" Sie sah ihn verschmitzt an. Ihr blondes Haar schaute kess unter ihrer Haube hervor.

„Ich wollte Sie fragen, ob Sie am Wochenende schon etwas vorhaben?" Heinrich ging aufs Ganze.

„Das muss ich mir noch überlegen. Wie weiß ich, ob Sie noch frei sind? Wann wird das Regal denn fertig?" Schwester Gabriela wollte sich nicht gleich ergeben.

„In der übernächsten Woche", gab Heinrich schon etwas verunsichert zu. „Vielleicht brauchen Sie aber gar nicht zwei Wochen zum Überlegen?", fügte er voller Erwartung hinzu.

Schwester Gabriele nahm ihre Haube ab, strich mit einer Hand durch das Haar. „Kommen Sie morgen Mittag in den Park", meinte sie lachend und verschwand in einem Patientenzimmer.

Heinrich dachte über das nächste Wochenende nach. So ein Ausflug sollte gut geplant sein. Sicher ist sicher. Ein Grund musste gefunden werden, damit er am Wochenende unabhängig sein würde. Er erinnerte sich seines Repertoires und begann gleich mit der ersten Stufe. Kaum zu Hause angekommen, überraschte er Sabine mit der Bemerkung, dass im Haushalt wieder einmal eine große Unordnung herrsche. Sabine wusste nicht, was er meinte. Alles war wie üblich aufgeräumt und wie ihr Herr und Gebieter es erwarten konnte. Der nächste Schritt bestand im Herummäkeln am Essen. Die Kartoffeln zu matschig, das Fleisch zu sehnig, die Soße versalzen.

„Kochen hast du nie gelernt und wirst es auch nie können."

„Das Essen ist wie sonst auch. Gib mir mehr Haushaltsgeld und ich kaufe dir besseres Fleisch."

Jetzt konnte Heinrich richtig loslegen.

„Du bist eine unfähige, blöde Kuh! Sie dich einmal an, wie du aussiehst!" Damit hatte Heinrich sie nun wirklich getroffen, doch sie wehrte
sich.

„Was fällt dir eigentlich ein, hier in Gegenwart deines Sohnes so her-
umzubrüllen!"

„Ich sage es, wie ich es will. Du benimmst dich mir gegenüber unmöglich. Ich bringe hier das Geld nach Hause, das du verschleuderst!"

Ohne auf Antwort zu warten, stand Heinrich vom Tisch auf, warf den
Stuhl um, verschwand ins Wohnzimmer und schloss die Tür ab. Wolfgang begann laut zu schreien. Sabine nahm ihn in den Arm und tröstete
ihn. Sie hätte selber heulen können.

Nach einer Stunde kam Heinrich zurück, sein Gesicht zu einer Gri-
masse verzerrt, und brüllte: „Ich werde ab jetzt dort schlafen. Am Wochenende gehe ich alleine aus. Lass dir nur nicht einfallen, hier reinzu-
kommen. Dann gibt es Prügel!"

Sabine wusste nicht, wie ihr geschah. Der Schrecken war ihr ins Gesicht geschrieben. Schlimmer noch, die Nachbarn hatten sicherlich alles
mitbekommen. Wie stand sie jetzt nur da?

Die Vorbereitung für das Wochenende war damit abgeschlossen. Er
hatte sich Freiraum geschaffen. Schwester Gabriela, fünfzehn Jahre jünger als er, versprach sich einiges von dem Treffen. Sie hatte den Ehering
an Heinrichs Finger zwar gesehen, war aber trotzdem schnell damit ein-
verstanden, sich am Samstag etwas außerhalb der Stadt zu einem Spaziergang zu treffen. Vielleicht würde sie diesen gut aussehenden Mann
bekommen? Für immer?

Heinrich verließ am Samstag, ausgestattet mit Hut, Mantel und Kra-
watte, ohne Gruß die Wohnung und das Haus. Auf Fragen von Sabine
nach dem Wohin und Wann-zurück gab er keine Antwort. Er fuhr mit
der Straßenbahn an das Ende der Stadt, lief zu dem verabredeten Ort und

sah Gabriela. Schön sieht sie aus, dachte er. Eine gute Figur und gut gekleidet. Dieses Kleid mit den großen roten Blumen wirkt wunderbar.

„Guten Tag, Schwester Gabriela. Ich freue mich, dass Sie gekommen sind."

Schwester Gabriela sagte nicht viel. Sie lächelte nur.

„Und das Wetter spielt auch mit", vervollständigte Heinrich die Situationsbeschreibung. „Wunderbar sehen Sie aus in diesem Kleid." Gabriela schmolz dahin.

„Wollen wir ein wenig laufen? Vielleicht immer in Richtung des Tales. Dort gibt es eine Bushaltestelle." Heinrich hatte gut geplant.

So liefen sie langsam den Weg entlang, tauschten die üblichen Informationen über Beruf und Herkunft aus und Heinrich konnte den einen oder anderen Schwank aus seinem Leben erzählen. Erzählen konnte er gut. Dabei setzte er eine beinahe erotisch wirkende, sonore Stimme ein. Um die Wirkung war er sich bewusst. Gabriela mochte seine Erzählungen, konnte sich aber die eine Frage nicht verkneifen:

„Sie sind verheiratet?"

Heinrich war auf diese Frage vorbereitet. „Ja, aber nicht glücklich. Meine Frau macht immer, was sie will", log er. Seine Selbstdarstellung als Opfer kam bei Gabriela gut an. Sie machte sich Hoffnung. Sie war jünger als Heinrich, der Mangel an Männern machte ihr offenbar zu schaffen. Glaubte sie wirklich, dass sie Heinrich so schnell von seiner Familie loseisen könnte? Wolfgang blieb unerwähnt.

„Da vorne ist ein kleines Café. Darf ich Sie einladen?"

Für Gabriela schien Heinrich sehr zuvorkommend. Sie genoss seine Gesellschaft. Sie konnten sich gut miteinander unterhalten. Er wäre nicht Heinrich, würde er jetzt nicht den nächsten Schritt wagen.

„Ich habe mich sofort in Sie verliebt. Sie sehen sehr gut aus und haben eine nette Art." Der Pfeil saß. Gabriela spürte ihr Herz pochen. Sie holte tief Luft und hauchte:

„Ich finde Sie auch sehr nett ..."

Gegen Abend fuhren sie in Richtung Stadt. Heinrichs Hoffnung auf ein paar weitere Stunden mit Gabriela in ihrer Wohnung zerplatzte allerdings vor ihrer Haustüre. Gabriela wollte noch warten.

„Kann ich Sie dann morgen wiedersehen?" Die Frage überraschte sie und machte sie gleichzeitig hoffnungsvoll. Hatte Heinrich es mit seiner Familie tatsächlich nicht mehr so sehr?

„Ich backe einen Kuchen. Sie können gegen vier Uhr kommen." Gabriela drehte den Haustürschlüssel um, öffnete die Tür und verschwand im Hausgang. Heinrich, leicht verletzt, trotzdem hoffnungsvoll, marschierte, den Sieg noch nicht vollkommen in der Tasche, nach Hause.

Dort angekommen, öffnete Heinrich die Kategorie „Noch verärgert sein und schlechte Laune haben." Seiner Meinung nach war das auch berechtigt, denn er war bei Gabriele nicht zum Ziel gekommen, auch wenn das mit seiner Frau Sabine nichts zu tun hatte. Mürrisch betrat er die Wohnung, erwiderte nicht ihren Gruß und verschwand im Wohnzimmer.

„Ich habe Bratkartoffeln mit Sülze gemacht. Eines deiner Lieblingsgerichte. Möchtest du nicht in die Küche kommen?"

„Iss deinen Fraß alleine. Ich habe schon gegessen." Damit war für Heinrich die Unterhaltung beendet. Seinen Sohn hatte er nicht einmal begrüßt.

Sabine wartete am Sonntagmorgen voller Hoffnung, dass Heinrich mit besserer Laune aus dem Wohnzimmer kommen würde. Sie hatte ein Kleid angezogen, das er gerne mochte, und hatte ihre Haare in Form gelegt. Als er sich zeigte, stieß er sie beiseite und ging ins Badezimmer. Danach schmierte er sich wortlos zwei Brote in der Küche, packte sie in Butterbrotpapier und verließ mit seinem Rad das Haus in Richtung Garten. Endlich hat sie kapiert, dass sie mich in Ruhe lassen soll, dachte er. Sabine hatte sich nur gewundert, dass er nicht seine Gartensachen anhatte. Noch nie war er mit Anzug, Mantel und Hut zu seinem Garten unterwegs gewesen.

Heinrich verbrachte eine unruhige Zeit im Garten. Er überbrückte sie mit Gießen und Heckenschneiden und legte sich in Erwartung des Kommenden zur Ruhe. Rechtzeitig nahm er sein Rad und fuhr zu Gabriela. Wie es sich für einen gut erzogenen Mann gehört, nahm er ein paar frische Blumen mit – natürlich aus seinem Garten. Die schönsten, die er finden konnte.

Pünktlich um vier Uhr klingelte er. Sekunden später sprang die Haustür auf und Heinrich erklomm mit schnellen Schritten das Treppenhaus. Im dritten Stock stand Gabriela lächelnd vor der Wohnungstür. Ein Duft von frisch gebackenem Kuchen wehte ihm entgegen. Heinrich, nicht zögerlich, schob erst die Blumen voraus und umarmte dann Gabriela. Verblüfft trat sie zur Seite.

„Sie sind ja ein ganz Stürmischer. Aber danke für die tollen Blumen. Wo haben Sie die denn her?" Gabriela freute sich offensichtlich.

„Ich habe einen Schrebergarten. Ich liebe Blumen – vom Frühling bis zum Herbst blühen immer welche."

„Das ist ein toller bunter Strauß."

„… und es riecht gut nach frischem Kuchen!"

„Der Kaffee ist schon fertig. Wollen Sie sich setzen?"

Heinrich schritt langsam in Richtung Wohnzimmer. Er entdeckte eine Tür zum Bad und eine zum Schlafzimmer. Das Wohnzimmer war schön eingerichtet. Gabriela hatte einen guten Geschmack, stellte er fest.

„Sind Sie gestern Abend gut nach Hause gekommen?" Mehr wollte Gabriela nicht fragen.

„Ja, gut. Geschlafen habe ich nicht viel. Ich musste die ganze Zeit an Sie denken ..." Heinrich wusste, dass solche Worte gut ankamen.

Sie kamen gut an. Heinrich genoss den Kuchen und den Kaffee und ließ seine Augen nicht von Gabriela. Er gab seine Geschichten zum Besten. Gabriela räumte das Geschirr ab, Heinrich setzte sich auf das Sofa und hoffte, dass sie es ihm gleichtat. Gabriela erschien mit zwei Gläsern Wein. Sie tranken, erzählten weiter aus ihrem Leben und Heinrich wagte den nächsten Schritt: Er legte seinen Arm um sie. Gabriela stellte ihr Glas zur Seite, drehte ihren Kopf und Heinrich war wieder einen Schritt weiter. Er küsste sie inniglich. Die Zungen spielten miteinander, Heinrich wagte, seine Hände in Richtung Rock zu bewegen, und ohne Gegenwehr war ihr beider Ziel das Schlafzimmer. Heinrich liebte wie schon lange nicht mehr. Alles Neue ist aufregender als das Alte. Das Paar genoss den Nachmittag. Zur Vermeidung von möglichen Unterhaltszahlungen hatte Heinrich die kleine Ausgabe für Präservative nicht gescheut. Gabriela konnte ein Lachen nicht unterdrücken.

Spät am Abend verabschiedeten sie sich. Gabriela, sichtlich verliebt, gab ihm noch einen langen Kuss. Heinrich machte sich befriedigt auf den Heimweg. Da es nicht sicher war, wie lange er bei Gabriela noch willkommen sein würde, beließ er es erst einmal bei seiner schlechten Laune zu Hause und nistete sich für die nächsten Wochen im Wohnzimmer ein.

Nichtwissen

Wieso hatte Heinrich diesem Treffen zugestimmt? Er hatte nichts mehr zu dem Fall Thurnbrück sagen wollen, geschweige daran denken. Es gab dazu nichts Neues zu erzählen. Wie vieles in seinem Leben, das für ihn erledigt war oder sich erledigt hatte, strich er diese Angelegenheit aus seinem Gedächtnis. Es durfte in seinem Leben keine Rolle mehr spielen. Er belastete sich nicht damit. Ging er mit seinen beendeten Affären genauso um? Ihn interessierten nicht die persönlichen Schicksale, die Tränen, die Wut der anderen. Das war deren Angelegenheit.

War es Neugierde, die ihn zu diesem Treffen trieb? Er war sich bewusst, dass noch viele der ehemaligen einflussreichen Persönlichkeiten lebten und wieder einen einflussreichen Posten hatten. Heinrich respektierte sie. „Warum habe ich nur zugesagt?", fragte er sich immer wieder, als der Termin immer näher kam.

Der Reporter Wilfried Höhnweis blieb Heinrich auf den Fersen. Er hatte seine Story für die Zeitung, wollte aber, als Surplus, die noch heute existierenden Verquickungen der Alten Garden, wie er sie nannte, beweisen. Heinrich war für ihn ein typisches Exemplar dieser Leute, die sich gegenseitig stützten. Wilfried suchte das Warum. Er hatte nur Vermutungen, keine Beweise. Niemand redete freiwillig über diese Kriegsjahre. „Lassen Sie mich in Ruhe, ich weiß nichts, ich war nicht dabei", waren die typischen Antworten. Nur Heinrich war einmal aus seinem Versteck gekommen und hatte offensichtlich eine Falschaussage gemacht. Wilfried wollte ihn zum Reden bringen.

„Was wollen Sie von mir?" Heinrich saß nervös an einem kleinen Tisch im Kaffeehaus. Nur einen Schluck von dem Kaffee hatte er getrunken. Er schmeckte hervorragend. So einen Kaffee konnte er sich privat nicht leisten, oder wollte nicht.

„Nach dem Tod von Thurnbrück werden jetzt einige Kriegsverbrecherprozesse vorbereitet. Ich schreibe einen Artikel über diesen Fall."

„Ich habe dazu gar nichts zu sagen", erklärte Heinrich. „Ich weiß auch nichts über diese Leute."

„Waren Sie bei Erschießungen dabei?" Wilfried wurde jetzt sehr präzise in seiner Frage.

„Ich habe so etwas nie gesehen", behauptete Heinrich.

„Sie hatten in einer Anklage gegen Thurnbrück schon 1949 ihm ein Alibi verschafft, das offensichtlich falsch war. Warum haben Sie das getan?"

Heinrich hatte mit dieser Frage gerechnet. Er hatte hin und herüberlegt, was er darauf sagen sollte. Wieder fragte er sich, was er hier eigentlich gerade machte. Falls sein Name in der Zeitung auftauchte oder er noch einmal aussagen würde, hätte er einen Prozess wegen Meineids am Hals. Er könnte vielleicht sagen, dass er damals zu der Aussage gezwungen wurde.

„Ich stehe zu meiner Aussage von damals und damit werde ich auch keine Fragen mehr beantworten."

„Wo waren Sie, als Thurnbrück verhaftet werden sollte? Die Thurnbrücks wollten ins Ausland fliehen. Warum? Haben Sie Thurnbrück die Information über eine kommende Verhaftung gegeben?"

„Soll das ein Verhör sein? Sind Sie von der Polizei?"

„Nein, das ist kein Verhör. Ich würde gerne erfahren, was wirklich passiert ist. Was hat sich in Russland abgespielt?"

„Das wird Ihnen niemand erzählen, weil alle froh sind, dass es vorbei ist."

„Was ist vorbei?"

„Der Krieg natürlich. Meinen Sie, ich denke tagtäglich daran? Ich bin froh, überlebt zu haben. Von irgendwelchen Erschießungen habe ich nichts mitbekommen. Ich habe Herrn Thurnbrück seit dem Krieg nicht mehr gesehen. Also Schluss damit. Ich werde jetzt gehen!"

Heinrich stand entschlossen auf, nahm seinen Mantel und verließ das Café. Warum hatte er sich auf diese Fragerei überhaupt eingelassen? Er fand die Antwort darauf nicht. Er wollte fliehen. Niemand sollte ihn finden. Wie immer in solchen Situationen, suchte sich Heinrich einen Ausweg und fand ihn. Er wollte sich wieder einmal absetzen, bis sich die Situation beruhigt hätte. Darin war Heinrich ein Meister.

Auf dem Heimweg von diesem „Interview" traf Heinrich einmal mehr eine seiner einsamen Entscheidungen. Es war geboten unterzutauchen, bis dieser Prozess vorbei war und dieser Reporter seine Geschichte fertig hatte. Thurnbrück konnte ihm dabei nicht mehr helfen. Heinrich war auf sich selber gestellt, der Fisch musste selber die offenen Gewässer suchen. Er hatte einen Plan. Die einzige Person, die er einweihen, nein, instruieren wollte, war Sabine.

„Ich verstehe nicht, warum du für eine gewisse Zeit wegmusst." Sabine saß heulend am Küchentisch.

„Ich sage es dir noch einmal: Es gibt einen Reporter, der mich jagt und etwas über die Kriegszeit von mir herausbekommen will."

„Aber du hast doch nichts Schlimmes getan! Das hast du mir immer gesagt."

„Habe ich auch nicht. Aber andere. Und über die will ich nicht reden. Nicht mit dir, nicht mit der Zeitung, mit niemandem. Auch nicht vor einem Gericht."

„Wieso Gericht?" Sabine war erstaunt über diese Bemerkung.

„Es sind Leute angeklagt und ich soll da aussagen", log Heinrich. Als Zeuge war Heinrich noch von keinem Gericht geladen worden. Das könnte aber so kommen, wusste er.

„Und warum willst du nicht aussagen?"

„Das verstehst du nicht! Ich werde in den nächsten Tagen meine Tätigkeit als Schreiner kündigen. Ich habe eine neue Stelle, die ich antreten werde, sobald diese Geschichte vorbei ist. Ich werde dir nicht sagen, wo ich jetzt hingehe. Der Reporter oder jemand anderes könnten dich ausfragen. Ich verbiete dir, mit irgendjemandem über mich zu reden. Hast du das verstanden? Auch nicht mit den Nachbarn, deinen Eltern, unserem Sohn. Sage, ich wäre verreist. Das letzte Mal hast du dich verplappert."

„Da stand die Polizei vor der Tür", verteidigte sich Sabine.

Sie saß ängstlich und zitternd auf ihrem Stuhl. Tränen rannen ihr über das Gesicht. „Ich sage nichts. Und wie lange wirst du fortbleiben?"

„Sobald der Prozess zu Ende ist, komme ich zurück. Das kann in vier Wochen oder in drei Monaten sein."

„Und wovon leben wir? Wir haben überhaupt kein Geld gespart!"

„Ich lasse dir Geld hier und schicke dir welches." Sein Pflichtgefühl befahl ihm, seine Familie zu versorgen.

„Ich werde Arbeit suchen. Hier und da. Hast du alles verstanden?"

Ergeben nickte Sabine. Sie konnte kaum noch richtig denken. Sie hatte Angst. Nicht um Heinrich, sondern vor dem Unbekannten.

Heinrich verblüffte seinen Chef in der Krankenhausschreinerei mit seiner sofortigen Kündigung. Er erzählte ihm eine Geschichte, dass er nach dem Tod eines Bruders dringend auf dessen Bauernhof gebraucht wurde, und ließ sich sein Gehalt auszahlen.

Zwei Koffer waren schnell gepackt. Sabine brachte ihm die Wäsche, legte die Hemden zusammen. Heinrich wollte so weit wie möglich weg. Untertauchen. Irgendwo an der Küste Arbeit suchen dort, wo Tagelöhner anzutreffen waren. Im Hafen Schiffe ein- und ausladen, vielleicht auf einem Kutter mitfahren. Heinrich dachte auch: Freiheit! Er hoffte, dass dieser Reporter ihn nicht verfolgen würde. Ohne großes Aufsehen brachte er in der Nacht erst einen Koffer ins Schließfach am Bahnhof, später den anderen. An einem frühen Morgen, noch bei Dunkelheit, nahm Heinrich den Mantel, verabschiedete sich von Sabine, Wolfgang schlief noch, und fuhr mit der ersten Straßenbahn zum Bahnhof. Sein Zug war einer der ersten am Morgen. Da war es wieder, dieses Gefühl von Freiheit, als der Zug mit aufgehender Sonne in Richtung Norden fuhr. Zufrieden biss er in sein Butterbrot.

Es war schon dunkel, als er mit dem Bus in dem kleinen Fischerort an der Küste ankam. Es war anders als in Königsberg, aber er roch die See. Er war hungrig und durstig und der erste Weg führte ihn in eine nahe gelegene Kneipe. Es war nicht das Bier, das ihm jetzt wichtig war, das er aber trotzdem genoss, sondern die Information, wo eine billige Unterkunft zu bekommen wäre. Im letzten Haus der Straße würde hin und wieder ein Zimmer vermietet. Für wenig Geld mietete er sich dort als Alfred Brehmer ein.

Heinrich suchte und fand seine wenn auch zeitlich begrenzte Freiheit. Er war es gewohnt, bei der Arbeit kräftig anzupacken. Irgendjemand hatte ihm einmal gesagt, dass kräftiges Zupacken einen muskulösen Körper bildet. Darauf war Heinrich stolz. Auf einem Fischkutter heuerte er an. Morgens um fünf Uhr fuhren sie los und waren jeweils drei bis fünf Tage auf dem Meer. Wenn er wieder an Land war, ließ Heinrich es sich erst einmal gut gehen und entspannte sich, um für die Mädels des Dorfes am Abend frisch zu sein. Schnell war eine gefunden. Seine Familie zu Hause hatte er schnell vergessen. Für die Tarnung war das auch wichtig, sagte er sich. Der schöne Heinrich alias Alfred Brehmer fand sein Leben in der Anonymität weder anstrengend noch langweilig. In unregelmäßigen Abständen schickte er Geld an Sabine und Wolfgang, ohne Angabe des Absenders.

Mareike macht Urlaub

An das Meer wollte sie immer schon einmal – sie war noch nie dort gewesen. Bilder von einem stürmischen oder ruhigen, mit Schiffen befahrenen Meer hatten sich ihr eingeprägt. Ob Fotos oder Gemälde, Mareike war immer wieder fasziniert von der See. Selbst während ihrer Jugend in Königsberg hatte sie das Meer niemals gesehen. Ihr erster Urlaub nach vielen Jahren hatte daher nur ein Ziel: das Meer.

Sie fuhr für zwei Wochen an die Nordsee. Möglich war dies, weil sie inzwischen mehr Geld verdiente und die Kinder nicht mehr so viel Unterstützung benötigten. Mit neuen Kleidern, wenn auch nicht gerade aus dem teuersten Laden, aber ansprechend, nahm Mareike den Zug gen Norden. Das letzte Stück bis in den kleinen Fischerort brachte sie ein Bus. Gespannt erwartete sie die Ankunft. Aber noch ließen sie die Häuser nicht das Meer erblicken. Mareike nahm ihren Koffer und begab sich zum Hafen, dem nächsten Ort, von dem aus das Meer zu sehen war. Mareike stellte den Koffer ab und betrachtete es. Glückseligkeit erfüllte sie.

Die beginnende Dunkelheit erinnerte sie daran, sich auf den Weg in die Pension zu machen. Kein langes Suchen – einmal gefragt und sie fand den Weg in das Häuschen. Nur eine Düne trennte sie vom Meer. Mareike stellte den Koffer vor der Tür ab und lief den kleinen Pfad um das Haus auf die Düne. Etwas enttäuscht stellte sie fest, dass das Wasser sich einige Hundert Meter weit entfernt hatte. Nur ein nasser grauer Schlick zeigte an, wo sich das Meer normalerweise befand.

„Wir haben gerade Ebbe. In vier Stunden ist das Wasser zurück. Sie werden es morgen sehen", erklärte die Wirtin mit ihrem unverkennbaren friesischen Dialekt.

Mareike wandte sich um und erblickte die Vermieterin. Mareike erinnerte sich an das Foto im Prospekt.

„Kommen Sie doch erst einmal herein und schauen sich Ihr Zimmer an." Die Wirtin lief schon einmal voraus. Mareike folgte ihr.

„Es ist wunderschön hier. Ich habe das Meer noch nie gesehen!" Mareike trug ihren Koffer in das Haus.

„Das haben Sie schon geschrieben. Ich hoffe, Sie fühlen sich hier wohl. Möchten Sie eine Tasse Tee?" Mareike erinnerte sich, dass in Friesland oft Tee getrunken wurde. Sie nahm dankend an und ging mit ihrem Koffer die Treppe zu ihrem Zimmer hinauf. Sie war angekommen.

Der nächste Morgen, ein Sonntag mit Sonnenschein, hätte nicht schöner sein können. Das Licht weckte Mareike schon recht früh und verleitete sie, sich anzuziehen und auf die Düne zu laufen. Ein kühler Wind ließ sie frösteln, doch beim Anblick des Meeres und der Wellen überkam sie ein Glücksgefühl. Mareike stand dort eine Weile, bis ihr einfiel, dass in der Pension ein Frühstück auf sie wartete.

„Guten Morgen! Haben Sie gut geschlafen?"

„Ausgezeichnet. Und der Anblick heute Morgen war grandios."

„Frühstücken Sie erst einmal. Wissen Sie schon, was Sie heute unternehmen werden?", fragte die Wirtin.

„Ans Meer gehen, an den Strand."

„Das Wetter wird heute gut. Etwas kühl", erklärte die Wirtin. Mareike war mit ihren Gedanken schon weit weg.

Mareike ging es nicht schnell genug. Ausgerüstet mit Liegetuch und Badeanzug lief sie schnell zum Strand. Sie konnte es nicht erwarten, nahe am Wasser im Sand zu liegen. Erst dort merkte sie, dass sie weder ein Buch noch etwas zu essen mitgenommen hatte. Aber das war jetzt nicht wichtig.

Am frühen Mittag trieb sie der Hunger in den kleinen Ort. Sie studierte eine Speisekarte, lief in Richtung eines zweiten Gasthauses, als sie eine Person auf einer Bank erblickte, die ihr bekannt vorkam. Mareike wollte nicht auffallen, blickte zurück zum Gasthaus und wieder in Richtung der Bank. Hatte dieser Mann nicht eine gewisse Ähnlichkeit mit Heinrich Wilkowsky? Dieser Mann, der immer so viele Anweisungen gab? Sollte sie ihn ansprechen?

Heinrich hatte Mareike ebenfalls gesehen. Er war sich nicht sicher, ob sie es war. Sie war attraktiv für ihr Alter, stellte er fest. Er wäre nicht Heinrich, wenn er das nicht festgestellt hätte. Die Erinnerung an diese Frau ließ ihn erst einmal zögern. Sie war weder leicht zu erobern gewesen noch ließ sie sich etwas sagen, erinnerte er sich. Doch seine Neugier siegte. Heinrich stand auf und ging auf sie zu. Auf seine unverwechselbare Art sprach er sie an:

„Guten Tag, schöne Dame. Kennen wir uns nicht?"

Mareike war perplex ob dieser offenen Ansprache, und sie erkannte, dass dies nur Heinrich sein konnte.

„Heinrich, was machst du denn hier? Dich habe ich als Allerletzten hier erwartet!"

„Mareike! Wir haben uns schon seit Ewigkeiten nicht mehr gesehen!"

„Du bist das letzte Mal ganz schnell abgehauen, als ich dir klar machte, dass ein Leben mit mir nur mit Arbeitsteilung geht", antwortete sie in ihrer typischen Art – um zu sagen, dass das von ihrer Seite auch kein zweites Mal sein musste.

„Was treibst du hier in dem verlassenen Ort an der Küste? Du bist doch nicht wegen einer Frau hier?"

„Ich brauchte einfach nur einmal frische Luft und versuche, mich mit einfachen Arbeiten über die Runden zu bringen", log Heinrich.

Wenn der Heinrich frische Luft braucht, heißt das wohl, dass er sich einmal austoben muss, dachte Mareike.

„Und was treibst du hier? Du wohnst doch nicht hier?" Heinrich schaute sie von der Seite her an. Er wurde neugierig. Diese Frau hatte schon etwas Besonderes. Er erinnerte sich an die beiden Tage vor einigen Jahren. Wegen ihrer Forderungen und ihrer Gören war er schnell gegangen.

„Ich mache hier Urlaub. Zum ersten Mal in meinem Leben. Und ich sehe zum ersten Mal das Meer."

„Bist du alleine?" Er wartete ihre Antwort erst gar nicht ab. „Wir können gemeinsam etwas unternehmen." Heinrich war in seinem Element. Auch wenn diese Frau ein gewisses Risiko bedeutete, warum sollte er sich nicht auf ein neues Abenteuer mit ihr einlassen? In den letzten vier Wochen hatte er nicht viel Erfolg gehabt.

„Mal sehen", antwortete Mareike. „Es ist mein erster Tag hier. Und es gibt zu viele Eindrücke, die ich erst einmal verarbeiten muss", meinte sie. „Wo wohnst du?"

„Ich wohne im letzten Haus an dieser Straße. Und tagsüber triffst du mich am Hafen, wenn wir nicht gerade auf See sind. Ich fahre auf der Helmine II."

„Ich melde mich. Jetzt brauche ich erst einmal ein Mittagessen." Mareike suchte Abstand zu Heinrich.

„Kann ich dir etwas empfehlen? Ich kenne die Wirtin hier und bestelle einen Tisch?", versuchte Heinrich noch einmal sein Glück.

„Nein danke. Ich melde mich. Bis demnächst ..." Sie drehte sich um und ging. Mareike war froh, wieder alleine zu sein. Sie wollte den Urlaub hier genießen und nicht schon wieder in alte Geschichten rutschen, wie sie es bei sich nannte. Der Heinrich ist kein langweiliger Mensch, dachte sie. Aber auch keiner, mit dem man länger zusammen sein kann. Nun, darüber werde ich nachdenken.

Mareike rutschte mit hoher Geschwindigkeit in die alte Geschichte. Schon am nächsten Tag schlenderte sie zum Hafen und sah Heinrich bei der Arbeit auf dem Kutter. Er sah sie auch sofort und winkte. Mareike setzte sich auf die Hafenmauer und schaute ihm zu.

„Um vier Uhr bin ich hier fertig", rief Heinrich. Und Mareike holte Heinrich an der „Helmine II" ab, begleitete ihn in sein Zimmer und verbrachte den Rest des Tages mit ihm im Bett.

„Bist du verheiratet?", wollte Mareike wissen und besah sich seinen Ringfinger, der auch noch nach Wochen die helle Zeichnung eines Ringes trug.

„Ja", Heinrich konnte nicht lügen. Und nach einer längeren Pause: „Aber das läuft nicht mehr so gut ..." Das war geschwindelt. Er hatte zu Hause eine für ihn beinahe perfekte Umgebung mit Sabine und Wolfgang geschaffen.

„Und deshalb benötigst du eine Pause. Aber gleich über viele Wochen und dann auch noch hier auf Arbeit? Haben sie dir zu Hause gekündigt?"

„Hm, das ist ziemlich kompliziert", begann Heinrich stotternd. „Ich gehe auch irgendwann zurück und arbeite dann wieder."

Mareike merkte, dass da etwas nicht stimmte. Sie wurde neugierig.

„Hast du etwas ausgefressen und bist deswegen abgehauen?"

„Ich nicht, sondern jemand anderes. Und damit ich nicht vor Gericht erscheinen muss, bin ich hier." Heinrich war diese Fragerei von Mareike zu viel.

„Aha", sagte Mareike und beschloss, es dabei zu belassen und jetzt nicht weiter zu fragen. „Ziemlich klein, dein Zimmer. Aber irgendwie gemütlich." Sie schaute sich um. Für sie war es zu spartanisch. Zu Heinrich passte es, dachte sie.

Mareike erholte sich untertags, wanderte am Strand entlang, machte Wattwanderungen oder las bei schlechtem Wetter in ihrem gemütlichen

Zimmer. War die „Helmine II" im Hafen, holte sie Heinrich ab und verbrachte den Abend mit ihm. So kam sie auch noch zu einem weiteren Vergnügen.

Auch wenn sich Heinrich nicht vorstellen konnte, mit einer dominanten Frau wie Mareike zusammenzuleben, zog er sie dennoch ins Vertrauen. Heinrich erzählte jeden Abend mehr aus seinem Leben und von seinen Erlebnissen. Es war wie beim ersten Mal 1933 in Königsberg. Mareike hakte nach, Heinrich erzählte nicht nur die halbe oder ein Viertel der Wahrheit, sondern alles. Und so kam für Mareike eine Geschichte zusammen.

„Heinrich, du bist wie eine Fischhaut. Man kann dich nicht fassen. Immer, wenn es darauf ankommt, bist du weg. Oder du bringst dich rechtzeitig in Sicherheit", stellte Mareike fest.

Heinrich nahm diese Worte als Lob. Er war am Wasser aufgewachsen und liebte die Fische, ihre Schnelligkeit und Wendigkeit. Mareike wurde sich bewusst, dass sie nicht mit diesem Fisch leben wollte, so schön sie Fische auch fand. Kurz hatte sie mit dem Gedanken gespielt, Heinrich zu domestizieren, zumindest es zu versuchen. Viel hätte sie dafür aufgeben müssen.

Ich werde es ihm nicht erzählen. Er soll nicht wissen, dass Marie-Louise seine Tochter ist, entschied Mareike. Auch sie soll es nicht erfahren. Marie-Louises Vater ist im Krieg gefallen, habe ich ihr immer erzählt. Dabei soll es bleiben.

Und Heinrich war froh, nicht vor eine unangenehme Alternative gestellt zu werden. Seine Familie hatte er schon geformt. Mareike würde er nicht formen können.

Heinrich suchte in der Zeitung regelmäßig nach dem Stand des Prozesses. Nervös blätterte er, ob über seine frühere Aussage zugunsten von Thurnbrück berichtet wurde. Doch offensichtlich interessierte sich niemand dafür. Ein Glück für Heinrich. Viktor und Martin machten ihre Aussagen. Der Prozess zog sich drei Monate hin und endete damit, dass

Bernd Lauderer und einige andere zu Haftstrafen verurteilt wurden. Heinrich war nicht als Zeuge geladen worden. Die ganze Geschichte hatte der Reporter Wilfried Höhnweis in einem langen Artikel zusammengefasst. Heinrich war froh, dass sein Anteil darin nicht vorkam. Für ihn waren die drei Monate eine schöne Zeit in der Anonymität gewesen.

Ein neuer Abschnitt

Für Heinrich begann ein neuer Lebensabschnitt. Er ging auf eine Schule, er lernte Retten und Verbinden, Feuerlöschen und Einsätze organisieren. Für einen Außenstehenden war es beinahe besorgniserregend, mit welcher Vehemenz Heinrich bei der Sache war. Dabei halfen ihm die Jahre als Soldat. Heinrich hatte ein Ziel. Er zeigte Disziplin. Er verstand, wie Befehle entgegengenommen wurden und weiterzuleiten waren. Er ordnete an und stellte die Retter in Reih und Glied. Die das bislang nicht gelernt hatten, bei Heinrich Wilkowsky beherrschten sie es bald. Heinrich durfte jetzt retten und helfen. Nur war diese Kehrtwende für einen Außenstehenden schwer zu verstehen. War sie eine Folge des Krieges? Wohl kaum. Denn Heinrich war sofort nach dem Krieg wieder Soldat geworden. War es eine Art Rache, dass man ihn nicht mehr bei der Armee haben wollte? Oder war es Pragmatismus, der ihm nahelegte, etwas zu tun, was eine gewisse Ähnlichkeit mit seiner alten Arbeit hatte?

Heinrich bildete fortan aus. Ob neue Retter oder über den Umgang mit dem Fallout nach dem Abwurf einer Atombombe (Aktentasche zum Schutz über den Kopf) oder im Umgang mit der Bevorratung von Nahrungsmitteln: Er belehrte alle. Er war auch ein glänzendes Vorbild und lagerte in seinen Keller Dosen-Brot und Corned Beef, Milchpulver, Kartoffelpüree und anderes – bis unter die Decke. Jeder konnte sehen, mit wie viel Freude und Geschick er Helfer für Katastrophenfälle ausbildete.

Heinrich erkannte, dass die neue Zeit in großen Schritten an ihm vorbeigerast war. Wenn er sich bislang geweigert hatte, neue Techniken zu akzeptieren, so war seine Kehrtwendung auch in dieser Richtung beinahe besorgniserregend. Mit Volldampf unterstützte er den Vermieter beim Austausch der alten Kohleöfen gegen moderne Gasheizungen. Gasleitungen wurden in den Zimmern verlegt. Die Ausbesserungsarbeiten leitete Heinrich persönlich und er renovierte gleich die gesamte Wohnung mit. Als Nächstes ersetzte er das alte Dampfradio durch eine moderne Musiktruhe mit Radio und Plattenspieler. Dazu erstand er eine Schallplatte mit Heimatliedern aus Ostpreußen. Wer andere Platten hören wollte, sollte sie sich gefälligst selber kaufen. Eine Erlaubnis zum Abspielen bestand allerdings nur während seiner Abwesenheit. Einmal lief noch eine Schallplatte von Sabine mit Opernmelodien, als Heinrich nach Hause kam.

„Sind das die Arien von der toten Sau?", war sein Kommentar. „Mach das gefälligst aus, sonst schmeiß ich die Platte in den Müll." Moderne Zeiten hin oder her. Für Heinrich endeten die modernen Zeiten in seinem Verständnis vom Zusammenleben in der Familie.

Der konnte einem wirklich jede Freude vermiesen! Sabine zeigte ihre Enttäuschung über Heinrich aber nicht mehr offen.

Die moderne Technik inspirierte Heinrich. Kofferradios wurden bald in Massen produziert mit dem Ergebnis, dass sie für den einfachen Angestellten erschwinglich wurden. Es dauerte nicht lange und solch ein Gerät beglückte Heinrich und die Nachbargärtner, sobald Heinrich den späteren Nachmittag oder das Wochenende im Garten verbrachte. Es vergingen allerdings noch einige Jahre, bis er seiner Familie erlaubte, die Abende mit ihm vor einem Fernsehapparat zu verbringen. Spät, als letzter Mieter im Haus, erwarb Heinrich ein solches Gerät. Heinrich zeigte Fingerspitzengefühl beim Einstellen der Zimmerantenne. Den Vorteil einer Außenantenne, montiert am Balkon, erkannte Heinrich erst später. So zeigte sich in den ersten Monaten das Bild im Fernsehen mit Schneegeriesel überdeckt. Bei Kommentaren seitens Sabine zu der einen oder anderen Sendung war sein Fingerspitzengefühl wieder zu Ende. Sabine solle gefälligst den Mund halten.

Heinrich konnte sich noch mehr steigern. Eines Tages fuhr er mit einem Auto vor – zwar klein, aber immerhin etwas größer als ein Goggomobil. Heinrich war stolz auf sich. Der gerade Rücken wurde noch gerader, der Hals noch länger. Wenn Heinrich sich seinem Auto näherte oder es verließ, erinnerte das an die Weiterleitung eines Befehls. „Stillgestanden". Es sollte allerdings erwähnt werden, dass die meisten Nachbarn schon Jahre zuvor Automobile angeschafft hatten, manche fuhren bereits im zweiten oder dritten Modell vor. Heinrichs Wagen war der kleinste unter den anderen, aber das störte ihn nicht im Geringsten. Am Samstagvormittag pflegte und streichelte er es, dass die Nachbarn und Sabine erblassten. Die ganze Woche über stand es abgestellt auf dem Parkplatz, so wie Sabine auf ihren Heinrich wartete. Im Unterschied in seinem Verhalten zu Sabine, brüllte Heinrich sein Auto nie an, wenn es einmal nicht so funktionierte, wie er wollte.

Großes Theater in der kleinen Wohnung

Heinrich liebte seinen Beruf als Ausbilder, aber das Leben war für ihn in den letzten Jahren dennoch langweilig geworden. Morgens mit dem alten, silberfarbenen Rad zu seiner Dienststelle fahren und Menschen im Umgang mit Feuer und Rettung Verletzter ausbilden, mittags wieder zurück in die kleine Wohnung, in der es nach Essen roch und er im Sommer eine verschwitze Ehefrau vorfand. Dazu einen Sohn, der in keiner Weise gerne mit dem Vater Gartenarbeit machte. Und abends immer das gleiche Spiel: Sabine erzählte etwas über die Nachbarn, berichtete, um wie viel die Lebensmittel wieder teurer geworden waren und so weiter. Heinrich wollte seine Ruhe haben, die Zeitung lesen und sein Bier trinken. Außer seinem Garten ödete ihn das immer Gleiche an. Geld übrig hatten sie keines und falls er welches gehabt hätte, hätte er es sicherlich nicht ausgegeben. Heinrich brauchte wieder einmal Abwechslung. Die letzten Affären lagen mindestens ein Jahr zurück. Er hatte das Bedürfnis, wieder einmal auszubrechen.

Damit eröffnete Heinrich die neue Theatersaison, aber mit dem gleichen Stück: Das Können und Auftreten von Sabine wurde angezweifelt, sie respektlos am Boden zertreten, getrennte Betten und Ausgehen am Wochenende. Die Affären ähnelten sich ebenfalls. Jedes Mal mit einer anderen. Heinrich zeigte Charme so lange, bis er das gleiche Bett mehrmals bestiegen hatte. Dann folgte der Abschied. Heinrich hatte gut gewählt: Die Geliebten protestierten nicht. Keine rächte sich je. Heinrich hatte gut sondiert.

Heinrich konnte sich auf Sabine verlassen. Sie zeigte keine Rachegelüste, hatte nur Angst vor dem, was folgen könnte, erstritt sich keine Scheidung. Sie hatte Angst vor diesem Schritt. Heinrich und ihre Vergangenheit hatten sie gut zur Folgsamkeit erzogen. Ein einziges Mal versuchte sie auszubrechen, wollte sich nicht mehr demütigen lassen. Eine selbstbewusstere Freundin überredete sie, ihrem Mann heimlich nachzugehen. Sabine sah sich in ihrem Verdacht bestätigt: einmal blondes Haar, das nächste Mal schwarzes. Doch sie traute sich nicht, ihren Mann zur Rede zu stellen. Sie hatte Angst vor den Folgen, Angst vor Heinrichs Wut und vor den Konsequenzen einer Scheidung. Hätte sie dann noch genügend Geld? Und was wäre mit Wolfgang? Hätte der Richter vielleicht entschieden, ihn bei seinem Vater zu lassen? Sabine akzeptierte letztendlich ihre Opferrolle. Zwischendurch dankte Heinrich es ihr. Er befahl sie in ihr bestes Kleid und flanierte mit ihr und Sohn Wolfgang durch das Quartier. Heinrich beherrschte dieses Theater.

Zeiten der Kur

Heinrichs Ego benötigte Streicheleinheiten. Er dachte dabei nicht an verbale Belobigungen. Die benötigte sein Ego schon seit ewigen Zeiten nicht mehr. Was er machte, war seiner Meinung nach immer richtig. Ging etwas schief, so war immer ein anderer schuld. Nein, Heinrich ging es um physische Streicheleinheiten. Gerne holte er sie sich beim weiblichen Geschlecht ab. Sabine hatte es irgendwann satt, als Haussklavin behandelt zu werden, und vergab keine Zärtlichkeiten mehr. Sabines Verhalten war unterwürfig, aber liebevoll konnte es nicht mehr genannt werden. Heinrich merkte das, denn so viel Selbstempfinden brachte er auf. Einen direkten Zusammenhang mit seinem Verhalten sah er allerdings nicht. Hinzu kam nach dem Tod von Thurnbrück eine gewisse Langeweile. Niemand wollte in dieser Angelegenheit noch etwas von ihm wissen. Obwohl er die Beziehung zu Thurnbrück gescheut hatte, vermisste Heinrich jetzt die Spannung, die sie bei ihm ausgelöst hatte.

Ist doch alles egal, dachte Heinrich und hakte die Vergangenheit ab. Heinrich suchte und fand neue Wege bei der Medizin.

Die Schmerzen im Bauchraum ließen sich nicht mehr übergehen und Heinrich suchte einen Arzt auf. Er war stolz darauf, selten krank gewesen zu sein. Nur in Kriegszeiten hatte Heinrich einen Arzt gebraucht, meist in einer scheinbar ausweglosen Situation, die eine feindliche Kugel verursacht hatte. Heinrich stellte zu seiner Überraschung fest, dass der Arzt sich um ihn kümmerte. Er wurde von einem Arzt zum nächsten geschickt, was ihn mehr und mehr erfreute. Vereint stellten sie die Diagnose Gallenstein und empfahlen eine chirurgische Maßnahme. Davor schreckte Heinrich erst einmal zurück, wie viele andere Patienten auch. Er könne mit bestimmten Ölen, wie zum Beispiel dem Öl der Leinsamen, ein weiteres Wachsen dieses Fremdkörpers verhindern. Heinrich schien dieser Weg der angenehmere zu sein. Er wies Sabine an, ihm täglich zum Frühstück einen Haferflockenbrei mit diesen Samen plus deren Öl zu kochen. Dank der erhofften Wirkung schmeckte es Heinrich. Der besagte Stein verhielt sich ruhig. Heinrich ließ sich regelmäßig vom Arzt nach seinem Wohlergehen befragen.

Zwei Jahre später hatte der Gallenstein aber genug von dieser Prozedur und meldete sich wieder. Heinrich blieb nichts anderes übrig, als sich einem Chirurgen anzuvertrauen. Ihm ging es nach der operativen Entfernung des Gallensteins zwar ein paar Tage schlecht, seine Genesung erfolgte allerdings schneller, nachdem er sich der Pflege von Krankenschwestern anvertraute.

Diese Gallensteinentfernung kostete ihn einiges an Kraft, und er nahm gerne das Angebot an, sich für ein paar Wochen in einem Kurort wiederherstellen zu lassen.

Heinrich war nicht der Erste aus seinem Bekanntenkreis, der in ein Kurbad geschickt wurde. Zuerst etwas ängstlich, später neugierig, ließ er sich über einen Kuraufenthalt unterrichten. Sofort sah er die Chance, auf Kosten der Krankenkasse und damit ohne Ausgaben für ihn ein paar Wochen frei von Sabine und Wolfgang zu sein und einmal wieder richtig nach seinen Wünschen leben zu können. Er packte ganz beschwingt seinen Koffer und nahm den Zug nach Bad Mergentheim. Eingedeckt hatte er sich mit Prospekten, die natürlich auch Sabine zu sehen bekam. Sie fand den Ort im Taubertal ebenfalls ganz schön, Andeutungen jedoch, dass sie für ein paar Tage kommen könnte, zerschlug Heinrich sofort. Sabine solle sich gefälligst um den Sohn kümmern. Er hätte auch kein Geld für solche Ideen. Sie solle zu Hause bleiben, nur so habe er eine ruhige Zeit zur Erholung, denn die war schließlich nötig nach der schweren Operation. Heinrich winkte Sabine, die auf dem Bahnsteig stand, kurz zu. Dann war er unterwegs.

Nach einer längeren Eisenbahnfahrt stieg Heinrich bei schönstem Sonnenschein aus dem Zug. Der Ort machte auf ihn einen freundlichen Eindruck. Ein Bus brachte ihn in die Kurklinik. Der Kurarzt gab sich optimistisch, dass Heinrich nach sechs Wochen wieder im Vollbesitz seiner körperlichen Kräfte sein würde. Er müsse sich nur an den vorgegebenen Tagesablauf halten und täglich seine Ration an Heilwasser trinken. Heinrich warf sich mit Elan in den Kurbetrieb. Er ließ sich gerne massieren oder in ein Moorbad stecken, und dafür, dass er am Nachmittag und Abend ohne Kontrolle auf Eroberung gehen konnte, schluckte er gerne das Heilwasser, auch wenn es ihm überhaupt nicht schmeckte. Anfangs machte ihm seine Operationswunde bei körperlichen Anstrengungen noch leichte Beschwerden. Die sanften Behandlungen durch das Fachpersonal ließen seine Kräfte bald erstarken.

Seine Manneskraft war Heinrich ebenso wichtig. Er hatte regelmäßig und oft Sex mit seiner Frau, zudem suchte er bekanntermaßen die Abwechslung. Immer die gleiche Frau um sich herum zu haben wurde ihm, wie schon zu früheren Zeiten, zu langweilig. Auf der anderen Seite wurde Heinrich älter. Ob er es körperlich merkte oder ob er sich nur einbildete, dass er nicht mehr so produktiv war wie früher, fragte er sich nie. Heinrich erkannte die Chance, mit einer Kur alle seine Kräfte wieder auf Vordermann zu bringen.

Die Umstände machten es ihm leicht: Die meisten männlichen und weiblichen Kurgäste waren alleine angereist. Drei bis fünf Wochen ohne Partner, ohne Aufgaben und Arbeit, ohne Zeitdruck, nur in Wohlfühlatmosphäre trieben das Verlangen der Kurenden. Heinrichs Testosteron gab ihm das Gefühl, ständig auf die Suche nach dem weiblichen Geschlecht geschickt zu werden. Einzig andere hormongetriebene Geschlechtsgenossen bereiteten ihm Konkurrenz. Heinrich hatte alles, was er benötigte, immer dabei. Die Damen auf Kur liefen den Suchenden nicht davon. Heinrich brachte Charme und Figur in Stellung und war die meisten Tage und Nächte nicht allein.

„Guten Tag, schöne Frau. Sind Sie auch zur Kur hier?" Heinrich marschierte in seinem Stechschritt, sein kleines Herrentäschchen fest in der linken Hand, durch den Kurpark. Auf einer schattigen Bank sah er Hildegard. Er erkannte inzwischen schnell, wie eine Frau auf Kur auftrat. Hildegard im gepflegten Kleid, ein Bein über das andere geschlagen, saß auf der Bank und blickte in die Weite. Heinrich blieb etwas vor der Bank stehen und machte Anstalten, sich zu setzen.

„Ich mache Ihnen noch etwas Platz", sagte Hildegard und schob sich ein wenig zur Seite. „Offensichtlich sind Sie auch in Kur."

Heinrich hatte kein großes Repertoire für die ersten Sätze einer angestrebten Unterhaltung. Er war sich aber bewusst, dass sich das Weitere schon ergeben würde.

„Jaaa", mit der Betonung auf dem „a." Da verwendete er sie wieder, diese überzeugend klingende Zustimmung. „Seit ungefähr einer Woche. Und Sie?"

„Ich bin schon fast zwei Wochen hier. Darf ich fragen, warum Sie hier sind?" Hildegard wandte sich bei ihrer Frage Heinrich zu. Sie zeigte dabei ihren langen, schönen Hals, der mit einem Rubinanhänger geschmückt war. Heinrich erkannte aus dem Augenwinkel die Geste, legte ein herzliches Lächeln auf und wandte sich ihr ebenfalls zu.

„Einen Gallenstein, so groß wie ein Hühnerei, haben die Ärzte mir herausgeholt. Nun steht er in einem Glas bei mir zu Hause."

Hildegard verzog das Gesicht. „Ich wollte nicht irgendwelche Sachen, die man aus mir herausgeholt hat, in mein Regal stellen. Ich bin froh, dass es weg ist. Bei mir ist es die Verdauung."

„Erholen Sie sich gut?", wollte Heinrich wissen.

„Oh, es macht Spaß, sich im Moorbad oder in der Massage behandeln zu lassen. Nach einer Tasse Kaffee bin ich dann wieder richtig fit."

Heinrich verstand diesen Wink sofort. „Darf ich Sie zu Kaffee und Kuchen einladen?"

„Gerne ins Kur-Café. Da ist heute Nachmittag Tanz!" Hildegard setzte voraus, dass Heinrich des Tanzens mächtig war. Heinrich konnte so leidlich Walzer tanzen und außerdem einen „Unterhaltungstanz", wie er das nannte. Die Unterhaltung war dabei das Wichtigste.

Heinrich bot Hildegard seinen Arm an, in den sie sich wohlwollend einhakte. Nach einem nicht allzu langen Spaziergang erreichten sie das Kur-Café, wo das Kur-Orchester schon zum Tanz aufspielte. Heinrich setzte seinen ganzen Charme ein und hoffte, dass das Orchester schneller als er ermüden würde. Doch Hildegard bestand darauf, dass sie tanzten, und Heinrich führte sie auf die Tanzfläche. Schnell begann er zu reden und wendete dabei seinen „Unterhaltungstanz" mit wenigen Schritten an. Er hielt Hildegard, nein, er führte Hildegard über das Parkett.

„Sie tanzen gut", unterbrach sie seinen Erzählstrom.

„Danke, dass mache ich öfters", prahlte Heinrich. Er hatte mindestens fünf Jahre nicht mehr getanzt.

Nach zwei weiteren Tänzen, die Heinrich und Hildegard mit den immer gleichen Schritten absolvierten, stellte Heinrich fest, dass es vielleicht Zeit für ein Gläschen Wein sein könnte. Hildegard, zunächst noch zögerlich, willigte ein und beide zogen in ein Restaurant in der Stadt, wo sie nicht nur ein Glas Wein tranken, sondern auch ein Abendessen einnahmen. Für Heinrich war das der Einsatz, um zu seinem Ziel zu gelangen. Erst bei Dunkelheit schlenderten beide durch die Stadt, dann durchquerten sie den Park, um sich in Hildegards Zimmer dem körperlichen Vergnügen hinzugeben. Spät in der Nacht zog Heinrich sich in sein Zimmer zurück, nicht ohne sich für den nächsten Tag zum Tanztee zu verabreden. Beim Gang in sein Zimmer schmunzelte er leicht. „Das ist schon die Zweite. Warum bin ich nicht schon früher auf das Kuren gekommen!" Zufrieden zog er die Decke über sich und schnarchte freudig dem nächsten Tag entgegen.

Die wöchentlichen Untersuchungen bestätigten sein gutes Gefühl. Voller Dankbarkeit schickte er Sabine eine Ansichtskarte. Allerdings beschränkte er sich in seinen Zeilen auf eine kurze Beschreibung der Stadt und seiner täglichen Anwendungen in der Klinik. Heinrich lernte, die Regentage zu lieben. Schnell fand er heraus, dass Spaziergehen bei Regen ein untrügliches Zeichen für „Ich bin gerade frei" war. Hildegard verließ die Kurstadt nach drei weiteren Tagen und Heinrich durfte sich auf neue Abenteuer einlassen. Nach Wochen der Ertüchtigungen sehnte Heinrich sich tatsächlich nach Hause.

Er kam zu der Erkenntnis, dass diese Art von Seelenpflege wiederholt werden müsste.

Es braucht nicht jedes Mal eine Operation zu sein, vielleicht schaffe ich es auch ohne. Ich werde mal mit meinem Arzt reden. Heinrich setzte von jetzt an seine Überredungskünste auf diesem Feld ein. Mit Charmeoffensive und dem einen oder anderen Wehwehchen erreichte er alle zwei Jahre einen Kuraufenthalt. Sechs Wochen sollten es sein, um den Erhalt seiner Arbeitskraft wiederherzustellen. Bis zur Rente gelang ihm das jedes Mal. Eine Krankheit ward gefunden und Heinrich wurde ein Kurgenießer mit vielen Schatten, aber ohne Sabine.

Er hatte den Dreh raus. Er schaffte es, bei seinen Überlegungen den Garten mit ins Spiel zu bringen. Nicht gerade zur Gartensaison sollte der Kuraufenthalt stattfinden, denn er liebte seinen Garten nach wie vor über alles. Es kam für ihn nicht infrage, diese Verantwortung Sabine zu übertragen, sie würde die Arbeit nicht richtig erledigen, war seine Meinung. Möglicherweise würde sie die Früchte, seine Früchte, auch noch verschenken! Daran wollte er gar nicht denken. So kam Heinrich zu dem Schluss, dass die nächsten Kuraufenthalte im Spätherbst stattzufinden hatten. Während dieser Jahreszeit benötigte ihn sein Garten nicht.

Nach den Kurwochen ging es Heinrich deutlich besser. Sichtlich gut gelaunt stieg er aus dem Zug und ward von Sabine empfangen. Er war körperlich und geistig wohlauf, was seinem Beruf und auch Sabine zugutekam. Einige Wochen ohne Tyrannei waren ihr vergönnt gewesen.

Er wäre nicht Heinrich, wenn er nicht den angedeuteten Wunsch von Sabine nach einem Kuraufenthalt energisch abgelehnt hätte. Sabine hatte nicht „das eine" vor, aber sie ließe sich zu gerne auch einmal ein paar Wochen massieren und baden! Heinrich dachte nur an „das eine", und die Vorstellung von seiner Sabine im Bett mit einem Kurschatten missfiel ihm auf das Äußerste. Erfolgreich wehrte er sämtliche Versuche ihrerseits ab. War es einmal unvermeidlich, begleitete er sie selbstverständlich – als ihr Beschützer vor den Kurschatten.

Zukunftsplanung

Heinrich war jetzt vierundfünfzig Jahre alt, hatte viel erlebt, viel Glück gehabt, von seiner Warte aus gesehen, und wollte jetzt nichts mehr dem Zufall bzw. dem Glück überlassen. Hatte er Angst, dass ihn seine Fortune eines Tages verlassen würde? Heinrich wäre tatsächlich zu einem Pessimisten geworden. Seine Karriere als Soldat war leider beendet. Er war zwar Unteroffizier, aber nur der Reserve. In wenigen Jahren würde er sowieso ausgemustert. Heinrich wurde sich seines Alters bewusst, fühlte sich aber nicht alt. Die Natur hatte ihn gut ausgerüstet. Er hatte noch zehn Jahre zu arbeiten und die wollte er sinnvoll gestalten, sagte er sich. Heinrich trat in eine Phase der Zukunftsplanung ein. Dabei dachte er nicht nur an sich – alles, was er besaß, schloss er in seine Planung ein. Dazu gehörten selbstverständlich auch seine Frau und sein Sohn. Er besprach solche Dinge nie mit ihnen, wie sollte er auch. Sie gehörten zu seinem Inventar wie Wohnung, Möbel und Fahrrad.

Noch nie in seinem bisherigen Leben hatte Heinrich bewusst das Ziel verfolgt, eine gesicherte Arbeit bis zu seiner Rente zu finden. Vor wenigen Jahren war er als Ausbilder zum Bundesluftschutzverband gewechselt. Jetzt wollte er alles daransetzen, diesen Arbeitsplatz zu behalten. Er engagierte sich, machte Verbesserungsvorschläge und freiwillige Überstunden. Sabine und Wolfgang sahen ihn abends des Öfteren mit Unterlagen aus seinem Büro am Wohnzimmertisch sitzen. Sein Vorgesetzter war mit ihm zufrieden.

Heinrichs Tatendrang kannte plötzlich keine Grenzen mehr. Sein schon vor Jahren angelegter Garten wurde zu einer perfekten Anlage der Nahrungsproduktion ausgebaut. Blumen durften nicht mehr auf Beeten, sondern nur noch in Rabatten wachsen, und der größte Teil der erdigen Fläche produzierte Gemüse aller Art. Neu gepflanzte Bäume leisteten ihren Anteil in Form von Früchten. Alles stand in Reih und Glied, wie es Heinrich gelernt hatte und wollte.

Und Heinrich plante weiter. Ein Außenstehender konnte zu der Vermutung kommen, dass er Versäumtes nachzuholen hätte. Zur Verlängerung des Sommers plante er für sich und seine Frau Reisen, allerdings nicht in Gegenden, die er im Krieg gesehen hatte. Es sollten Länder sein, die ihm wohlgesonnen waren. Heinrich hatte immer noch Bedenken, dass man sich in den Ländern an die eine oder andere gesprengte Brücke erinnerte. In Spanien und Tunesien aber war keine Brücke durch ihn zu Schaden gekommen.

Zu guter Letzt plante, nein, organisierte er die Zeit nach seinem Tod. Heinrich wollte es anders als die meisten: Er wollte nicht in die Erde, er wollte ins Wasser. So verfügte er, dass seine Asche in der Ostsee verteilt werden sollte, auf dass sie den Weg nach Königsberg finde, in seine alte Heimat.

Nachdem Heinrich diese Gedanken für sich klar formuliert hatte, stellte er sie auch Sabine vor. Die war erstaunt über so viel Zukunftsplanung, sagte erst einmal nichts, denn sie war es nicht gewohnt, dass Heinrich überhaupt über seine Absichten und sein Leben sprach. Überrascht war sie nicht, dass Heinrich sie überhaupt nicht nach ihrer Meinung fragte. Dennoch nutzte sie die Gelegenheit, um auch von ihren Plänen zu sprechen. Sie fasste sich ein Herz, sah Heinrich an und forderte:

„Wenn du schon deine und unsere Zukunft planst, so habe ich auch einen Wunsch. Ich würde gerne morgens arbeiten gehen und etwas Geld dazuverdienen. Der Junge ist am Vormittag immer in der Schule und ich kann den Haushalt auch nachmittags machen." Sabine war selber erstaunt darüber, dass sie das gesagt hatte. Sie hatte schon länger diesen Wunsch.

„Das kommt nicht in Frage!", stellte Heinrich energisch fest. „Die Nachbarn denken dann, ich kann meine Familie nicht ernähren!"

„Darum geht es überhaupt gar nicht", versuchte Sabine zu besänftigen. „Aber ich möchte auch einmal etwas anderes tun."

„So, hast du zu Hause nicht genug zu tun?" Heinrich war ärgerlich. „Es gibt eine Menge Arbeit im Garten. Wenn du Langeweile hast, kannst du gefälligst dorthin kommen!"

„Du kannst mir nicht verbieten, arbeiten zu gehen", versuchte Sabine standhaft zu bleiben. „Erst vor Kurzem wurde das Gesetz geändert, dass der Ehemann seiner Frau eine Arbeit verbieten darf."

„Mach doch, was du willst", schrie Heinrich. „Aber wenn du nicht mehr machst, was ich will, fliegst du raus!" Er erhob sich wütend, dass sein Stuhl umfiel, er verließ die Küche und knallte die Türen hinter sich zu. Erst die Küchentür, dann die Wohnzimmertür. „Dieses Weib wird aufmüpfig. Die soll was erleben. Ich reiß mir hier den Arsch auf und die will immer noch mehr", grummelte er vor sich hin. Sabine saß eingeschüchtert am Küchentisch. Ihr Herz raste, ihre Hände zitterten. Hatte nicht ihre Nachbarin genau diese Reaktion von Heinrich vorausgesagt?

„Bleibe standhaft! Setze dich durch. Bleib bei deiner Meinung", hatte sie gesagt. Sabine benötigte einige Zeit, bis sie sich wieder beruhigt hatte. Immer wieder schaute sie ängstlich zur Wohnzimmertür. Aber Heinrich tat, was er in solchen Situationen immer tat: Er tauchte ab. Sabine hatte gewagt, ihm zu widersprechen und mit dem Gesetz zu drohen. Diesen Affront musste er erst einmal verdauen. Zur Strafe sprach er nicht mehr mit ihr.

Aber auch Heinrich musste lernen, dass sich die Zeiten änderten. Sabine legte ihm einen Zeitungsausschnitt mit der Information über die Gesetzesänderung hin. Heinrich übersah ihn bewusst, Sabine schob ihn erneut neben den Teller, Heinrich zerknüllte ihn und warf ihn in die Ecke. Als Sabine zu Bett gegangen war, las er den Artikel. Als Soldat hielt er sich immer an Anordnungen und Paragraphen und unternahm nichts, als Sabine ihm eines Tages erklärte, dass sie von jetzt an halbtags drei Mal die Woche als Schreibkraft arbeitete. Heinrich gab nicht kampflos auf. Er rächte sich für diese Unverschämtheit, indem er seiner Frau weniger Haushaltsgeld gab. Das fehlende könne sie ja von ihrem Gehalt bezahlen. Somit hatte Heinrich dieses Problem wieder für sich gelöst. Es störte seine weitere Planung ganz und gar nicht.

Heinrichs Ferienfahrten

1966 lebte Heinrich in einer sicheren, aber abgegrenzten Welt. Im Osten war er schon vor Jahren gewesen, gezwungenermaßen. Dort hatte er und mit ihm alle deutschen Soldaten nur verbrannte Erde hinterlassen. Folglich war das für ihn verbotenes Land, das er nie mehr besuchen würde. Auch im Westen glaubte Heinrich, seine Spuren hinterlassen zu haben und er fürchtete, die Menschen dort wären deshalb nicht gut auf ihn zu sprechen. Er hatte Angst, dass sich jemand an ihn als Sprengmeister, der die eine oder andere Stadt in Trümmer gelegt hatte, erinnern würde. Heinrich mied Auseinandersetzungen und so blieben ihm nur der Norden und der Süden als Reiseziele. Der Norden schied von vornherein aus, weil Heinrich gehört hatte, dass ein Urlaub dort sehr teuer wäre. Und Sabine erzählte von nicht schönen Kriegsereignissen in Dänemark und wollte diesem Land fernbleiben. Es blieb nur noch der Süden übrig.

Heinrichs Welt endete am Alpenhauptkamm, denn dahinter wohnten die Italiener. Denen konnte man überhaupt nicht trauen. Heinrich wagte einen Versuch in die Schweiz. Das Essen teuer, eine Unterkunft noch viel teurer, also wendete er sich Österreich zu. Mit Frau, Sohn und Gepäck begab er sich in seinem Kleinwagen auf die lange Tour in Richtung Alpen, blieb aber diesseits der höchsten Pässe. Dahinter breitete sich Italien aus, ein Land, vor dessen Räubern Heinrich riesigen Respekt hatte.

Heinrich quartierte sich und seine Familie für die nächsten Wochen in ein Bauernhaus ein. Das Billige war gerade gut genug, trotzdem gab es jeden Morgen neben dem Kaffee und Marmelade frische Milch und Käse, was Heinrich für das Wachstum des Jungen als notwendig einstufte. Bei einem Preis von drei Mark fünfzig sagte selbst Heinrich nichts Schlechtes mehr. Er forderte Lob von Sabine für diesen Preis ein. Zur weiteren Ertüchtigung trat in den folgenden drei Wochen die ganze Familie morgens zur täglichen Wanderung und Erkundung neuer Berggipfel an, die Verpflegung im Rucksack. Heinrich im Stechschritt voraus verlangte den Seinen viel ab. Zögerlicher Protest und Einwände hatten keinen Erfolg.

An manchen Abenden wagte sich Heinrich zum geselligen Beisammensein der Hausgäste. Nicht immer konnte er den anderen Gästen im Haus ausweichen, und so wurde er zur Unterhaltung mit Tischnachbarn verpflichtet, zumindest so lange, bis er sein Bier getrunken hatte. Heinrichs Vorsicht bei Meinungsäußerungen endete meist damit, dass er die Monologe der anderen Gäste über sich ergehen ließ und im geeigneten Moment mit seinem allwissenden „Jaaa" kommentierte. Heinrich stellte wieder sicher, dass er weder seine Meinung äußerte, noch etwas aus seinem Leben erzählte. Sabine ließ unterdessen die Gelegenheit nicht verstreichen und unterhielt sich mit anderen Gästen. Bis zu dem Moment, an dem Heinrich schlagartig feststellte, dass er und seine Frau jetzt müde seien, und vom Tisch aufstand. Sabine, nicht immer ihren Herrn im Augenwinkel, vernahm spätestens den zweiten Befehl „Sabine, wir gehen jetzt auf unser Zimmer" und rannte Heinrich hinterher, der schon auf dem Weg war.

„Was hast du wieder alles zu tratschen gehabt?" Sabine hatte kaum die Tür hinter sich zugezogen, als Heinrich ihr schon diesen strafenden Kommentar zuraunte.

„Ich habe mich mit den anderen Leuten gut unterhalten. Du hast ja auch deine Gesprächspartner gehabt", entgegnete Sabine.

„Ich habe lange nicht so viel zu sagen wie du", Heinrich war bewusst dabei, Sabine den Abend und die gute Laune zu verderben. Sie kannte das. „Was hast du denn über uns zu erzählen gehabt?"

„Wir haben uns über unsere Wohnung und Kinder unterhalten."

„Das geht doch niemand etwas an. Halte gefälligst deinen Mund."

„Darf ich denn gar nichts sagen?"

Heinrich unterdrückte sein „Nein", zog sich seinen Schlafanzug an und drehte das Licht aus, noch bevor Sabine im Bett war. Seine Entscheidung für den Rest des Urlaubs stand fest: keine gemeinsamen Abende mit den anderen Gästen mehr. Zur weiteren Strafe ließ Heinrich die Familie noch vor den anderen Gästen aufstehen, raunzte die Wirtin wegen des nicht gerichteten Frühstücks an und marschierte in Richtung Berg. Doch zuvor stellte die Wirtin klar, dass das Frühstück immer zur gleichen Zeit gerichtet würde. Auch heute. Diese Niederlage wandelte Heinrich in einen noch schnelleren Wanderschritt um. Seine Laune wurde deswegen nicht besser.

Die Familie kam gesundheitlich gestählt aus den Ferien zurück, um sogleich die gewonnene Kondition bei der Ernte und Pflege des Gartens einzusetzen. Heinrich zögerte nicht lange und gab gezielte Anweisungen.

In den folgenden Jahren wiederholte sich die Geschichte, allerdings machte Sohn Wolfgang nur noch einmal mit. Dann setzte er sich in den Ferien vom Tyrannen Heinrich ab. Wolfgang war anfangs verblüfft, dass Heinrich keinerlei Einwände gegen seine Alleingänge hatte. Aber er fürchtete wohl mehr und mehr mögliche Widerreden seines Sohnes, die seine Autorität nach außen hin infrage stellen würden. In den folgenden Jahren plante und wagte Heinrich für sich und Sabine Ferien bis hin nach Tunesien. Er verließ allerdings nie den Schutzraum des Reisebusses, des Hotels oder der Reisegruppe.

Straßenkämpfe und Kommunarden

Heinrich reagierte mit einem Kopfschütteln. Er und Sabine saßen vor dem Fernsehapparat und verfolgten die Berichterstattung über Demonstrationen in vielen Städten. Sollten die alten Zeiten wieder zurückkommen? Die Zeiten, in denen er auf die Straße gegangen war und sich mit der Polizei und den Braunen schlug? Für ihn sah es genauso aus. Da waren sie wieder, die Demonstrationen. Jetzt brüllten die Demonstranten „Ho, Ho, Ho Chi Minh!". Heinrich hörte erst gar nicht zu. Als die Demonstrationen und die Berichte darüber in der Zeitung und im Radio immer häufiger wurden, interessierte es ihn allerdings doch. Gegen den Vietnamkrieg waren sie. Es waren junge Leute, die auf die Straße gingen. Nicht so wie damals, als sie erst gegen die Arbeitslosigkeit und dann gegen die Nationalsozialisten protestierten. Die Amerikaner bombardierten das Land, setzten Napalm ein und versuchten die Truppen aus dem Norden, die Vietcong, wieder zu vertreiben. Die Russen und Chinesen unterstützten den Vietcong. Heinrich mochte alle nicht. Außerdem war Vietnam weit weg. Vor fünfzehn Jahren war es noch anders. Man hatte schon von einem dritten Weltkrieg gesprochen, als die Amerikaner gegen die Chinesen in Korea kämpften. Heinrich als Soldat war auch schon darauf vorbereitet worden.

„Die Amis haben auch unsere Städte kaputtgemacht. Das können sie. Der Russe hat Ostpreußen besetzt." Damit war Heinrich gegen beide. „Die Chinesen sind die gelbe Gefahr", vervollständigte er seine Äußerungen zum Weltgeschehen.

„Und dann sind sie gegen den Schah von Persien. Was hat nun der wieder angestellt? Ich habe nur darauf gewartet, dass es die ersten Toten gibt." Darauf brauchte er nicht mehr lange zu warten. Für Heinrich wurde das Ganze unheimlich.

„Die wollen doch nur Krawall machen", Sabine hatte Angst. „Man traut sich schon gar nicht mehr auf die Straße."

„Du musst auch nicht ständig in die Stadt rennen", war Heinrichs Antwort. Sabine verstand diesen Kommentar ihres Mannes nicht. Wenn sie in die Stadt ging, doch nur, um etwas für den Haushalt zu kaufen. Selbst in ihrer Stadt Freiburg ging es rund, Hausbesetzungen waren an der Tagesordnung. In den Zeiten, als Heinrich der Kommunistischen Partei angehört hatte, wäre er auch dabei gewesen, jetzt war er dafür, dass geordnete Verhältnisse herrschten. Ihm saß das Jahr 1933 noch in den Knochen. Seitdem hatte er sich jeder politischen Betätigung enthalten. Nun stand die Jugend wieder auf der Straße.

„Sabine, nun schau dir doch diese Langhaarfritzen an! Wie sehen die nur aus."

„Und die Weiber haben kurze Röcke, dass man bis zum Arsch sehen kann", fügte Sabine hinzu. „Die machen sich doch alle zum Freiwild."

Heinrich stimmte ihr zwar zu, sah sich aber gerne die freigelegten Beine der jungen Frauen an. Er hatte seine eigenen Gedanken dazu, äußerte sie aber Sabine gegenüber nicht.

„In Kommunen leben sie zusammen, schreiben sie in der Zeitung. Und hier, sieh mal! Da stehen sie allesamt an der Hauswand, nackt!" Sabine schüttelte den Kopf. „Dass man solche Bilder überhaupt in der Zeitung zeigt. Die Mädels sollte man alle zum Bund Deutscher Mädels stecken. Da lernen sie Anstand und arbeiten."

„Quatsch", warf ihr Heinrich entgegen. „Das Dritte Reich ist zum Glück schon lange vorbei. Die sollten erst einmal arbeiten gehen. Wenn ich meinen Sohn dabei erwische, dann hagelt es aber ..." Meinte er jetzt die Demonstrationen oder die langen Haare?

„Und dann diese schreckliche Musik. Alles nur Krach. Wie die nur aussehen. Furchtbar. Das muss ich mir nicht anhören." Sabine räumte die Teller vom Abendessen vom Tisch. Heinrich stimmte ihr in seltener Eintracht zu, machte das Radio an und beide erfreuten sich an der Schlagermusik. Nein, mit dem, was vor ihrer Haustür passierte, konnten Heinrich und Sabine nichts anfangen.

Geschwisterliche Rangordnung

Die Geschwister wussten seit Langem, wo die verbliebene Verwandtschaft lebte. Sabines Eltern waren ganz in ihrer Nähe in einem kleinen Ort untergekommen. Geburtstags- und Weihnachtsgrüße tauschte man schon seit Jahren aus. Lebensmittelpakete traten regelmäßig ihre Reise in die DDR an, vor allem Kaffee und Zucker standen auf der Wunschliste. Jedes Jahr zur Weihnachtszeit packte Sabine ein Paket, argwöhnisch beobachtet von Heinrich.

„Kauf für die nicht den besten Kaffee. Sonst sacken die Vopos den noch ein. Wir trinken auch nur den billigen", und er meinte damit die Grenzpolizei, die wahrscheinlich jedes Paket öffnete.

„Du brauchst dich überhaupt nicht zu beklagen. Das hat alles meine Mutter bezahlt. Und für dich hat sie zu Weihnachten sogar noch ein Pfund vom guten Kaffee gekauft." Was er überhaupt nicht verdient hat, dachte sie.

„Ist ja schließlich deine Verwandtschaft", warf Heinrich von oben herab ein und entfernte sich ins Wohnzimmer. Damit war für ihn die Sachlage wieder einmal geklärt. Von ihm konnte niemand Unterstützung verlangen.

Persönliche Besuche waren auch schon einmal angedacht, scheiterten aber meist an Heinrichs Einwänden. Heinrich hatte die alte Zeit hinter sich gelassen. Das änderte sich allerdings mit zunehmendem Alter. Heinrich entwickelte Interesse. Er hatte einiges erreicht, es ging ihm besser als vor dem Krieg. Konnten da die anderen mithalten? Heinrichs Neugier siegte und folgerichtig wollte er seine Erfolge vorzeigen. Heinrichs Bruder Fritz war allerdings nicht aus dem Krieg zurückgekommen.

Heinrich wagte einen ersten Versuch. Bruder Johann durfte mit seiner Frau Else anreisen. Heinrich baute mit Sabine ihre Betten im Wohnzimmer auf, denn der Besuch bekam das Schlafzimmer, so hatten Heinrich und Sabine es von ihren Eltern gelernt. Dem Besuch wollte Sabine es so angenehm wie möglich machen. Heinrich fragte allerdings nicht nach deren Wünschen. Er setzte seinen Bruder plus Frau Else in seinen Kleinwagen und kutschierte sie durch den Schwarzwald.

Heinrich dominierte die Unterhaltung wie in alten Zeiten und erlaubte keine Widerrede. Er stellte die Vorzüge einer kleinen Zweizimmerwohnung klar vor die eines eigenen Hauses. (Bruder Johann wohnte in einem gemeinsamen Haus mit seinen Schwiegereltern.)

„Du musst dich um alles kümmern: sämtliche Reparaturen, die Heizung, den Verputz. Ich habe nicht diesen Aufwand und nicht diese Kosten."

„Dafür haben wie ein eigenes Haus und unsere Freiheiten", entgegnete Johann.

„Alles Quatsch", erwiderte Heinrich barsch. „Wie willst du das bezahlen, wenn deine Schwiegereltern einmal tot sind?"

„Lass das mal unsere Sorge sein. Außerdem haben wir einen großen Garten um das gesamte Haus."

„Jaaa", entgegnete Heinrich. Er hatte erst einmal kein Gegenargument.

Wenig später aber doch: „Ich habe einen eigenen Garten. Dafür zahle ich nur eine geringe Pacht. Und er ist größer als deiner." Diese Behauptung stand im Raum. Johann sagte erst einmal nichts mehr. Für Else und Sabine wurde es immer peinlicher, sich zu unterhalten. Johann bestimmte zwar zu Hause auch den Alltag, aber diese Besserwisserei ihres Schwagers Heinrich hatte Else nicht erwartet. Heinrich ließ seinen kleinen Bruder klar wissen, wer das Sagen hatte.

„Genau wie in den alten Zeiten", stellte dieser fest. Ob sie nun durch die Gegend fuhren (so schön habt *ihr* es nicht), durch Rebberge wanderten (*ihr* habt keine Reben) oder einen Tag in die Schweiz fuhren (bei *euch* gibt es keine Berge). Heinrich bestimmte das Ziel und die Kommunikation.

Johann und Else reisten nach einer Woche enttäuscht und entnervt ab. Heinrich verstand das nicht. Er hatte doch immer Recht? Was gefiel seinem Bruder denn nicht? Auf der anderen Seite hatte Heinrich sein Bett wieder für sich und seine Ruhe, keine anderen Meinungen und Wünsche um ihn herum. Sabine war traurig. Aber das verstand Heinrich nicht, und es war ihm auch egal.

Schwester Frieda hatte sich angemeldet. Heinrich hatte lange gezögert, dann doch eine Einladung ausgesprochen. Er hatte Frieda während des Krieges nicht oft gesehen. Frieda gehörte für ihn zu den starken Frauen, vor denen er Respekt hatte. Sie war seiner Mutter ähnlich. Heinrichs Gespür dafür war immer noch ausgeprägt. Nach dem Krieg hatte er seine Schwester noch nicht wieder getroffen. Sabine kannte sie auch nicht. Heinrichs Neugier war dennoch groß genug, um seine Schwester zu einem Besuch einzuladen. Sie würde alleine reisen. Sie war auf ihren Bruder und seine Besonderheiten vorbereitet, denn die anderen Geschwister sprachen regelmäßig miteinander.

Heinrich, vorsichtig wie immer in solchen Situationen, beschränkte seine Kommentare in den ersten Tagen auf sein nichtssagendes „Jaaa".

Meinte er, die Situation für ihn sei günstig, unterbrach er die Unterhaltung der Frauen mit drastischen Worten wie „Quatsch doch nicht" oder „Rede doch nicht so einen Mist". Sabine hatte es gewagt, etwas aus ihrem Familienleben zu erzählen. Schwester Frieda hörte sich das einen Abend lang an, bevor sie ihren Bruder zurechtwies.

„Möchtest du nicht deine Frau einmal ausreden lassen? Sie hat nichts Schlimmes gesagt. Du brauchst nicht bei uns zu sitzen, wenn dir unsere Unterhaltung nicht gefällt." Am nächsten Tag forderte sie Sabine zu einem Spaziergang auf. Sie wollte einmal mit ihr alleine reden.

„Ich habe noch hier zu tun", entgegnete Sabine schnell. Sie hatte die Stimmungslage gleich realisiert und wollte keinen Anfall von Heinrich riskieren. Frieda erfasste Sabines Situation.

„Ich denke, du brauchst mal einen Tapetenwechsel", sagte sie zu ihrer Schwägerin, ohne Heinrich anzusehen. „Und frische Luft tut dir auch mal gut. Du besuchst uns bald in Berlin."

Das war für Heinrich zu viel. Er wagte es zwar nicht, in Gegenwart seiner Schwester eine Reise seiner Frau, ohne ihn abzulehnen. Aber unter vier Augen stellte er klar:

„Schlag dir das aus dem Kopf. Du reist nicht alleine nach Berlin. Ich verbiete es dir!"

Sabine sah ihre Chance – noch war Frieda im Hause. „Ich will die Einladung annehmen. Deine Schwester unterstützt mich!"

„Du bist meine Frau. Und damit: Ende der Unterhaltung. Ich bestimme, wann und wo du Urlaub machst."

Sabine ging nicht weiter auf seine Worte ein. Schon beim Frühstück setzte Frieda an:

„Na, habt ihr euch geeinigt, wann Sabine mich besucht?"

Heinrich blieb der Bissen im Hals stecken.

„Sie reist nicht alleine", röhrte er. „Ich verbiete es!"

„Ich denke, das wird schon gut gehen. Ich passe auf sie auf", sagte Frieda in versöhnlichem Ton. Heinrich spülte seinen Bissen Brot mit

Kaffee hinunter. Er hatte einen hochroten Kopf, wahrscheinlich vor lauter Wut. Frieda machte gleich weiter:

„Der Juni ist immer sehr schön in Berlin. Wir können dann viel gemeinsam unternehmen."

Heinrich wagte keine Widerrede, aß sein Frühstück fertig und verließ das Zimmer. Kurz darauf setzte er sich auf sein Fahrrad und brauste voller Wut in den Garten. „Die kann was erleben, wenn sie noch einmal damit kommt." Er meinte seine Frau.

Von den geplanten zwei Wochen blieb Frieda nicht einmal eine. Heinrichs Taktik bestand aus Vergeltung. Unterhaltungen torpedierte er mit unfreundlichen Bemerkungen, die auch seine Schwester abbekam. Diese ging zwar sofort zum Gegenangriff über, stellte aber bald fest, dass der Besuch bei ihrem Bruder zu anstrengend und nun zu Ende sei. Entnervt packte sie ihre Koffer.

Heinrichs Taktik des Partisanenkrieges war nur halb aufgegangen, eine Niederlage musste er einstecken: Sabine besuchte Frieda in Berlin. Nicht nur einmal.

Die Niederlage seiner Schwester Frieda gegenüber wollte Heinrich wieder wettmachen. Nicht ihr gegenüber. Er hatte eingesehen, dass er bei ihr nichts zu sagen hatte. Eine Gelegenheit bot sich aber schon bald. Wohl neugierig auf Heinrich geworden, intensivierte der kleine Bruder Hermann den Kontakt. Heinrich, im Briefeschreiben noch nie besonders begabt, wies diese Aufgabe seiner Frau zu, nicht ohne den Brief zu kontrollieren. Sabine hatte eine Einladung mit genauesten Anweisungen und Plänen für die Tage des Besuchs zu schicken. Heinrich vermied somit jegliche Diskussion.

Hermann reiste an. An seiner Seite befand sich Carla, mit der er eine Lebensgemeinschaft eingegangen war. Sabine schluckte und wartete auf einen Kommentar von ihrem Mann. Heinrich schwieg. Er schwieg zu diesem Thema bis zur Abreise der Gäste. Sabine, die am ersten Tag sagte: „Die leben in einer wilden Ehe. Können wir die bei uns wohnen lassen?", wurde von Heinrich angefaucht.

„Halt deinen Mund! Das muss ja niemand im Haus wissen."

Heinrich belehrte seinen kleinen Bruder über den Umgang mit Frauen und stellte seine Ehe als gutes Beispiel dar.

„Du hast doch deine Carla im Griff? Die kann hoffentlich nicht machen, was sie will?"

„Wir lieben uns seit vielen Jahren und jeder hat seine Freiheit", entgegnete Hermann. „Wir ergänzen uns."

Heinrich konnte mit dieser Aussage erst einmal gar nichts anfangen. Wie auch immer Hermann das Wort „Freiheit" verstanden wissen wollte, in Heinrichs Gedanken spielte sie mehr auf dem Gebiet der Sexualität (seiner Sexualität!) als dem der Gleichberechtigung. Das Wort Gleichberechtigung existierte für Heinrich nicht.

Trotz Sabines Haltung in Fragen der Moral und gesellschaftlichen Konvention verstanden sich die beiden Frauen hervorragend. Sabine bewunderte die Einstellung von Clara, aber auch die von Hermann. Auch wenn sie die „wilde Ehe" ablehnte, ein solches Verhältnis von Mann und Frau hatte sie sich immer gewünscht.

Nach diesen Kontakten mit der Vergangenheit sah sich Heinrich in seiner Lebenseinstellung bestätigt. Nur er hatte seine Familie im Griff und nur seine Meinung zählte, glaubte er.

Bittere Niederlagen

Mit der Hochzeit seines Sohnes Wolfgang mit der etwas jüngeren, aber sehr selbstbewussten Cornelia war für Heinrich das Bild von seinem

Sohn als Schwächling bestätigt. Der hatte zwar inzwischen seinen Doktortitel, den Heinrich mit den Worten kommentierte „Was kannst du dir dafür kaufen?", in Familiendingen aber vollkommen inkompetent war. Heinrich meinte damit, dass in dem Haushalt nicht Wolfgang, sondern diese Cornelia das Sagen hatte. Hinzu kam noch das Desaster, dass das erste Kind der jungen Familie ein Mädchen war.

„Und wo ist der Stammhalter?", war Heinrichs erste Bemerkung, als Wolfgang voller Stolz ein Bild seiner Tochter zeigte. Wolfgang ließ sich nicht verwirren und entgegnete:

„Es ist eine Stammhalterin. Damit musst du dich abfinden."

„Das muss ich nicht", entgegnete Heinrich und verschwand in die Küche.

„Die sieht aber süß aus! Ging alles gut?", wollte Sabine wissen. Und sie ließ sich über die Geburt erzählen.

„Ich freue mich, wenn ihr bald bei uns vorbeikommt." Wolfgang verabschiedete sich. Aber nicht von Heinrich.

Mehr und mehr lief laut Heinrichs Meinung in der jungen Familie schief.

„Erst gibt es keinen Stammhalter, dann planen sie ein viel zu kleines Haus. Es gibt im Haushalt keine vernünftigen Sachen, keinen Teppich, keinen Wohnzimmerschrank." Heinrich musste hier Abhilfe schaffen. Bei nächster Gelegenheit am IKEA-Kaffeetisch der jungen Familie eröffnete er sein Angebot. Schon die wackeligen Stühle forderten ihn heraus.

„Du bekommst einen Bauzuschuss von mir, und wir wohnen dann zusammen." Heinrich wagte den Frontalangriff. Durch seine ständige Gegenwart würde er die Dinge schon auf den richtigen Weg bringen. Ganz bewusst nicht in Gegenwart seiner Schwiegertochter machte er dieses Angebot. Vor ihr hatte er Respekt.

„Ich glaube nicht, dass wir so ein Zweifamilienhaus bauen möchten", versuchte Wolfgang ihm vorsichtig klarzumachen. Weder Wolfgang noch Cornelia wollten mit Heinrich unter einem Dach leben.

„Das kriegen wir schon hin! Es ist dann dein Geld und Cornelia hat da nichts zu melden!"

„Auf diesem Bauplatz ist nur ein Einfamilienhaus vorgesehen", sagte Wolfgang diplomatisch.

Heinrich war erst einmal ruhig. Er hatte schon vermutet, dass es schwieriger für ihn werden würde, er wagte dennoch einen zweiten Versuch.

Sie waren bei den jungen Eheleuten, die sich zu diesem Thema schon ausgetauscht hatten, zum Kaffeetrinken eingeladen.

„Ich zahle euch den Aufpreis für ein Zweifamilienhaus, wenn wir dort einziehen." Weiter kam er nicht.

„Das kommt überhaupt nicht infrage", entgegnete Cornelia scharf. „Dann will ich überhaupt nicht bauen!"

Heinrich schluckte, fand aber kein Gegenargument. Er musste seine Niederlage eingestehen, als er gerade einen Schluck Kaffee nehmen wollte. Er unterbrach sein Schlürfen, verhielt in dieser Position, vielleicht eine halbe Minute, hob dann ruckartig den Kopf.

„Sabine, pack deine Sachen. Wir gehen. Wir sind hier unerwünscht!"

Sabine sah ihn verwundert an. Sie fühlte sich an dieser Kaffeetafel überhaupt nicht unerwünscht. Derweil stand Heinrich kerzengerade vor dem Tisch, zerrte an seiner Frau und schleppte sie zur Garderobe, nahm ihre Mäntel und begab sich zum Auto. Ganze sechs Monate lang ließ er nichts mehr von sich hören. Der Soldat leckte seine Wunden.

Der Traum vom gemeinsamen Haus war also ausgeträumt. Heinrich hatte es irgendwann eingesehen. So einfach gab ein er aber nicht auf, wenn er Einfluss bei seiner Familie haben wollte. Er ersann nun eine neue Strategie. Unter dem Vorwand, die junge Familie benötige dringend einige Sachen für ihren Haushalt, erstand Heinrich Dinge günstig. Er und Sabine nahmen an Verkaufsfahrten teil und er erwarb Teppiche, Einziehdecken mit Magnetbändern, Geschirr, Mikrowellengeräte und vieles andere mehr. Alles Dinge, von denen er meinte, dass sie im jungen Haushalt fehlen würden. Er packte die erworbenen Gegenstände in sein Auto und tauchte wieder bei seinem Sohn auf. Ungefragt schleppte er alles ins Wohnzimmer und stellte es kommentarlos auf den Boden. Paket für Paket wurde der Berg höher. Auf die Frage der Schwiegertochter, was das solle, kam die schnelle Antwort:

„Das ist für euch. Wir haben es extra für euer Haus gekauft. Habt ihr schon eine Mikrowelle? Nein? Das wusste ich. Jetzt habt ihr eine."

„Und was sollen diese Decken?", fragte Wolfgang.

„Die braucht man immer. Im Winter ist es kalt."

„Wir wollen diese Sachen nicht", war der einstimmige Tenor der jungen Leute. „Wir haben sie nicht bestellt!"

„Und es ist billiger Plunder", fügte sein Sohn hinzu.

Heinrich war geschockt. Seine Gesichtszüge verhärteten sich zu einer Fratze. Wut stieg in ihm auf.

„Dann nehmen wir sie eben wieder mit und schmeißen sie auf den Müll." Heinrichs Stimme überschlug sich. Er riss an den Sachen und warf sie wütend in sein Auto.

„Komm, Sabine, wir gehen!"

„Ihr seid undankbar", kam es sogar aus Sabines Mund.

„Wenn ihr uns das nächste Mal etwas kaufen wollt, dann fragt uns bitte vorher." Wolfgang nahm den schweren Mikrowellenofen und trug ihn in Heinrichs Wagen.

„Ein nächstes Mal wird es nicht geben!", schnauzte Heinrich und warf die Autotür zu. Mit aufheulendem Motor brauste er von dannen.

Heinrich musste einsehen, dass Wohltätigkeit auf diese Art und Weise nicht funktionierte.

Die Kinder kamen aus ihren Zimmern, wohin sie sich verzogen hatten, hinunter ins Wohnzimmer. Sie hatten den Streit kommen sehen. Es war der Geburtstag von Heinrichs Enkel. Heinrich hatte doch noch etwas von seiner Großzügigkeit zurückgelassen: einen Umschlag mit Geburtstagskarte und zweihundert Mark. Oder hatte er sie vergessen? Heinrich ward länger nicht mehr gesehen.

Die Einkapselung

Heinrich hatte seinen Sohn Wolfgang und dessen Familie jetzt abgeschrieben.

„Die interessieren sich doch gar nicht für uns", sagte er auf Sabines Frage, ob sie wieder einmal die junge Familie besuchen sollten.

„Die sollen hier anrufen, wenn sie etwas wollen." Heinrich forderte Unterwürfigkeit. Er bekam sie nicht. Für ihn war der Fall damit erledigt. Wie vieles in seinem Leben. Wenn es nicht klappte, ließ er es liegen. Wenn Menschen nicht nach seiner Pfeife tanzen wollten, ließ er sie stehen.

„Der Russe wird Ostpreußen nicht mehr hergeben. Was soll ich dort? Ich lebe jetzt hier." Oder „Warum soll ich mir den ersten Garten und die Laube noch einmal ansehen? Den hatte ich wegen meinem Beruf abgeben müssen. Das ist vorbei." Für Heinrich war das ein für alle Mal vorbei. Für ihn galt nur das Hier und Jetzt.

Den Kontakt zu seinen Geschwistern hatte Heinrich nahezu wieder eingestellt. Zwei Brüder und die Schwester durften noch einmal zu Besuch kommen, doch schon nach wenigen Tagen packten sie verärgert und kopfschüttelnd ihre Koffer. Sie konnten es nicht mit Heinrich aushalten. Er führte sich auf wie ein General, kommandierte nicht nur Sabine, sondern auch seine Geschwister herum, ordnete an, was zu besichtigen war, und zu allem Überfluss ließ er nur seine Meinung gelten. Er führte sich auf wie zu Kindertagen. Warum sollte er sich auch ändern?

Die Menschen, die er und Sabine auf Reisen kennenlernten, wollten schnell nichts mit Heinrich zu tun haben.

Sabine baute heimlich Freundschaften zu einigen Nachbarn auf und unterhielt sich gerne mit dem einen oder anderen. Heinrich war das ein Dorn im Auge. Wann immer er konnte, untersagte er ihr diese Kontakte. Sabine blieb nichts anderes übrig, als sie heimlich fortzuführen. Die wenigen, die sie kannte, halfen ihr dabei. Heinrich hingegen ging gerne und pflichtbewusst in seinen Garten oder pflegte die Kontakte zu seinen Ärzten.

Bis auf wenige Ausnahmen empfingen Heinrich und Sabine keinen Besuch, wurden auch nicht eingeladen. Heinrichs Ruf eilte ihm voraus. Er hatte erreicht, dass Sabine ihm ganz und alleine gehörte. Er sah diese Abschottung nicht als Nachteil, denn so vermied er Niederlagen, kam nie in die Gelegenheit, Fehler oder Nichtwissen einzugestehen. Das „Jaaa", die alles nicht wissende Zustimmung, war seine Antwort. Es meinte aber auch, dass die anderen im Unrecht waren.

Heinrich fühlte sich nicht als unglücklicher Mensch. Sein Gesichtsausdruck war offen, ja oft freundlich. Hätte man ihn gefragt, so wäre seine Antwort ein klares „Nein" gewesen. Er konnte machen, was er wollte, brauchte niemanden zu fragen, Sabine tat, was er wollte. Er war nicht abhängig, das war das Wichtigste für ihn. Er zeigte keine Emotionen, außer wenn er wütend war. Dann bekam es Sabine ab. Heinrich zeigte sich ihr gegenüber oft wütend.

Sabine war selten glücklich, nachdem sie Heinrich geheiratet hatte. Aber sie war zum Gehorsam erzogen worden, war ihre Opferrolle und Unterwürfigkeit gewohnt. Sie war glücklich, wenn sie stundenlang ungestört neue Kleider nähte oder alte abänderte, sich heimlich mit ihrer Nachbarin traf oder Musik hörte. Am Abend, wenn Heinrich pünktlich um 22 Uhr ins Bett ging, saß Sabine noch lange im Wohnzimmer in ihrem Sessel. Sie war alleine und oft in Erinnerungen versunken.

Heinrich hatte seine Umgebung mit Sabine erschaffen. Er liebte seine Frau auf seine Art. Er zeigte es ihr, wenn er ihr Geschenke machte, sie mit billigem Gold behängte, mit ihr ins Restaurant ging. Er nahm sie mit auf seine Ausflüge. Sie sagte Danke und freute sich über jede Kleinigkeit, war bescheiden, aber es wäre ihr lieber gewesen, wenn Heinrich sie behandelt hätte, wie andere Männer ihre Frauen behandeln.

Heinrich hatte sich seine kleine Welt geformt. Er hatte eine kleine, warme, helle Wohnung, genug Geld für sich und Sabine, für Miete, Essen und Trinken und gelegentlichen Ausflüge und Reisen.

Er saß auf dem Balkon und ließ sich von Sabine Kaffee und Kuchen servieren. Dabei blickte er unentwegt in die Ferne. Seine Gedanken waren ganz woanders. Er bemerkte Sabine gar nicht.

„Möchtest du noch ein Stück Kuchen?", fragte sie ihn.

„Nein", war die klare Antwort. Sabine nahm ihren Teller und ihre Tasse und verschwand in der Küche. Heinrich hörte im Hintergrund leises Geklapper, dann waren seine Gedanken wieder weit weg.

Meine Heimat der Jugend habe ich verloren. Die ist weg. Da will ich auch nicht mehr hin. Vorbei ist vorbei! Ich habe es doch hier viel besser als in Königsberg. Meine Wohnung hier ist viel komfortabler als das, was wir zu Hause hatten. Sie ist hell und trocken und im Winter warm. Wo hatten wir das schon in Königsberg? Wir haben hier kein Meer, dafür aber die Berge. Und die sind wunderschön. Wenn Sabine sie nicht so schön findet, ist das ihre Sache. Sie soll sich gefälligst nicht so anstellen. Sie kann mir doch nicht erzählen, dass sie in Stettin besser gelebt hat. Die Wohnungen heute sind auch viel besser als früher. Ich sitze hier auf meinem Balkon in der Sonne. Wir sind beide Rentner und haben unsere Freiheit.

„Sabine, mach mal das Radio an. Ich will wissen, wie morgen das Wetter wird. Falls es schön wird, fahren wir mit dem Zug in den Schwarzwald."

Sabine tat, wie ihr befohlen. Heinrich hörte den Wetterbericht und entschied, dass sie am nächsten Tag mit dem Zug um 10 Uhr fahren würden. Sabine wäre gerne zu Hause geblieben. Doch diese Bitte wagte sie schon gar nicht mehr zu äußern. Sie setzte sich an ihre Nähmaschine und arbeitete weiter an einem neuen Rock. Heinrich lenkte seinen Blick wieder auf die Schwarzwaldberge und dann auf seine Geranien. Es war kurz nach sechs Uhr abends. Zeit, dass sie ihr Wasser bekamen.

Heinrichs Einschränkungen

Schon 90 Jahre währte das Leben von Heinrich Wilkowsky. Er erlebte als Kind die Jahre des 1. Weltkriegs, als Jugendlicher die Zeit bis zum nächsten Krieg. Er überlebte als Soldat, trotz zweimaliger Verwundung, den 2. Weltkrieg, konnte immer seinen Kopf in Sicherheit bringen, bevor eine Schlinge gefährlich in seine Nähe kam, und lebte sein Leben. Rücksicht auf andere nahm er nie. Obwohl nur ein kleiner Soldat, war er zufrieden mit seinem Leben. Er lernte beim Militär Befehle entgegenzunehmen und auszuführen, aber auch Befehle zu erteilen. Mit Befehlen formte und regierte er seine Familie. Konnte er das in seinem engsten Umkreis nicht, so verschwendete Heinrich keine Energie darauf und suchte sich etwas Neues. Opfer seiner Herumkommandiererei fand er immer. Verpflichtungen ging er soweit wie möglich aus dem Wege. Heinrich fühlte sich immer als freier Mann.

Seine Persönlichkeit hatte sich nie geändert. Wieso auch? Er war immer mit sich selbst zufrieden. Er wollte immer unabhängig sein. Er vermied jegliche Situation, in der er auf die Hilfe anderer angewiesen war. Einige wenige Male war es das Glück oder ein Thurnbrück, die ihn aus einer gefährlichen Lage holten. Nur um der Rechnung willen half Heinrich jemandem aus der Patsche. Damit war für ihn alles erledigt. Er hatte keine offenen Rechnungen. Mit niemandem. Daraus schloss er, dass er anderen auch nicht helfen musste. Das war für ihn wichtig.

Auch ein Heinrich wurde älter. Er merkte, dass sein Körper nicht mehr das machte, was er von ihm verlangte. War es beim Sex oder bei der Gartenarbeit, Heinrich schloss erst mit dem einen und dann mit dem anderen ab. Im Garten gehorchten ihm Bäume, Sträucher, Blumen und Gemüse nicht mehr. Er hatte nicht mehr die Energie, jedes Unkraut zu zupfen, jeden Baum zu schneiden, jede Kartoffel aus der Erde zu graben. Heinrich überließ den Garten gezwungenermaßen mehr und mehr sich selbst. Es war nicht mehr seine Welt, in der er befehlen konnte. Ein letztes Mal erntete er die Früchte, seine Früchte, dann gab er auf. Sabine nahm diese Entwicklung mit gemischten Gefühlen auf. Einerseits hatte es endlich ein Ende mit dem Verarbeiten der Unmengen an Früchten, die ihr Mann nach Hause brachte, andererseits wollte sie ihn auch nicht dauernd zu Hause haben. Solange er seinen Garten hatte, konnte sie ihre Sachen in Ruhe erledigen. Jetzt fürchtete sie sich vor seinen vermehrten Einmischungen und Befehlen.

Eine Welt brach für Heinrich am zusammen, seine Welt. Er musste erkennen, dass er und Sabine auf fremde Hilfe angewiesen waren. Sabine war inzwischen dement und konnte ihn nicht mehr versorgen. Heinrich versuchte sein Bestes, aber für jemanden, der sich zeit seines Lebens immer hatte bedienen lassen, war das eine große Umstellung. Er ging einkaufen, was anfangs weniger ein Problem war. Das Essen zu machen war schon schwieriger. Heinrich beherrschte nur ein Gericht: Bratkartoffeln und Rührei. Für neue Rezepte ergaben sich unüberwindbare Hürden. Selbst eine Tütensuppe benötigt eine bestimmte Menge Wasser. Heinrich verzichtete schweren Herzens auf die Tütensuppe und bestellte Essen auf Rädern.

Sabine brachte kein Wort mehr über die Lippen. Bald konnte sie nichts mehr selbstständig tun. Ihr Schweigen verstand Heinrich als Zustimmung zu seinen Entscheidungen. Wäsche waschen und trocknen, Wohnung putzen und Sabine zum Arzt bringen – es wuchs ihm über den Kopf. Es gelang Heinrich nicht mehr, sein tägliches Leben zu bewältigen. Er wusste das, leugnete es aber seinem Sohn und den Nachbarn gegenüber. Mehrere Helfer versuchten, die Wohnung in Ordnung zu halten, aber nach wenigen Einsätzen gaben sie entnervt auf. Heinrichs Befehlston und sein unentwegtes Gemeckere an ihren Ausführungen brachen jeglichen guten Willen. Da nützte auch keine Bezahlung. Letztendlich weigerte Heinrich sich, Hilfe von außen anzunehmen. Als alternder Mensch sah er den Müll, die schmutzige Wäsche, den überfüllten Briefkasten nicht mehr.

Heinrich hatte nicht mehr die Kontrolle über sein Leben. Die Einschränkungen machten ihn krank. Er, der Zeit seines Lebens selten richtig krank gewesen war, hatte seinen Körper nicht mehr im Griff. Er musste ins Krankenhaus, Sabine in die Kurzzeit-Pflege. Drei, vier Mal, beinahe ein Jahr lang leistete Heinrich erbitterten Widerstand, dann gestand er seine Niederlage ein. Es war seine schwerste. Er und Sabine begaben sich in die letzte Residenz, in ein Pflegeheim. Drei Möbelstücke, für jeden zwei Koffer mit Kleidung und ein paar Andenken begleiteten die beiden bei ihrem vorletzten Umzug.

Der ewige Soldat

Heinrich und Sabine lebten jetzt nahezu zwei Jahre im Pflegeheim, hatten ein gemeinsames Zimmer mit Bad. Sie hatten es sich mit einigen Möbeln aus ihrer alten Wohnung recht gemütlich eingerichtet. Öffneten sie die Tür, dann endete ihre kleine Wohnung, ihre kleine Welt. Sie standen dann im endlosen Gang des Pflegeheimes.

Nicht Heinrich musste gepflegt werden, sondern Sabine. Heinrich wurde depressiv, nicht dement. Das waren andere. Er war bei vollem Bewusstsein. Aber Heinrich hatte seine Freiheit verloren. Er durfte nichts mehr selbst entscheiden. Wollte er spazieren gehen, so hatte er sich vorher bei der Stationsleitung abzumelden, wollte er etwas essen, hatte er bis zur nächsten Essenszeit zu warten. Heinrich akzeptierte das nicht! Er fand zunächst keinen Ausweg aus dieser Misere, doch dann schlug seine beginnende Depression in Wut um. Der ewige Soldat erinnerte sich wieder an sein Talent, zu kontrollieren und zu bestimmen. Kuschen wollte er nicht mehr. Erst vorsichtig seine Grenzen abtastend, dann vehementer versuchte er, hier und da das Regiment zu übernehmen. Er hatte nicht viel zu verlieren. Niederlagen schreckten ihn nicht mehr ab.

„Die können mich mal. Ich gehe hin, wo ich will. Heute gehe ich in die Stadt. Keiner wird mich davon abhalten." Mit Lederjacke, dunkler Hose und seinen schwarzen Schuhen sah er schick aus. Er sah sich im Spiegel an und lächelte. Sabine sah ihn an, verstand aber nicht und fragte auch nicht. Selbstbewusst schulterte Heinrich seinen Rucksack, zog seinen Spazierstock hinter dem Sofa hervor und schlich unbemerkt aus dem Haus. Die Zeit war günstig. Heinrich hatte die Arbeitspläne der Pfleger abzuschätzen gelernt. Immer wieder beobachtete er zu bestimmten Uhrzeiten die Personalwechsel. Wenn die Pfleger mit Übergabegesprächen beschäftigt waren, bewachte keiner die Abteilung. Und heute um 14 Uhr war niemand auf den Gängen zu sehen. Heinrich ging leise: Der Feind darf mich weder hören noch sehen, sagte er sich. Das Haus hatte keinen Pförtner. Das erleichterte Heinrichs Flucht. Nein, es sollte keine Flucht sein. Er würde wiederkommen. Nur wann, das würde er bestimmen. Er ging leise durch die Eingangstür und gleich auf die andere Straßenseite. Dort standen geparkte Autos. Heinrich musste sich nicht einmal viel bücken. Durch seinen Buckel, dessen Entstehen er trotz aller Bemühungen nicht hatte verhindern können, war er hinter den geparkten Autos nicht zu erkennen. Sich noch etwas mehr zu beugen fiel ihm nicht schwer.

„Gut geplant", sagte sich der Soldat. „Als Erstes fahre ich mit der Straßenbahn zur Bank. Die im Pflegeheim haben nicht den Zugang zu all meinen Konten bekommen. So blöd war ich nicht. Jetzt hole ich mir erst einmal Geld. Dann fahre ich mit der Straßenbahn in die Stadt."

Heinrich kannte sich in dieser Gegend aus. In weiser Voraussicht hatte er seinen alten Stadtplan von zu Hause mitgenommen. Und aus dem Telefonbuch kannte er die Adresse der Bankfiliale. Einzig die Zeit dorthin hatte der Soldat Heinrich unterschätzt. Er brauchte beinahe doppelt so lang, wie er gedacht hatte. Es ärgerte ihn, dass er sich so verschätzt hatte. Am Schalter gab er fließend seinen Namen und die 12-stellige Kontonummer an. Er hatte sie nicht vergessen. Dann ließ er sich

300 Euro in kleinen Scheinen auszahlen und zählte nach. Der Bankangestellte staunte, mit welcher Genauigkeit der alte Mann das tat. Heinrich kam auf 290 Euro.

„Hier fehlen 10 Euro", stellte er kritisch fest.

„Darf ich noch einmal nachzählen?", fragte der Angestellte.

„Nein, das mache ich selber." Heinrich zählte noch einmal. Er ließ sich von den inzwischen vier wartenden Kunden hinter ihm nicht irritieren. Der Angestellte wippte leicht von einem auf den anderen Fuß. Heinrich war fertig. „Es stimmt. Vielen Dank. Auf Wiedersehen." Er schob seinen jetzt recht dicken Geldbeutel in die Hosentasche, nahm seinen Stock und verließ unternehmungslustig die Bank.

Er sah auf seine Armbanduhr. Es war inzwischen drei Uhr nachmittags. Er schmunzelte: Jetzt servieren sie Kaffee und ein Stück Kuchen und wundern sich, dass ich nicht da bin. Er lief zur nahegelegenen Straßenbahnhaltestelle und wartete. Minuten später saß er in der Bahn in Richtung Innenstadt.

Wie lange war ich schon nicht mehr in der Bahn in die Stadt? Das muss mindestens zwei Jahre her sein, dachte Heinrich. Er genoss die Fahrt, sah sich durch die Scheiben die Innenstadt an und blieb einfach bis zur Endstation sitzen. Der Fahrer sah sich in der nun leeren Bahn um und wunderte sich, dass ein Passagier noch immer auf seinem Platz saß.

„Hier ist die Endstation. Wollen Sie nicht aussteigen?"

„Ich fahre wieder zurück", gab Heinrich zur Antwort.

Der Fahrer holte sein Vesper aus der Aktentasche und begann in einer Zeitung zu blättern. Heinrich verspürte einen Druck in der Blase. Daran hatte er nicht gedacht. Straßenbahnen haben keine Toiletten. Der Druck wurde größer.

„Ich muss mal kurz", sagte er zum Fahrer und verschwand hinter einer Hausecke. Er war wirklich schnell. Er wollte nicht mit nasser Hose, weder in der Bahn noch in der Stadt, auffallen. In der Stadt kannte er sämtliche Klos, noch von früher, aber hier gab es keine.

„Das war knapp", meinte er zum Fahrer und stieg wieder ein. Der Fahrer hatte inzwischen seine Sachen wieder in die Tasche gepackt und fuhr die Bahn zur nächsten Haltestelle.

Heinrich ließ sich bis zur Stadtmitte fahren und verabschiedete sich. Zum Zeichen seiner guten Laune hob er den Stock in Richtung Straßenbahnfahrer. Dann lief er zu einem Café, bestellte sich Kaffee und Schwarzwälder Torte und vergaß die Zeit.

„Das ist doch mal was Vernünftiges", murmelte er vor sich hin. „Nicht so ein Muckefuck und trockener Kuchen wie im Heim." Er blickte zufrieden aus dem Fenster und beobachtete die Menschen auf der Straße.

Hat sich viel verändert seit damals, dachte er bei sich. Als ich das erste Mal hierherkam, vor fast fünfzig Jahren, war vieles in Trümmern. Es ist eine schöne Stadt. Ich werde öfters so einen Ausflug machen! Die sollen mich doch mal im Heim …

Heinrich bemerkte, dass er einer der letzten Gäste war.

„Wir schließen jetzt. Kann ich bitte kassieren?"

Heinrich war überrascht.

„Wie spät ist es denn?", und sah auf seine Uhr.

„Gleich halb sieben."

„Wie viel bekommen Sie?"

„Acht Euro fünfzig."

Heinrich bezahlte und verließ als Letzter das Café. Die Menschen auf den Straßen liefen jetzt auffallend schnell hin und her.

Die wollen wohl alle nach Hause. Ach ja. Um sechs Uhr gab es Abendessen. Ohne mich. Die suchen mich bestimmt. Die sollen nur warten. Jetzt gehe ich erst einmal einkaufen. In der Nähe meiner Haltestelle gibt es einen Aldi. Aldi hat immer schon länger auf.

Er saß jetzt wieder in der Straßenbahn. Er hatte wegen der zunehmenden Dunkelheit Schwierigkeiten, seine Haltestelle zu entdecken. Er fasste sich ein Herz und fragte den Fahrgast gegenüber:

„Sagen Sie, liebe Frau. Kennen Sie die Andreas-Straße? Da muss ich nämlich raus."

„Noch zwei Haltestellen", war die Antwort. Heinrich spürte jetzt wieder den Druck auf seiner Blase. Er konnte die Haltestelle kaum erwarten. Beinahe wäre er im Hinausgehen gefallen, so schnell war er durch die Tür gegangen. Gerade noch rechtzeitig bekam er seinen Stock auf den Boden und stützte sich ab. Gleich um die Ecke war ein Vorgarten, den Heinrich gezielt ansteuerte und wo er sich an einem Strauch erleichterte.

Das hätten wir auch wieder geschafft; er schloss seine Hose und schwang seinen Stock in Richtung des Einkaufszentrums.

Nicht erst seit drei Uhr nachmittags wurde Heinrich vermisst. Pflegerin Lydia hatte nach Heinrich und Sabine gesehen. Sabine saß auf der Bettkante und war aufgeregt. Sie versuchte zu reden, bekam immer nur ein „Heinrich, Heinrich" heraus und Lydia erkannte, dass etwas Ungewöhnliches passiert sein musste. Von Heinrich keine Spur. Lydia machte sich auf die Suche. Niemand hatte ihn gesehen. Er war verbotenerweise alleine aus dem Hause gegangen. Hatte ihn jemand abgeholt? Man wusste es nicht. Weder zur Kaffeezeit noch zum Abendessen tauchte Heinrich auf. Die Leitung des Hauses wurde nervös. Sollten sie die Polizei einschalten und ihn suchen lassen? Heinrich war ja noch mobil. Aber er war auch als Dickkopf bekannt, der sich nicht an die Hausregeln halten wollte. Die Pfleger begannen die Bewohner für die Nacht zu richten. Die Nachtschicht trat ihren Dienst an.

Es war acht Uhr abends vorbei, als Heinrich in Richtung des Pflegeheimes einbog. Sein Rucksack wog schwer von Keksen, Schokolade und zwei Flaschen Wein. Gewohnheitsmäßig suchte seine Hand in der rechten Hosentasche die Hausschlüssel. Da wurde ihm bewusst, dass er diesen Punkt seines heimlichen Ausfluges nicht bedacht hatte: Er hatte keinen Hausschlüssel. Er kam nicht unbemerkt zurück ins Haus. Er musste klingeln. Oder sollte er im Hotel übernachten? Das war ihm zu teuer.

„Ist eigentlich egal. Die werden sowie so einen Aufstand machen. Ob ich nun heute Abend zurückkomme oder morgen. Behandeln tun sie mich wie ein kleines Kind", murmelte er vor sich hin. Er nahm allen Mut zusammen und drückte den Klingelknopf. Er wartete ein, zwei Minuten. „Jetzt lassen sie mich extra hier draußen stehen", grummelte er vor sich hin. Er klingelte noch einmal. Dieses Mal etwas länger. Das Licht in der Vorhalle ging an. „Na endlich."

„Wo kommen Sie denn jetzt her? Waren Sie alleine? Sie wissen doch, dass Sie das Haus nicht alleine verlassen dürfen!" Vor ihm stand die Heimleitung plus Schwester Lydia, sichtlich verärgert, weil Heinrich diesen unerlaubten Ausflug unternommen hatte, aber auch wegen seiner Verspätung. Die Heimleitung hatte normalerweise um sechs Uhr Dienstschluss.

„Ich musste mal raus. Ich bin kein kleines Kind mehr. Acht Uhr abends ist doch keine Zeit", wehrte sich Heinrich.

„Nun kommen Sie mal rein. Alles andere besprechen wir morgen. Was haben Sie denn gekauft?", fragte Schwester Lydia.

Wohl wissend, dass es verboten war, Wein im Zimmer zu haben, reagierte Heinrich erst gar nicht, und auf wiederholtes Fragen mit: „Das geht Sie nichts an!" Er war müde von seinem Ausflug und stieg so schnell wie möglich die Treppe zum ersten Stockwerk hinauf, gefolgt von Lydia und der Heimleitung, um einer weiteren Inquisition zu entkommen. Ohne sich umzudrehen, steuerte er auf sein Zimmer zu, öffnete die Tür und kam sogleich auf seinem Bett zu sitzen. Er blickte zu Sabine hinüber, die bereits schlief. Schnell versteckte er seinen Rucksack im Schrank. Lydia klopfte an die Tür, fragte, ob sie helfen könne, sah Heinrichs ärgerliches Gesicht und macht die Tür sofort wieder zu.

„Danke, ich will jetzt meine Ruhe", rief er ihr nach. Dann wartete er ein paar Minuten, wechselte in seinen Schlafanzug und löschte das große Licht.

Den Korkenzieher hatte er wohlweislich schon am Morgen gerichtet. Schnell hatte er ihn in der Hand. Noch recht nervös setzte er ihn an, drehte ihn in den Korken, und mit jedem Millimeter, mit dem er den Kork hinauszog, verbesserte sich seine Stimmung. Langsam glitt der Rotwein in das Wasserglas und verbreitete seinen Duft. Heinrich hatte diesen Duft schon lange nicht mehr geschnuppert. Seine Laune verbesserte sich rapide. Langsam setzte er das Glas an die Lippen. Erst mit kleinen Schlucken, dann mit größeren leerte er das Glas.

Noch ein halbes, dachte er. Oder soll ich gleich die ganze Flasche trinken? Falls sie sie finden, bin ich sie sowieso los. Heinrich entschloss sich, es bei einem weiteren halben Glas zu belassen. In der Hoffnung, dass die Flaschen nicht gefunden würden, versteckte er sie hinter ein paar Decken im obersten Fach seines Kleiderschrankes. Beinahe wäre die vergnügliche Episode mit einem Unfall abgeschlossen worden: Der Alkohol tat seine Wirkung. Heinrich kämpfte sich auf einen Stuhl, um an das oberste Fach zu kommen. Nicht der Stuhl schwankte, sondern Heinrich. Schwitzend, aber ohne Blessuren schaffte es Heinrich schlussendlich in sein Bett. Überglücklich über seinen gelungenen Coup versank er schnell in einen angenehmen Schlaf.

Heinrich hatte wunderbar geschlafen. Die Pflegerin war schon mit Sabine beschäftigt, als er endlich seine Augen öffnete.

„Der Wein muss wohl gut gewesen sein?" Die Pflegerin sah mit einem Auge zu Heinrich. „Sie wissen aber, dass das verboten ist, nicht wahr?"

Heinrich erhob sich, schlurfte ins Bad und dachte: Ihr könnt mich mal! Er holte seine Kleider, wusch sich und schob dann Sabine im Rollstuhl in den Speisesaal. Vorsichtig schaute er sich um, entdeckte aber nichts Auffälliges bei den anderen Gästen.

„Die kriegen doch sowieso nichts mehr mit. Alle schon hinüber." Heinrich setzte sich an den Tisch und sah sich das Frühstück an.

Die werden schon kommen und mich kleinmachen, dachte er. Jetzt fühlte er seinen Kopf. Er war den Alkohol nicht mehr gewohnt. Er goss sich Kaffee ein und kaute auf einer Scheibe Brot mit Marmelade herum.

Grässlich, dieses Zeug, dachte er. Und dafür kassieren die so viel Geld. Eine Pflegerin steckte Sabine ein Stück Marmeladenbrot nach dem anderen in den Mund. Keiner sagte etwas. Sabine hatte genug und Heinrich wollte aufstehen und sie in ihr Zimmer zurückschieben.

„Das mache ich schon", stellte die Pflegerin klar. „Sie sollen sich bei der Heimleitung melden."

„Aha, jetzt kommt es. Ran an den Feind", sagte sich Heinrich. Er nahm seinen Stock und marschierte zur Verwaltung. Vor dem Zimmer nahm er Haltung an und klopfte an die Tür.

Ein kräftiges „Herein" war zu hören. Für Heinrich hörte es sich ärgerlich an.

„Guten Morgen", ließ Heinrich in soldatischem Ton verlauten und stand so weit gerade, wie es sein Rücken zuließ.

„Setzen Sie sich, Herr Wilkowsky." Vor ihm standen eine volle und eine halbvolle Flasche Wein. „Sie haben uns gestern einen ziemlichen Schrecken eingejagt. Wir haben gedacht, Ihnen sei etwas zugestoßen. Sie wissen doch, dass Sie das Haus nicht ohne unsere Genehmigung verlassen dürfen. Schon gar nicht alleine." Die Heimleitung schaute ihn mit gütiger Strenge an.

„Ich bin noch gesund. Ich kann alleine laufen. Ich bin nicht dement. Ich kann noch für mich selber sorgen! Ich brauchte anderer Leute Hilfe nicht!"

„Warum sind Sie dann hier?", war die Frage der Heimleitung.

„Wegen meiner Frau. Die braucht mich. Sie wäre nicht ohne mich hierhergegangen", stellte Heinrich klar.

„Herr Wilkowsky. Wir haben schon einige Probleme mit Ihnen gehabt. Sie haben sich wiederholt nicht an die Heimvorschriften gehalten."

„Ich brauche keine Heimvorschriften", warf Heinrich ein.

„Die sind für alle, die hier wohnen. Wir müssen nun einen Verweis aussprechen. Sie sind leider ziemlich unbelehrbar. Sollten Sie noch einmal gegen die Heimvorschriften verstoßen, werden wir Sie auf die Straße setzen und kein Heim wird Sie mehr aufnehmen. Das garantiere ich Ihnen."

„Und meine Frau werfen Sie auch raus?"

„Die bleibt natürlich hier."

„Dann kommt meine Frau auch mit!" Heinrich machte ein trotziges Gesicht.

„Das geht nicht. Ihre Frau ist in unserer Obhut. Das haben Sie beide unterschrieben, als Sie zu uns kamen."

„Sie können nicht über meine Frau bestimmen. Ich bin mit ihr verheiratet. Seit über 50 Jahren!" Heinrich wurde wütend. Er wollte kämpfen. Für sein Recht.

„Doch, das können wir. Ihre Frau braucht Hilfe. Sie können ihr nicht helfen. Und Ihr Sohn ist derselben Meinung."

„Lassen Sie gefälligst meinen Sohn aus dem Spiel! Der hat hier gar nichts zu sagen. Ich hole die Polizei." Heinrich machte Anstalten, sich zu erheben.

„Herr Wilkowsky. Überlegen Sie sich genau, was Sie tun. Wir setzen Sie auf die Straße. Dann werden Sie nur noch vom Obdachlosenheim aufgenommen."

Der Soldat Heinrich Wilkowsky vernahm den Warnschuss, er bewahrte Haltung, stand auf, zog seinen Hals lang, streckte seinen Rücken so gerade wie möglich und schritt durch die Tür.

„Guten Morgen", waren seine letzten Worte für diesen Tag. Er war wütend.

Heinrich ward in den folgenden Tagen kaum gesehen. Nur zu den vorgegebenen Essenszeiten schob er Sabine in den Speisesaal, schaufelte sich Essen auf seinen Teller und verschwand damit in seinem Zimmer. Er war sichtlich beleidigt. Es war aber auch seine Art, vor schlimmen Situationen abzutauchen, um ein Unglück zu verhindern. Man ließ ihn das machen, obwohl es nicht gerne gesehen wurde. Nach einer Woche des Schweigens rollte er Sabine vor das Stationszimmer und verkündete:

„Ich fahre jetzt meine Frau in den Park." Er wartete keine Antwort ab und tat, wie er wollte. Eine Pflegerin kam nach wenigen Minuten hinterher und brachte eine dicke Jacke und eine Decke für Sabine.

„Sie wird sich erkälten", meinte sie und legte Sabine die warmen Sachen um. Heinrich schwieg weiterhin.

„Ich will dabei sein, wenn Sie meine Frau waschen!" Heinrich öffnete energisch die Badezimmertür. Heinrich meldete sich zurück. Er hatte sich nur für ein paar Tage zurückgezogen und auf den richtigen Moment gewartet. Der Pfleger war überrascht über diesen Ton.

„Bringen Sie uns eine Tasse Kaffee." Heinrich war zum Pflegezimmer gelaufen und hatte zum Erstaunen des Personals diesen Befehl gegeben. Heinrich bekam, was er wollte, und daraus lernte er, dass er sich wieder durchsetzen konnte. Man ließ ihm einen gewissen Freiraum. Heinrichs Energie erwachte erst richtig, als Sabine nicht mehr Rekrut sein wollte und aus dem Leben schied. Seine Trauer war nur von kurzer Dauer. Seine Frau hatte sich durch ihre Krankheit schon vorher seiner Kontrolle entzogen. Er hatte schon eine geraume Zeit keinen Einfluss auf sie. Jetzt konnte sich Heinrich der Soldat wieder voll seinen Einsätzen widmen.

Er sah als Nächstes seine männlichen Heimmitbewohner als Rekruten. Inzwischen an den Rollstuhl gefesselt, rauschte er durch die Gänge.

„Machen Sie doch mal Platz!"

„Gehen Sie mal zur Seite!"

„Reihen Sie sich gefälligst richtig ein!"

Es war sein Befehlston, mit dem er andere Bewohner herumscheuchte. Bemerkungen von der Heimleitung, dass er weder mit dem Personal noch mit den anderen Bewohnern so umgehen könnte, überhörte Heinrich.

Ich befehle doch gar nicht, dachte er und machte weiter. Bis die Leitung des Hauses Heinrichs Spiel durchschaute. Heinrichs Auftreten als Soldat war zu offensichtlich.

„Sie sind hier nicht auf dem Kasernenhof. Es gibt schon wieder Beschwerden über Sie."

„Das habe ich schon einmal gehört", entgegnete Heinrich. Ihm war das egal. Er spielte sein Spiel, das Spiel vom Kasernenhof. Hatte er wieder einmal eine rote Linie überschritten und wurde die Lage zu bedrohlich, versteckte er sich für ein paar Tage in seinem Zimmer.

Aber schließlich konnte Heinrich, inzwischen 95 Jahre alt, sich nicht mehr verstecken. Der Tod holte ihn ab. Oder versteckte sich Heinrich, bis seine Asche irgendwo in Ostpreußen an Land gespült würde? War Heinrich der Fisch nur abgetaucht, um irgendwo in Ostpreußen wieder aufzutauchen?

Zeitfracht Medien GmbH
Ferdinand-Jühlke-Straße 7
99095 Erfurt, Deutschland
produktsicherheit@kolibri360.de